나를, 의심한다

나를, 의심한다

1판 1쇄 발행 2015. 11. 1.
1판 3쇄 발행 2015. 11. 7.

지은이 강세형

발행인 김강유
책임 편집 임지숙 | 책임 디자인 정지현 | 디자인 이경희
해외기획실 차진희, 박은화 | 홍보 최정은, 박은경, 함근아
마케팅 김용환, 김재연, 백선미, 고은미, 김새로미, 이헌영, 정성준
제작 김주용, 박상현 | 제작처 민언프린텍, 금성엘앤에스, 정문바인텍

발행처 김영사
등록 1979년 5월 17일 (제406-2003-036호)
주소 경기도 파주시 문발로 197(문발동) 우편번호 10881
전화 마케팅부 031)955-3100, 편집부 031)955-3250
팩스 031)955-3111

값은 뒤표지에 있습니다. ISBN 978-89-349-7228-0 03810

독자 의견 전화 031)955-3200
홈페이지 www.gimmyoung.com 카페 cafe.naver.com/gimmyoung
페이스북 facebook.com/gybooks 이메일 bestbook@gimmyoung.com

좋은 독자가 좋은 책을 만듭니다.
김영사는 독자 여러분의 의견에 항상 귀 기울이고 있습니다.

이 도서의 국립중앙도서관 출판시도서목록(CIP)은 서지정보유통지원시스템 홈페이지
(http://seoji.nl.go.kr)와 국가자료공동목록시스템(http://www.nl.go.kr/kolisnet)에서
이용하실 수 있습니다.(CIP제어번호 : CIP2015028437)

나를,

의심한다

강세형

김영사

#

나를, 의심한다

'나는 아직, 어른이 되려면 멀었다'라는 제목으로 5년 전 첫 책을 냈다. 그래서인지 나는 지금까지도 이 질문을 참 많이 받는다. 아직도 어른이 되려면 멀었다고 생각하시나요?

'나는 다만, 조금 느릴 뿐이다'라는 제목으로 2년 전 두 번째 책을 냈다. 나는 그런 사람이라서, 생각하는 것도 말하는 것도 무언가를 결정하고 선택하는 것도 참 느린 사람이라서, 그 질문 또한 참 오랫동안 생각하고 곱씹었던 것 같다. 아직도 어른이 되려면 멀었다고 생각하시나요?

그런데도 나는 아직, 그 질문에 대한 명확한 답은 찾지 못한 것 같다. 물론 내 생물학적 나이를 생각하면 빼도 박도 못하는 어른인 게 맞다. 각종 여론조사의 연령별 분석표를 보며 생각한다. 십 대, 이십 대, 삼십 대, 사십 대···. 나도 곧 사십 대로 분류되겠구나. 그럼 진짜 완전한 기성세대인 건데, 어른인 건데, 왜 나는 아직도 이 모양일까.

하지만 '어른'이란 개념이 꼭 생물학적 나이만을 말하는 게 아니라면, 나는 정말 잘 모르겠다. 첫 책을 내고 이런 얘길 들은 적이 있다. 나는 아직 어른이 되려면 멀었다고 말하고 있는 이 작가는 사실, 어른이 되고 싶지 않은 게 아닐까. 조금 뜨끔했던 기억이 난다. 그때 나는 정말 그랬던 것 같다. 첫 책에 실린 글들은 대부분 이십 대 중후반에서 이제 막 삼십 대로 접어들었을 때 썼던 글들인데, 그때 내 머릿속의 '어른'은 그다지 좋은 느낌이 아니었다. '좋은 어른'도 분명 있을 텐데, '좋은 어른이 되는 일'은 너무너무 어려운 것인지, 만나기가 참 어려웠다. 그렇지 못한 어른들을 더 많이 보며 살다 보니, 나에게 어른은 그다지 좋은 느낌이 아니었다.

그런데 나 또한 나이를 먹어 생물학적 나이로는 빼도 박도 못하는 어른이 되고 나니, 그렇지 못한 어른들이 조금씩 이해도 되기 시작했다. '좋은 어른'이 된다는 건, 스무 살의 내가 짐작했던 것보다도 훨씬 더 어려운 일이었다. 모든 것이 점점 쉬워지니까. 나이를 먹을수록, 먹고살기 바빠질수록, 사회적 지위가 한 단계 올라갈수록 혹은 경제적으로 조금씩 더 안정돼 갈수록, 뭐든 쉬워진다. 합리화도, 지금 내가 가진 것에 안주하는 것도, 크고 작은 불의를 모른 척하는 것도, 나보다 어린 사람들을 쉽게 대하는 것도 점점 쉬워져서, 조금만 경계를 게을리하면 금방 그렇게 되고 만다. 나는 절대 저런 어른은 되지 않을 거야, 했던 어른의 모습으로.

그래서 언젠가부터 나는 '아직도 어른이 되려면 멀었다고 생각하시나요?'라는 질문에는 이렇게 답하기 시작했다. '좋은 어른이 되려면 멀었다고 생각합니다.'

그런데 도리어 그때부터가 더 어려웠다. 더 어려운 질문이 나를 기다리고 있었기 때문이다. 그렇다면 좋은 어른이 되기 위해선 어떡해야 하는 걸까. 그래서 나는, 이제 곧 나에게 찾아올 '불혹'이란 말을 꺼내 놓고 한참을 바라봤던 것 같다.

불혹不惑, 마흔을 이르는 말, 세상일에 정신을 빼앗겨 갈팡질팡하거나 판단을 흐리는 일이 없게 되었음을 뜻하는 말, 이라고 사전들은 설명하고 있었지만, 나는 자꾸만 혹惑 자에 눈이 갔다. 미혹할 혹, 의심할 혹.

마흔이 된다는 것은 혹, 더 이상 의심하지 않게 된다는 뜻은 아닐까. 40년을 살았으니, 이제 나에 대해서도 세상에 대해서도 어느 정도는 잘 알고 있다고 착각할 수 있는 나이. 그래서 더 이상 나에 대해서도 세상에 대해서도 의심하지 않게 되는 나이. 그러니 더, 조심해야 하는 나이.

나는 그런 어른들이 더 무서웠다. 나를 의심하지 않는 어른. 거짓이

나 틀린 말을 하는 어른들보다도, 내가 지금 거짓이나 틀린 말을 하고 있을 수도 있다는, 자신에 대한 의심이 조금도 없는 어른들이 백배는 더 무서웠다. 내가 알고 있는 내가 100% 진실이며, 내가 알고 있는 세상이 100% 옳은 것이라는 확신으로 더 이상 나에 대한 의심도, 세상에 대한 의심도 하지 않는 어른들이 나는 참 무섭고 또 신기했다.

어쩌면 세상엔 100%의 진실이란 없을지도 모르는데, 어떻게 그토록 확신할 수 있는 걸까. 단 하나의 사건에도 여러 개의 진실이 등장하곤 한다. A가 진실이라고 말하는 진실, B가 진실이라고 말하는 진실, C가 진실이라고 말하는 진실. 그것은 모두 진실일 수도 있고 거짓일 수도 있다. 어쩌면 그 모두가 어느 정도의 진실, 어느 정도의 거짓일 수도 있다.

나는 종종 나 자신에게도 의심이 든다. 내 지난 기억들을 끄집어내 이리저리 돌려 보면서도 이런 생각을 한다. 어디까지가 내가 정말 겪었던 사실이고, 어디까지가 조작되고 미화된 나의 거짓 기억일까. 누군가에게 나의 고민이나 생각들을 털어놓고 있는 순간에도 마음 한편엔 이런 의심이 싹튼다. 어디까지가 진짜 나의 이야기이고, 어디까지가 과장되고 합리화된 나의 거짓일까.

인간은, 인간의 기억은, 완벽할 수 없으니까.

나도 가끔, 내 지난 에세이책을 들춰 볼 때가 있다. 그리고 그때마다 조금 놀란다. 내가 정말 이런 일을 겪었던 걸까. 이 일들이 모두 사실이었을까. 그와 비슷한 독자들의 질문을 받을 때도 있다. 이게 정말다, 작가님의 실제 이야기인가요?

그러고 보면 나 또한 친구들의 일상에 대한 이야기를 듣다가도, 그러니까 이것이 친구들의 실제 경험담이라는 걸 알면서도, 이렇게 되물을 때가 많다. 진짜? 정말이야? 심지어 의심이 들 때도 있다. 네가 뭘 착각한 건 아니고? 너 지금 소설 쓰고 있는 건 아니지?

그런데 참 신기한 건, 나는 소설책을 보면서는 또 이런 생각을 한다는 거다. 어디까지가 실제 작가의 경험담이고, 어디까지가 작가의 상상일까. 이것이 100% 거짓일 거란 전제는 이미 없다. 내가 지금 읽고 있는 건 분명 소설이라는 것, 그러니까 작가의 상상력이 만들어낸 이야기, 거짓이라는 걸 알면서도 그런 생각을 한다. 그리고 그건, 나만의 이야기도 아니었다.

그런데, 실제로 일어났던 일입니까?
하고 묻는 독자들이 언제나 있다는 것은 나도 잘 알고 있다.

어떤 소설의 주인공인 '소설가'가 했던 말. 독자들의 그런 의심은 어쩌면 당연한 걸지도 모른다. 세상엔 100%란 없는 거니까. 100%의 거짓도, 100%의 진실도.

인간은, 인간의 기억은, 인간의 글은, 완벽할 수 없으니까.

그래서 사람들은 의심을 한다. 소설책을 보면서도 진짜가 아닐까 의심하고, 에세이책을 보면서도 거짓이 아닐까 의심한다. 그리고 그건 너무 당연한 일, 또 필요한 일일지도 모른다. 모든 것에 대한 의심을 멈추는 순간, 나는 그런 어른이 되어 있을지도 모르니까. 내가 본 것, 내가 아는 것, 내가 믿고 내가 기억하는 모든 것이 100%의 진실, 100%의 옳음이라고 확신하는 어른. 나를 조금도 의심하지 않는 어른이.

그래서 오늘도 나는
나를, 의심한다.

내 머릿속을 맴도는 수많은 기억들과 수많은 말들과 수많은 이야기들을 끄집어내 펼쳐 놓곤 한참을 바라보다 이런 생각을 한다.

어디까지가 사실이고, 어디까지가 거짓일까.

청춘

——————— □

봄의 끝자락, 아니 어쩌면 여름의 초입이었는지도 모르겠다. 추위를 많이 타는 나는 아직 긴팔을 입고 있었고, 여름을 기다리던 친구는 벌써부터 반팔에 슬리퍼 차림이었다. 동네 벤치에 나란히 앉아 아이스크림이나 빨며 구름과 시간을 흘려보내고 있던 우리. "나 요즘 만나는 사람 생겼어." 친구가 말했다. "그래?" 내가 답했다. 그러고도 한동안 친구는 엄지와 검지 발가락 사이에 아슬아슬하게 걸려 있는 슬리퍼를 까딱거리며 아이스크림을 빨았고, 나도 친구의 아슬아슬한 슬리퍼가 왜 안 떨어지나 신기해하며 까딱까딱한 그 움직임만을 바라보며 아이스크림을 빨았다. 친구는, 아무 말도 하지 않았다. 나 역시, 아무것도 묻지 않았다.

한 달, 두 달이 흘렀다.

"그 사람이랑은? 잘 지내고 있고?" 지나가듯 물었다. "응." 친구 또한 지나가듯 답했다.

석 달, 넉 달이 흘렀다.

"그 사람이 그러는데⋯." 굳이 묻지 않아도 친구의 입에서 자연스레 그 사람의 이야기가 흘러나왔다.

다섯 달, 여섯 달⋯ 그리고 일 년. 시간은 참 잘도 흘러갔다.

봄의 끝자락, 아니 어쩌면 여름의 초입이 다시 찾아왔다. 긴팔 차림의 나와 반팔에 슬리퍼 차림인 친구는 다시 동네 벤치에 앉아 아이스크림을 빨고 있었다. 여전히 까딱거리는 친구의 슬리퍼. 저 슬리퍼는 대체 왜 안 떨어질까, 여전히 신기해하는 나. 그런데 갑자기 툭, 슬리퍼가 조금 먼 바닥으로 날아가 떨어졌다. "어?" 외발로 깡충거리며 친구는 떨어진 슬리퍼에게로 갔다. 그리고 신발을 고쳐 신으며 무심한 듯 이렇게 말했다. "나 어제, 상견례 했다?"

•

세 번째 데이트를 마치고 집에 들어오자마자, 전화벨이 울렸다. "집이야?" 친구였다. "이제 막 들어왔는데, 어떻게 알고?", "내가 다 알지." 친구가 웃었다. 그래, 네가 다 알지. 나도 웃음이 났다. 오늘 내가 만나고 온 사람은 좋은 사람이었다. 착하고, 대화도 잘 통하고, 웃음의 포인트도 같아 나도 참 많이 웃고 돌아왔다. 그런데 어쩐지 집에 오는 길이, 설레진 않았다. 도리어 참 고요하고 평온하고, 다시 혼자가 된

이 시간이 지나칠 만큼 너무도 평안해서 나는 조금 슬픈 마음이 들기도 했다. "내가 얘기했나?" 친구가 말했다. "지금 내 남자친구….", "아, 곧 네 신랑 될 사람?" 놀리듯 내가 말을 끊었다. "그래! 내 신랑 될 사람." 전화기 너머로 친구가 눈을 흘기며 웃는 모습이 그려졌다. "이 사람 처음 만났을 때 너무 좋았는데, 두 번 세 번 만날수록 더 좋아져서 정말 너무 좋았는데…." 친구가 잠시 말을 끊었다. "나, 집에 올 때마다 지하철에서 울었다?"

갑자기 내 마음도 욱신, 눈물이 핑 돌았다. '나 요즘 만나는 사람 생겼어.' 친구에게서 그 말을 처음 들었을 때, 나는 아무것도 묻지 않았다. 한 달, 두 달이 지나고서야 겨우 '그 사람이랑은? 잘 지내고 있고?' 지나가듯 물을 수 있었다. 그건 아마도 내가 그녀의 봄, 그녀의 청춘을 다 지켜봐 왔기 때문이었을 것이다. 여러 번의 계절이 흘러가도록 내 내 봄에만 머물러 있던 그녀. 나는 좀처럼 확신이 들지 않았다. 이것이 그녀에겐 아직도 봄의 끝자락인지, 여름의 초입인지 알 수가 없었다. 석 달, 넉 달이 흘러 '그 사람이 그러는데….' 굳이 묻지 않아도 그녀의 입에서 조금씩 그 사람의 이야기가 흘러나오기 시작했을 때야 비로소 나는, 어쩌면 그녀는 이제 봄을 벗고 여름으로 향하고 있는지도 모르겠다는 생각을 했던 것 같다. 그리고 다섯 달, 여섯 달… 어느새 일 년. '나 어제, 상견례 했다?' 아슬아슬했던 그녀의 슬리퍼가 툭 떨어지던 날, 정말 여름이구나, 나도 이제 반팔을 꺼내 입어야겠네. 나의 긴팔이 조금 거추장스럽게 느껴지며 내 마음이 참 기뻤던 기억. 그러면서도 조금 슬펐던 기억.

"이십 대로 돌아가고 싶지 않아. 너무 힘들었다고." 언젠가 친구와 이런 얘길 주고받은 적이 있다. "그러게, 나는 가끔 내가 기특해. 지금까지 이만큼 잘 버티고 살아남아 준 게.", "그러니까, 왜 돌아가냐. 지긋지긋하다, 청춘." 진심이었다. 친구와 나는 청춘이 그립지도, 돌아가고 싶지도 않았다. 그런데, 슬프긴 한 거다. 그 긴 시간을 지나 지금에 와 있는 우리가, 가끔 슬프긴 한 거다.

참, 마음처럼 잘 안됐다. 지금보다 더 열심이었고 간절했으며 뜨겁고 아름다웠지만, 그래서 또 많이 울고 많이 아프고 많이 힘들어야 했던 청춘. 참, 마음처럼 되지 않던 청춘. 그래서 지긋지긋한데, 그래서 돌아가고 싶지 않은데, '이 사람을 만나서 너무 행복하고 좋은데, 나 집에 올 때마다 지하철에서 울었다?' 어느새 또 우리를 슬프게 하는 청춘.

이제 와 생각해 보면,
참 쉬운 일도 쉽지 않았던 것 같다.
청춘의 우리에겐.

이제 와 돌아보면,
참 별거 아닌 일도 큰 기쁨이고 큰 아픔이었던 것 같다.
청춘의 우리에겐.

그래서 그립다 말할 수도, 돌아가고 싶다 말할 수도 없다.
청춘은 우리에게.

하지만 슬프긴 한 거다. 지금 내가 아무리 행복하고, 내 삶을 아무리
사랑한다 해도, 아니 그럴수록 더, 나를 슬프게 하는 청춘. 어쩌면 우
리에게 청춘은 그런 걸지도 모르겠다는 생각이 드는 봄의 끝자락, 아
니 어쩌면 여름의 초입에 서 있던 우리.

                                   •

　나보다 늘 먼저 반팔과 슬리퍼를 꺼내 입던 친구가 역시나 먼저 여름
안으로 한 발짝 들어섰다. 이젠 나조차도 내 긴팔이 조금은 거추장스럽
게 느껴지는 계절. 그런데도 나는 아직 봄의 끝자락에 서 있는 걸까.

　'지금도 가끔 슬프지, 물론. 어떻게 다 잊었다고 말하겠니. 어떻게 이
젠 생각이 안 난다고 말하겠니.' 그럼에도 용기 내 여름 안으로 먼저
한 발짝 들어선 친구가 말했다. '그저, 이제 정말 여름이 온 거지.'

　친구의 아슬아슬했던 슬리퍼 한 짝이 떠올랐다. 까딱까딱 떨어질 듯
떨어지지 않던 친구의 청춘이 툭, 하고 떨어지던 날. 그래서 내 마음
또한 기쁘고 그래서 또 조금은 슬프기도 했던 봄의 끝자락, 아니 어쩌
면 여름의 초입이었던 그날이, 자꾸만 머릿속을 맴돈다.

오
늘

음 악 을 읽 다

글 강세형 | 내레이션 김동률 | 노래 오늘 〈김동률 '동행' 앨범 중에서〉 | 2014

다행이다.
그 사람에게 좋은 사람이 생긴 것 같다.

내가 그러했듯 그 사람에게도
몇 번의 새로운 만남과 몇 번의 또 다른 이별이
있었던 것 같다.

부러 노력하지 않아도
종종 그 사람의 소식이 내게도 전해졌다.
아마 그 사람에게도 그랬을 것이다.

하지만 그뿐이었다.
그 후 우리는, 단 한 번도, 우연이라도, 마주하지 못했다.
그저, 전해 들을 뿐이었다.
잘 지내고 있구나.
혹은, 잘 지내지… 못하고 있구나.

그런데 어쩐지, 이번엔 조금 달랐다.
그 사람의 새로운 사랑 이야기가
어쩐지 이번엔, 조금 다르게 들렸다.

이유는 모르겠다.
하지만 시간이 흘러도
역시나 이번엔 들려오지 않았다.
그 사람의 이별 소식.

오늘,
친구를 만났다.
친구의 가방에서 툭 떨어진 봉투 하나.
서둘러 봉투를 집어 다시 가방 안으로 집어넣는 친구의 표정에서
나는 알 수 있었다.
봉투 안에, 그 사람의 이름이, 적혀 있겠구나.

감사한 일이다.
그 사람에게, 좋은 사람이 생겼다는 것.

그래서 나는 어쩐지 조금 기뻤던 것도 같은데
집에 오는 길, 자꾸만 친구의 말이 떠올랐다.

지금 그 사람 곁에 있는 사람과 그 사람이
처음 사랑을 시작할 무렵,
그 사람은 정말 행복해했단다.

그런데 그 사람.
데이트를 마치고 집에 돌아올 때마다
울었단다.
이제야 또 다른 사랑을 만난 것 같은데
그래서 정말 행복하고 좋은데
그래서 또 집에 오는 길.
매일… 울었단다.

그런 그 사람의 모습이 자꾸만 머릿속에 떠올랐다.
아마도 그때 그 사람은
지금의 나와, 같은 생각을 했던 걸지도 모르겠다.

우리가 이제 정말, 헤어지는구나.

우리의 이별은
오래전 그때가 아닌… 오늘이구나. 라고.

'음악을 읽다'는
2014년 김동률의 '동행' 앨범 수록곡에
에세이를 붙인 것으로
YouTube를 통해
음성 파일로 들을 수 있습니다.

잃어버린 내 야상

———————— □

날이 풀리고 봄이 오는 듯하니, 나는 또 그리워졌다.

잃어버린 내 야상.

봄가을 내겐 교복과도 같은 옷이었다. 야상 스타일의 옷이 내게 꼭
그 한 벌뿐이었던 것도 아니고, 누가 봐도 칭찬할 만큼 멋진 옷도 아니
었지만, 이상하게 내 손은 자꾸 그 야상에게로 향했다. 굳이 이유를 찾
자면 적당함이랄까. 이미 몇 해를 입어 새 옷 마냥 뻣뻣하지도 않고,
그렇다고 너무 낡고 헤져 흐늘거리지도 않는, 그 적당함. 그리 짙지도
옅지도 않은 색감이며, 그리 꽉 끼지도 넉넉하지도 않은 품이며, 그리
짧지도 길지도 않은 길이까지, 모든 것이 내게 적당했다. 동네 슈퍼에
갈 때도, 차를 타고 친구를 만나러 갈 때도, 비행기를 타고 멀리 여행

을 갈 때도, 그 야상에겐 정말 '적당'하다는 말이 딱 맞았다.

그런데 잃어버렸다. 지난봄 여행지에서 늦잠을 자버린 어느 날. 그 날은 국경을 넘어 나라를 옮겨야 했기에 늦잠은 그 어느 때보다 나를 조급하게 했고, 그 조급함에 땀을 삐질삐질 흘리며 배낭을 싸다, 나가서 입어야지 침대 위에 걸쳐 놨던 야상. 그대로 나는 조급하게 챙긴 배낭만 들고, 나와버린 거다. 두고 온 침대 위의 야상이 떠오른 건, 이미 국경을 넘은 다음. 돌아갈 순 없었다. 사실 그 야상의 적당함에는 그리 비싼 옷이 아니라 아무렇게나 입고 아무렇게나 벗어 놔도 된다는, 그러니 잃어버려도 별로 부담이 없다는 것 또한 포함돼 있어서, 나는 그저 조금 아쉬워하고 말아야 했다. 그런데 어쩐지 나는 슬퍼하고 있었다. 마치 사랑이라도 잃은 양 풀이 죽어 슬퍼하던 나, 그런 나를 위로하려던 일행. 이 기회에 새 옷 사자, 낡을 만큼 낡았던데. 한국 가면 내가 사 줄게. 그런데 나는 그 말에 더 슬퍼지고 말았다. 없어, 그거랑 똑같은 옷은 없다고.

정말 없었다. 벌써 몇 해 전에 샀던 옷이라 똑같은 디자인의 야상은 당연히 없었고, 비슷한 디자인의 옷을 입어 봐도 이건 너무 끼는 듯하고, 저건 너무 요란하고, 이건 너무 무겁고, 저건 어쩐지 불편하고. 그 적당함은 어디에서도 찾을 수 없었다. 사실, 처음부터 불가능한 일이었다. 나는 알고 있었다. 그와 똑같은 야상은 어디서도 찾을 수 없으리라는 것. 내가 찾는 옷은 새 옷이 아니라 '그 옷'이었으니까. 똑같은 디자인의 새 야상이 아니라 몇 해를 입어 비로소 내게 적당해진 바로

'그 야상'이었으니까. 세월이 만들어 준 그 적당함은, 그 어떤 새것으로도 대신할 수 없다. 그런데 시간이 흘러 다시 봄이 오는 듯하니, 나는 또 일감이 한가득 쌓인 책상에 앉아 일 대신 검색을 하고 있었다. 똑같은 야상 어디 없나. 그와 똑같은 야상은 절대 찾을 수 없으리라는 걸, 잃어버린 순간부터 알고 있었으면서 또. 부질없는 짓이라는 걸 알면서 또.

그런데 나는 그 또한 알고 있었다.
내가 또, 찾으려 하리라는 걸.

세월이 만들어 준 그 적당함을 찾는 일은 불가능하다는 걸 알면서, 아니 알기에.

나는 늘 그랬으니까. 무언가가 가장 간절해지는 순간은 언제나 그때. 사람이 가장 그리워지는 순간 또한 언제나 그때. 이제 다시는 그와 같은 사람을 만날 수 없으리라는 걸 알게 되는 바로 그 순간, 그때였으니까.

단 30분

———————— •

가끔은 나의 뇌가 변비에 걸린 것만 같다. 나는 직업이 작가인데도 왜 이렇게 매번 어려운지 모르겠다. 대단히 새로운 생각을 해내야 한다는 부담감도 아니다. 그저 지금 내 머릿속에 있는 생각이나 이야기들만이라도 잘 매만져 글로 뱉어내고 싶은데, 그마저도 어려울 때가 너무 많다. 작가라는 직업 때문에 무엇이든 일단 내 안으로 쑤셔 넣고 보는 게 나는 버릇이 됐다. 하지만 나오질 않는다. 생각은 넘치는데 하얀 모니터만 몇 시간째 째려보고 있자면, 나의 뇌가 마치 변비에 걸린 것만 같다. 뭐라도 뱉어내야 하는데, 쏟아내야 하는데…. 이러다 내 머릿속이 온통, 똥 덩어리로 변해버리면 어떡하지.

그래서 더 신기했던 것 같다. 저도 작가가 되고 싶은데요. 세상엔 작가가 되고 싶어 하는 사람이 이렇게나 많다니. 내가 아직 라디오 작가 이던 시절에도 메일이나 우편, 혹은 싸이월드 등을 통해 나는 종종 이런 메시지를 받았다.

"저도 라디오 작가가 되고 싶은데요."

실제로 이력서와 원고를 우편으로 보내오는 사람들도 있었다. 책을 낸 이후에는 그러한 메시지를 더 많이 받게 됐다. 저도 작가가 되고 싶은데요. 시대가 달라져 요즘엔 트위터나 페이스북을 통해 메시지를 받는다. 지금은 라디오 일을 그만둔 지 5년이 넘었는데도 종종 이런 메시지를 받는다. 저도 라디오 작가가 되고 싶은데요.

W도 나에게 그런 메시지를 보낸 사람 중 한 명이었다고 했다.

"언니, 저 혹시 기억하세요?"

꽤 오래전 내가 아직 방송국을 다니던 시절, 낯선 사람이 내게 다가와 인사를 했다.

"언니, 저 혹시 기억하세요? 몇 년 전에 싸이월드로 언니한테 쪽지 보낸 적이 있는데⋯."

W는 대학 시절, 자신이 즐겨 듣던 라디오 프로그램의 작가였던 나에게 메시지를 보냈다고 했다. 그때나 지금이나 나는 시간이 허락되면 이런 답장들을 보내곤 한다. 그 내용을 분류별로 간단하게 요약하면 다음과 같다.

Q. 라디오 작가가 되려면 어떡해야 하나요?

A. 최근에 새로 들어오는 후배들을 보면, 대부분 방송작가협회나 각

방송국에서 운영하는 아카데미 출신들인 것 같습니다.

Q. 막내 작가의 월급은 무척 적다고 하던데, 정말 그런가요?

A. 그런 걸로 알고 있습니다. 제가 처음 방송국에 들어왔던 것은 10년 도 전인데, 그때나 지금이나 막내(셋째) 작가의 월급은 거의 비슷한 것 으로 알고 있습니다.

Q. 라디오 작가를 계속 꿈꿔도 좋을까요?

A. 음…. 그건 절대적으로 본인의 선택이어야 하지 않을까요. 본인 의 열정이나 재능은 본인이 가장 잘 알고 있을 테니까요. 다만 선택에 앞서, 이 직업의 장점만을 보고 결정하진 않았으면 합니다. 라디오란 매체가 없어지진 않겠지만, 그 영향력이 점점 줄고 있는 건 맞습니다. 저보다 10년 이상 먼저 들어온 선배들도 이런 얘길 합니다. 20년 전이 나 지금이나 연봉이 거의 똑같다고요. 메인 작가들도 그런데, 라디오 방송국에서 가장 을은 막내 작가입니다. 하고 싶어 하는 사람들은 많 아지는데 자리는 점점 줄어드니, 20년 전에도 을이었던 막내 작가들 의 형편이나 처우가 더 좋아졌을 리 없죠. 몇 년을 막내로만 고생하다 그만두는 사람들도 적지 않습니다. 그래서 솔직히 제 친동생이 물어 온다면, 저는 다시 한 번 진지하게 고민해 보라고 말할 것 같습니다 만……

하지만 늘 여기까지 쓰고 나면, 어쩐지 죄책감이 든다. 이런 문제가 다만 라디오 작가에만 해당되는 것일까. 부채감이 늘어 가는 나이다.

"그때 언니가 저한테 답장도 주셨는데."

W가 말했다. 해맑고 기운찬 청춘의 표정으로. 나는 어쩐지 기특하

기도 하고 미안하기도 했다. 그런 나의 다정치 못한 답장에도 라디오 작가가 됐구나.

그 후로도 가끔 방송국에서 W와 마주치곤 했다. 사연 가방을 어깨에 메고 노트북과 원고 뭉치를 가슴에 안은 채 낑낑거리며 녹음실로 이동하는 중에도 W는, 나와 마주칠 때면 늘 씩씩하게 웃어 보이곤 했다. 가끔은 멀리서 담당 PD나 같이 일하는 작가 언니들에게 혼나고 있는 모습이 보이기도 했다. 또 가끔은 양손 가득 커다란 비닐봉지를 들고 있는 W와 엘리베이터에서 마주할 때도 있었다.

"우리 팀 야식이요. 오늘 나오는 게스트 팬분들이 보내 주셨어요."

하얗고 씩씩했던 W의 웃음이 어쩐지 오래된 종이처럼 조금씩 누렇게 색이 바래 가는 느낌이 들기도 했지만, 이 일 하다 보면 다 그렇지 뭐, 나는 대수롭지 않게 여겼던 것 같다.

"언니네 팀 막내 어때요?"

W와 함께 일하던 선배 언니에게 슬쩍 물어본 적도 있다.

"내가 아주, 걔 때문에 요즘 미치겠다."

실수가 많다고 했다. 하지만 이 언니에게서 나는 후배 작가를 칭찬하는 말은 거의 들어 본 적이 없어서, 또 그러려니, 했던 것 같다.

"그 팀 언니랑 PD들이 아주 걔를 잡는 것 같던데⋯."

다른 작가 친구에게서 이런 얘기를 들은 적도 있었다.

"원래 그 언니가 유명하잖아. 막내 애들한테 자기 개인적인 심부름도 막 시키고 그런 걸로. 근데 거기 AD는 나이도 어린 것 같던데, 못된건 빨리 배운다고 AD까지 걔를 그렇게 잡는다고 하더라."

이 바닥이 원래 복불복이다. 좋은 팀원들을 만나면 6개월이 한없이 즐겁고, 폭탄 팀원들을 만나면 6개월이 생지옥이 되기도 한다. 물론 폭탄이 한 명도 없는 팀을 만난다는 건, 쉬운 일이 아니다. 그래, 나는 운이 좋은 편이었어. 괜히 그런 생각만 하다 나는 또 W를 잊고 지냈다.

"아니, 그렇게 싫으면 자르든가 다른 팀으로 보내든가. 왜 계속 데리고 다니면서 괴롭혀."

한 번의 개편이 지난 뒤에도 W는 그 팀에 남았던 것 같다. 그러다 또 계절이 몇 번 바뀌었다. 나는 이런저런 고민 끝에 라디오 일을 그만두었다. 때마침 나는 함께 일할 수 없는 PD가 찾아와 주어 쉽게 결정할 수 있었다. 라디오 작가라는 게, 메인이 되고 경력이 쌓여도 을의 입장을 벗어날 수 없다. 아니, 갑질 PD를 만나면 그렇다는 얘기다. 물론 좋은 PD들도 많았다. 맞아, 나는 운이 좋은 편이었지.

그리고 그 사실에 나는 좀 신경질이 나기도 했다. 시스템이 아닌 운에 의해 결정되는 일상이라니, 뭔가 이상해. 하지만, 이런 생각을 하고 있으니 늘 골치가 아프지, 대부분은 이렇게 생각을 맺고 나는 또 내 일상을 살았다.

일을 그만두고 일여 년 만에, 아직 라디오 일을 하고 있는 작가 친구를 만났다. 오랜만에 듣는 방송국 얘기는 이제 나와 너무 먼 얘기 같기도 하고, 그곳은 참 여전하구나 싶기도 했다. PD며 작가며, 익숙한 이름들이 혹은 낯선 이름들이 여러 차례 지나갔다.

"맞다, W는? 아직도 일하고 있어?"

내 질문에 친구가 답했다.

"응. 밤 프로 막내라 고생이 많지."

"아직도 막내구나….'

"그렇지 뭐."

"……"

"근데, 걔 가끔 이상해."

친구가 말했다.

"저번에 내가 프린트하려고 막내들 있는 자리에 갔는데, 얘가 얼굴이 누렇게 떠서는 넋을 놓고 앉아 있는 거야. 그래서 내가 얘 뭐하니, 그랬더니 갑자기 나를 올려다보면서 이러는 거야. 언니, 화장실이 너무 가고 싶어요."

"응? 뭔 소리야. 가면 되지."

"나도 그렇게 말했지. 그럼 가. 그랬더니 얘가 갑자기 우는 거야."

"왜 울어?"

"모르지, 나도. 내가 무슨 말을 했다고. 나도 놀래서 너 왜 그러냐고 그랬더니, 아니에요, 죄송해요, 그러더니 나갔어."

"이상하다."

"그니까. 가끔 좀 이상해, 걔."

그러네, 좀 이상하네. 그렇게 또 시간이 흘러 나는 두 번째 책을 준비하기 시작하면서 바빠졌고, 그런 대화를 나눴다는 것 자체도 잊고 지냈다.

W의 얘기를 다시 듣게 된 건, 내 두 번째 책이 나오고 몇 달이 흐른

뒤였던 것 같다. 오랜만에 또 그 작가 친구를 만난 자리였다.

"갑자기 사라졌대."

"뭐?"

"W 말이야. 어느 날 갑자기 연락도 안 되고 출근도 안 하고. 그 같이 일하는 언니가 요즘 아주 죽을 맛인 것 같던데?"

"무슨 일 생긴 거 아니야? 집에는, 집에는 전화해 봤대?"

"걔가 혼자 서울 올라와서 고시원에 살았던 모양이더라. 아무도 다른 연락처를 모른대."

"아니, 어떻게 사람이 그렇게 어느 날 갑자기 사라져. 걱정해야 되는 일 아닌가."

"내 말이. 근데 그 팀 언니랑 PD들은 그렇게 생각 안 하는 것 같더라?"

요즘 애들은 책임감이 없다. 내 친구 회사에서도 신입사원이 어느 날 갑자기 연락도 없이 안 나오는 일이 꽤 있다더라. 며칠 뒤에 본인도 아니고 걔 아빠가 달랑 문자 한 통 보냈대. 우리 애 앞으로 못 나갑니다. 대학교수인 내 친구한테는 그렇게 학부모들이 전화를 한다더라. 우리 애 학점이 이상하다고. 왜 방송국 신입사원 뽑을 때도 봐. 고급 승용차들이 방송국 앞에 와서 쭉 서 있잖아. 우리 때는 입사 시험 보러 가는데 부모님이 따라온다는 게 말이 됐니? 토익 시험장 앞도 그렇다며. 아무튼 요즘 애들은 다 오냐오냐 커서 혼자 할 줄 아는 것도 없고, 책임감도 없어 큰일이야. 내가 걔도 그럴 줄 알았어. 딱 보기에도 책임감 없어 보이잖아. 하여튼 요즘 애들이란.

그 언니와 PD들의 대화가 눈에 그려지는 듯했다. 요즘 애들…. 나도, 그 언니도, 그 PD들도, 언젠가는 들었을 말.

"그래도 찾아봐야 하는 거 아닌가? 다른 팀 막내들이랑은 얘기해 봤어?"

W는 다른 팀 막내들과도 그리 친하게 지낸 것 같지 않았다. 하긴 너무 바쁘다, 막내의 삶은. 게다가 그렇게 꼬장꼬장한 언니와 PD들이 같은 팀이었다면, W의 하루는 잠자는 시간 빼고는 거의 다 일하는 시간이었을 게 뻔했다.

그날은 집에 돌아와서도 W의 생각이 머릿속을 떠나지 않았다. 도대체 어디로 사라진 걸까. 그러다 문득 라디오 작가 시절 내가 자주 꿨던 꿈이 생각났다.

알람이 울려댄다. 일어나야 한다. 새벽까지 원고를 쓰다 잤으니, 두 시간도 못 잤다. 하지만 일어나야 한다. 머리 안 감고 모자 쓰고 나간다 해도, 방송국까지 40분은 걸리니까…. 일어나야 하는데, 지금은 일어나야 하는데…. 그러다 깜빡 다시 잠이 들면, 이런 꿈을 꾸곤 했다.

몸이 돌덩이처럼 무거워 침대에서 일으킬 수가 없다. 일으키기는커녕, 내 몸이 점점 더 침대 속으로 빠져들어 가는 기분이 든다. 조금씩, 조금씩 더… 침대 안으로 내 몸이 빠져들어 간다. 그 순간 딱! 이 부딪히는 소리가 좁은 방 안으로 경쾌하게 울려 퍼진다. 우걱우걱. 침대가 입을 닫아버렸다. 우걱우걱. 내가 사라져버렸다. 잠시 후 후두두 두둑.

침대가 내 하얀 뼈를 뱉어낸다.

그 즘 나는 늘 놀라서 깨곤 했다. 일어나 보면 하얀 뼈 대신 밤새 내가 흘린 땀이 침대에 흥건했다. 그때 나는, 내가 사라져버릴까 봐 두려웠던 걸까. 내가 사라져버렸으면 좋겠다고 바랐던 걸까. W는 도대체 어떻게 된 걸까. 스스로 사라져버린 걸까. 사라짐을 당한 것일까.

그러다 문득 싸이월드 생각이 났다.
'언니, 저 기억하세요? 몇 년 전에 싸이월드로 언니한테 쪽지 보낸 적이 있는데…. 그때 언니가 저한테 답장도 주셨는데.'
그때 W는 나에게 어떤 메시지를 보냈을까. 그때 나는 또 어떤 답장을 했을까. 아직도 그 메시지들이 남아 있을까. 그런데 아직 싸이월드 홈페이지는 있나….
있었다. 하지만 로그인하기까지도 꽤나 씨름을 해야 했다. 마지막 접속이, 못해도 5년은 넘었을 테니 아이디도 비밀번호도 생각나지 않아 한참이나 씨름 끝에 로그인을 했다. 그리고 나는, 내 앞으로 도착해 있는 수많은 쪽지들과 마주했다. '받은 쪽지는 1개월 동안 저장됩니다.' 받은 쪽지함 위에 빨간색 글씨로 쓰인 친절한 안내 문구에 따라, 그 전에 나에게 보내졌을 쪽지들은 모두 사라져버렸고, 최근 한 달간의 쪽지들만이 남아 있었다. 보낸 이는 모두, W였다.

저도 참 바보 같죠. 언니가 이 쪽지들을 읽지 않을 걸 알면서도, 습관이 됐나 봐요. 이젠 여기가 제 일기장 같아요.

남겨진 한 달의 쪽지만으로도, W가 꽤 오래전부터 나에게 쪽지를 보내왔다는 것을 짐작할 수 있었다. 또한 언젠가부터 W는 이 쪽지들을 정말 자신의 일기장인 양 생각했던 것 같다. 아무도 보지 않을 걸 알면서 쓰는 것이 일기니까. 하지만 누군가는 봐줬으면 하는 마음에서 쓰는 것이 일기니까. 정말 그 누구에게도 말할 수 없는 비밀은, 일기로도 남길 수 없다. 일기는, 남는 것이다. 어떠한 형태로든 남겨진 것은, 영원한 비밀이 될 수 없다.

W의 쪽지들은 일기나 낙서처럼 어떤 날엔 간단한 몇 단어뿐이었고,

한 잔의 차가운 커피. 아무에게도 방해받지 않는 단 30분.

어떤 날은 알 수 없는 푸념들로 가득했고,

내가 원하는 건 정말 그것뿐인데. 그게 그렇게 어려운 걸까. 다른 사람들도 다 그럴까. 아니면 나만 이렇게 힘든 걸까.

또 어떤 날엔 마치 라디오 사연이나 콩트처럼 완결성 있는 이야기이기도 했다.

아픈 배를 부여잡고 끙끙거리는 절 엄마가 응급실로 데리고 갔는데, 의사 선생님이 갑자기 보호자분은 잠깐 밖에 계시라며 간이침대의 커튼을 치는 거예요. 그리고는 "임신 가능성 있나요?" 아니, 얇은 커튼 하나로 엄마한

테 그 얘기가 안 들리겠어요? 전 서둘러 부인했죠. "아니요! 그런 거 없어요!", "최근에 남자와 잠자리를 한 건 언젠가요?" 참다못해 전, 이렇게 소리치고 말았어요. "선생님, 전 모태솔로라고요!" 그런데 그보다 더 황당한 건 검사결과였어요. "맹장 자리는 아닌데, 임신 가능성도 없고. 아무래도 검사를 좀 더 해 봐야겠습니다." 그 복잡한 검사 끝에 제 복통의 원인은 이렇게 결론이 났거든요. "변비입니다." 네? 황당해하는 울 엄마에게 의사 선생님은 한 번 더 말씀해 주셨어요. "변비요. 똥 못 싼 지 얼마나 되셨죠? 대장에 아주 딱딱한 똥이 꽈악 찼는데요. 관장도 한 번엔 힘들겠어요."

W의 쪽지들은 또한 정말 자신의 일기장인 듯 어떤 날엔 반말의 독백이었고,

오늘도 언니에게 혼이 났다. 내가 고른 사연이 다른 방송에도 소개된 중복 사연이었다는 거였다. 중복 사연이 아닐 수도 있잖아요…. 나도 모르게 중얼거리고 말았다. 언니는 불같이 화를 내셨다. 아니 배에 똥 차서 응급실 실려 가는 사람이 그렇게 많니? 많아? 많을 수도 있는 거 아닌가요…. 라는 말은 차마 하지 못했다. 언니, 저도 화장실에 못 간 지 열흘이 넘었어요…. 라는 말 또한 나는 하지 못했다.

또 어떤 날엔 갑자기 내가 의식된 듯 존댓말이기도 했다.

언니, 정말 저는 이제 아무것도 바라는 게 없어요. 저에겐 딱 30분, 아무에게도 방해받지 않는, 고요한 정적의 시간, 나만의 시간이, 많이도 아니에

요. 딱 30분만 있었으면 좋겠어요.

하지만 W에겐, 그 30분은 허락되지 않았다. 그 날 아침 또한 W의 하루는 이렇게 시작됐다. 벌써 열흘이 넘었다. 새끼손톱만큼의 똥도 배출하지 못한 채 열흘이 지났다. W의 쾌변을 위한 최소보장시간 30분. 눈을 뜨면 W는 제일 먼저 차가운 커피를 마신다. 그리고 손바닥만 한 창밖 풍경을 보며 멍을 때린다. 이 손바닥만 한 창문 때문에 W는 한 달 고시원비를 3만 원이나 더 내고 있다. 차가운 커피와 함께한 15분. 그쯤이면 조금 묵직한 느낌이 아랫배에 느껴진다. 커피도 다 마셨다. 이제 찬물 한 컵을 마실 시간. 아니야, 조금 더 기다려야 돼. 한 모금 더 마시고 멍…. 그래, 이제 다 되어 간다. 한 모금 더 마시고 멍…. 그렇게 30분의 멍이 지나가면, 으윽, 왔다, 왔어! 신호가 온다. 화장실로 달려갈 시간이다. 화장실로 달려가기만 하면, 막상 그렇게 괴롭지도 않았다. 금방 쑥 해결할 수 있었다. 멍 때림의 시간, 온전히 나만을 위한 정적의 시간이 딱 30분만 있으면 되는 거였다. 하지만 W는, 화장실로 달려가지 못했다.

"끄으으으윽 캬아악 퉤엣!"

오른방 아저씨의 아침은 오늘도 코를 잔뜩 먹은 가래를 토해내는 것으로 시작된다.

"ㄷㄷㄷㄷㄷ, ㄷㄷㄷㄷㄷ, ㄷㄷㄷㄷㄷ."

왼방 대학생의 휴대폰은 오늘도 십여 분 넘게 진동 중이다. 언제나 제때 일어나지도 못하면서, 언제나 5분 간격으로 30분 내내 알람을 맞춰 놓는다.

"쾅!"

그 즘 앞방 고시생이 신경질적으로 문을 열었다 닫는다.

ㄲㅇㅇㅇ윽 캬아악 퉤엣, ㄷㄷㄷㄷㄷㄷ, 쾅! ㄲㅇㅇㅇ윽 캬아악 퉤엣, ㄷㄷㄷㄷㄷㄷ, 쾅! ㄲㅇㅇㅇ윽 캬아악 퉤엣, ㄷㄷㄷㄷㄷㄷ, 쾅! 쾅! 쾅! 그날도 W의 아침은, 얇디얇은 고시원의 베니어합판 너머로 펼쳐지는 오케스트라 협연으로 시작됐다.

그래도 운이 좋은 날엔 점심시간 후 또 한 번의 신호가 찾아오기도 했다. 12일째다. 손톱은커녕 눈곱만한 똥도 세상 구경 못 시켜 준 지 벌써 12일째.

"너는 젊은 애가 왜 맨날 속이 안 좋대."

PD님의 혀 차는 소리에도 오늘만은 기필코의 마음이었다. 속이 좋지 않다는 핑계로 W는 점심시간 혼자 사무실에 남았다. 출근길 편의점에서 산 1,800원짜리 샌드위치를 우걱우걱 입안으로 쑤셔 넣으며 사연을 봤다. 날씨 탓인가, 아니면 그냥 입이 텁텁해서 그런가. 싸구려 샌드위치의 흐물흐물한 양상추에서 비릿함이 올라오는 듯했다. 그래도 뭐라도 쑤셔 넣어야 밀려서라도 나오지. W는 우걱우걱 다시 샌드위치를 씹어 삼켰다. 12시 15분. 이제 남은 점심시간은 45분. 10분 전이면 사람들이 하나둘 들이닥칠 테니, 이제 슬슬 멍을 잡아 보자. 싸구려 믹스커피를 찬물에 억지로 개어, 찬 커피를 만들었다. 창밖이 보이는 담당 PD의 자리 쪽으로 가서 W는 멍을 때렸다. 으윽, 오래 묵어 딱딱해진 아랫배가 조금씩 요동치는 느낌. 으윽, 조금씩 움직임이 생겨

대장 사이에 공간이 만들어지는 느낌. 으윽, 올 것 같은데, 오늘은 올 것 같은데. W는 다시 찬물을 가져왔다. 찬물과 함께 15분가량만 더 멍을 때리면 성공할 수 있으리라. 아, 그래. 온다. 오고 있어. 조금만 더, 조금만 더…. 그때였다. 드드드드드드, 드드드드드드. 바지 주머니 속 휴대폰이 진동을 시작했다. "여보세요? 네, PD님." PD님은 분명 전화기 너머에 있는데도 '너 왜 내 자리에 앉아 있니?' W의 바로 앞에서 도끼눈을 뜨고 PD님이 서 있는 듯한 착각에 W는 자리에서 벌떡 일어났다. "예, 예. 아… 팩스요? 잠깐만요. 예…. 예…. 들어와 있네요. 예, 제가 잘 챙겨 놓을게요." 여행사에서 온 팩스였다. PD의 여름휴가 일정표. 이런 건 점심 먹고 들어와서 PD님이 직접 챙기셔도 되는 거 아닌가. 고춧가루 한 톨만 한 불만을 채 품어 보기도 전에 우욱, 중간에 멍 때림이 끊겼는데도 신호가 왔다. 다다다닥, W는 화장실로 달려갔다. 우욱… 우욱… 우우욱. 역시, 상한 것이었다. 화장실 변기 속에 둥둥 떠다니는 빵, 양상추, 얇디얇은 햄, 싸구려 샌드위치의 잔재들. 밑으로 토해내라 꾸역꾸역 밀어 넣었건만, 역류해 위로 다시 올라와 버린 잔재들을 바라보는 W의 아랫배가 욱신, 다시 딱딱하게 굳어 있었다. 쾌변을 위한 최소보장시간 30분. 점심시간에도 W에겐 그 시간이 허락되지 않았다.

17일째 되던 날 W는 마음을 굳게 먹었다. 한 손엔 캔커피, 한 손엔 생수병을 들고 오후 4시 45분 공개방송 홀이 있는 13층의 화장실을 찾았다. 공개방송이 없는 날엔, 이 시간 인적이 가장 드문 화장실이다. 이대로는 온몸이 딱딱하게 콘크리트 아니 똥 덩어리로 변해버릴 것 같아 과감한 결의 끝에 명을 잡기로 결심한 것이었다. 변기 뚜껑을 내리고 그 위에 앉아, 역한 화장실 냄새를 참아 가며 차가운 캔커피를 조금씩 들이켰다. 아무리 시선을 다른 곳으로 돌려 보려 해도 W의 눈은, 자꾸만 쓰레기통 속 휴지들에 남은 누군가의 자국들로 향했다. W의 목구멍으로 넘어가다 말고 커피캔 입구에 남은 짙은 갈색 커피물이, 쓰레기통 속 오물들과 겹쳐져 속이 울렁거렸다. 하지만 오늘도 내보내지 않으면 안 된다는 마음에 W는 질끈 눈을 감고 꿀꺽꿀꺽 차가운 커피를 들이켰다. 후유. 차가운 커피가 식도를 타고 위로, 위를 넘어 십이지장, 대장으로 흘러가 딱딱하게 엉겨 붙은 그들 사이에 공간을 만들어 주길 명···. 입을 벌린 채 W는 기다렸다. 그때였다.

똑똑똑똑, 똑똑똑똑.

"W 너, 여기 있니?"

똑똑똑똑, 똑똑똑똑.

어, 어떻게 된 거지. 언니 아직 출근하실 시간 안 됐는데. 아니, 내가 여기 있다는 건 어떻게 아셨지. 아니 그, 그보다···

"네, 언니."

반사적으로 W는 답을 하고 있었다.

"너 여기서 뭐하니?"

"아, 네. 소, 속이 좀 안 좋아서···."

"근데 왜 여기까지 올라와 있어? 앞 팀 막내가 너 여기 들어가는 거 봤다고 해서 혹시나 하고 와 봤더니. 전화도 자리에 놓고 가고, 너 대체 왜 그러니?"

"자, 잠깐만요. 언니."

W는 서둘러 일어나 커피캔과 생수통을 오물 자국 요란한 쓰레기통…에 버리고, 변기 물을 내렸다. 그리고 문을 열고 나왔다.

"내가 오늘 낮에 일 있다고, 회사 와서 원고 쓴다고 했니, 안 했니? 오늘 원고에 쓸 사연들 내 자리에 올려놓으라고 했잖아. 어딨니?"

"아, 그거… 제가 언니 메일로 보내 놨는데요."

"내가 언제 메일로 보내 놓으랬어. 프린트해서 내 자리에 올려놓으라고 했지. 너는 애가 이런 것도 하나 제대로 못하니? 내가 정말 미치겠다."

그러고도 한참이나 W는, 화장실 변기 앞에 서서 언니의 짜증을 받아냈다. 아무것도 나오지 못한 W의 안으로 계속해서 무언가는 들어온다. W의 아랫배는 이미, 아니 더욱, 딱딱하게 굳어 있었다.

생방 직전까지는 눈코 뜰 새 없이 바빴다. 두 시간의 생방송 진행 중에는, 더 바빴다. 방송이 끝나도 W는 쉴 수 없었다. 언니들과 PD들이 다 퇴근하고 나면, 선곡표와 함께 그날 찍은 방송 사진들을 정리해서 포토샵까지 마친 후 프로그램 홈페이지에 올려야 했다. 조금만 늦어져도 언니들과 PD들에게서 문자가 왔다. 그러고 나면 내일 방송에 쓸 사연들을 정리하고, 몇 페이지 되지 않는 W의 원고도 써야 했다. 고시원에선 키보드 치는 소리 때문에 몇 번이나 욕을 먹어 작업을 할 수 없었다. 사연 정리에 원고까지 마치고, 그날 방송에서 소개된 청취자들 사연에 줄 선물까지 데이터베이스에 입력하고 나면, 새벽 2시가 넘어간다. 백만 원 조금 넘는 월급으로 매일 택시를 탈 순 없다. 4시 반까지 의자에 쭈그리고 앉아 쪽잠을 자다 첫차를 타고 고시원으로 돌아가 두 시간쯤 눈을 붙이고 일어나면, 찬 커피를 한 잔 채 마시기도 전에 오케스트라 협연이 시작된다.

끄으으으윽 캬아악 퉤엣, 오른방 아저씨의 코를 잔뜩 먹은 가래 토해내는 소리.
드드드드드, 드드드드드, 왼방 대학생의 휴대폰 진동소리.
쾅! 앞방 고시생의 신경질적인 문 닫는 소리.
끄으으으윽 캬아악 퉤엣, 드드드드드, 쾅! 끄으으으윽 캬아악 퉤엣, 드드드드드, 쾅! 끄으으으윽 캬아악 퉤엣, 드드드드드, 쾅! 쾅! 쾅!

그렇게 W는 몇 년의 시간을 살아온 걸까.
"이 코너에 있는 사연 콩트 한번 써 볼래? 기회 삼아 주말에 몇 편 써 와 봐."
주말에도 W는 아마 쉴 수 없었을 것이다. 글을 쓰고 싶어 작가가 됐지만 제대로 된 글은 써 볼 시간도, 기회도 없었던 W는 이게 기회일까 기를 쓰고 써 갔을지 모른다. 하지만 번번이 퇴짜를 맞았을지도 모른다. 퇴짜를 맞고 자학할 새도 없이 W는, "내가 너 때문에 머리가 다 아프다, 머리가. 나가서 두통약 좀 사다 줄래." 언니들과 PD들의 개인 심부름에 바빴을지도 모른다. "나 커피 한 잔만. 나 믹스커피 안 마시는 거 알지. 내려가서 좀 부탁해." 커피나 담배 심부름을 시키면서, 그 돈도 주지 않는 선배들 또한 더러 있다는 얘기를 들은 적이 있다. 나도 메인 작가가 되기 전, 저런 언니는 되지 말아야지, 했던 적이 많았다.

물론 밥을 먹을 때나 차를 마실 때나, 그 어디서도 내 지갑은 절대 열지 못하게 하는 좋은 선배들도 많았다. "막내들은 어디서든 돈 쓰는 거 아니야." 그 선배들은 지금까지도 내 지갑은 절대 열지 못하게 한다. 나는 역시, 운이 좋은 편이었다. 그리고 그 사실이 가끔은 좀 슬펐다. 왜 운으로 결정되는 걸까. 누군가의 매일이, 누군가의 일상이.

그렇다고 W의 쪽지가 늘 이런 우울한 얘기뿐이었느냐 하면, 그건 아니었다. 내가 읽지 않으리라는 걸 알면서도, W는 불현듯 내가 의식된 듯 이런 쪽지를 남기기도 했다.

그렇다고 전 제가 불행하다고 생각하진 않아요. 가끔 고향 친구들과 문자를 주고받을 때면 친구들이 저한테 그래요. 그래도 너는 행복한 사람이라고. 네가 하고 싶어 하는 일을 하고 있지 않냐고. 제 친구들 중엔 아직도 취업 못한 친구들도 있고, 취업한 친구들도 마냥 행복하고 좋다는 경우는 거의 없어요. 그래도 제가 그중 제일 행복한 사람인 거죠. 어쨌든 제가 하고 싶어 하는 일을 하고 있고, 언젠가는 저도 언니들처럼 될 수도 있잖아요. 저는, 운이 좋은 편인 거죠.

그런 W의 쪽지가 나는 더 슬펐던 것 같다. 모두가 이렇게 살고 있는 세상이야. 지금의 이 세상을, 이미 또 하나의 당연한 시스템으로 생각하게 돼버린 W. 그래서 나는 더 슬펐던 것 같다.

하지만 그래도 저는 30분만 있었으면 좋겠어요. 온전히 나만을 위한 시간

이. 하루에 딱 30분만.

하지만 그 30분은, W에게 허락되지 않았다. 그리고 그건 W에게만 허락되지 않은 건, 아닐지도 모른다. '제 친구들 중엔 아직도 취업 못한 친구들도 있고, 취업한 친구들도 마냥 행복하고 좋다는 경우는 거의 없어요. 그래도 제가 그중 제일 행복한 사람인 거죠.' 지금보다 호시절이었다는 십여 년 전에도, 비교적 운이 좋았던 나조차도, 이십 대내내 침대가 나를 잡아먹어 버리는 꿈을 꾸곤 했다. 그때 나는, 내가 사라져버릴까 봐 두려웠던 걸까. 내가 사라져버렸으면 좋겠다고 바랐던 걸까.

오늘로 21일째. 오늘도 손톱만큼은커녕 눈곱만한 똥도 보질 못했어요. 아, 저희 언니한테서 문자가 왔네요. 제가 올린 선곡표에 오타가 있었나 봐요. 빨리 수정해야겠어요.

이것이 W의 마지막 쪽지였다. 벌써 일주일 전 날짜다. 그리고 W는 사라졌다. W는 스스로 사라진 걸까. 사라짐을, 당한 것일까. 그날 밤 나는 꿈을 꾸었다.

몸이 돌덩이처럼 무거워 침대에서 일으킬 수가 없다. 그런데 침대에 누워 있는 사람이 내가 아니다. W다. 계속해서 알람이 울려댄다. 일어나야 하는데. 머리 안 감고 모자 쓰고 나간다 해도, 방송국까지 40분…. 지금은 일어나야 하는데…. 하지만 W는 몸을 일으킬 수 없다. 조금씩,

조금씩 더⋯ 침대 안으로 W의 몸이 빨려 들어간다. 그 순간 딱! 이 부딪히는 소리가 좁은 W의 고시원방 안으로 경쾌하게 울려 퍼진다. 우걱우걱. 침대가 입을 닫아버렸다. 우걱우걱. W가 사라져버렸다. 잠시 후 퉤엣, 침대가 무언가를 뱉어냈다.

W가 사라진 하얀 침대 위에는 똥 덩어리 하나만이 남았다.

단 30분.
그것을 가지지 못해 조금씩 조금씩 내 안으로 똥을 쌓아 가다 끝내,

똥 덩어리 하나로 변해버린 W가
하얀 침대 위에,
덩그러니,
놓여 있다.

겨울이 싫었다

고백하건대 나는 겨울이 싫었다.
그것도 아주 많이, 정말 너무, 무척이나 싫었다.

희한할 만큼 더위를 안 타서 한여름에도 땀을 잘 안 흘리는 나는, 반대급부로 지나치다 싶을 만큼 추위를 탄다. "온몸이 아파." 겨울이면 내가 제일 많이 하는 말. 있는 대로 껴입은 탓에 옷 무게만도 상당한데, 하루 종일 온몸에 힘을 잔뜩 준 채 웅크리고 다니니, 어깨부터 시작해 손끝 발끝 하나하나까지 정말 온몸이 다 아픈 느낌이 든다. 게다가 눈 오면 차 막히지, 질척질척 신발 엉망 되지, 밖에 있다 실내로 들어오면 안경이 뿌예져서 아무것도 안 보이지, 내가 제일 좋아하는 과일 수박도 못 먹고! 겨울이 싫은 이유는 얼마든지 계속 얘기할 수 있을 정도로 언제나 겨울은 내게, 끔찍한 존재였다.

그 날은 심지어 눈이 왔다. 첫눈, 좋아하시네. 아, 오늘은 꼭 재활용 버려야 하는데…. 첫눈이라 설레고 말고 할 것도 없이 나는 짜증부터 났다. 온몸에 힘을 주고 달려 나가 잽싸게 분리수거를 하고 돌아오는데, 막 닫히고 있던 엘리베이터 문이 다시 열렸다. 그리고 그 안에 초등학교 고학년쯤 돼 보이는 여자아이. "안녕하세요!" 추위에 발그레해진 볼로 환하게 웃고 있는 아이의 얼굴과 아이 너머 거울로 보이는 미간을 잔뜩 찌푸린 채 인상을 쓰고 있는 내 얼굴이, 묘한 대비를 이루는 엘리베이터 안으로 여자아이의 낭랑한 목소리가 다시 한 번 울려 퍼졌다.

"저는 겨울이 너어어무 좋아요!"

나는 잠시 멍해지고 말았다. 완전한 무방비 상태에서, 아이의 살갑고 밝은 목소리로 한 대 얻어맞은 기분이랄까. 하지만 그런 나는 아랑곳하지 않고 아이는 계속 방실방실 웃으며 말을 건네 왔다.
"왜냐면요, 겨울엔 눈도 오고, 방학도 있고, 엄마가 이번 방학엔 스키장도 데려가 주신다고 했거든요! 언니도 겨울 좋아하세요?"
"……."
똥그란 눈이 연신 방실방실.
"풉."
나는 결국 웃고 말았다. 그리고,

51

"네. 저도… 좋아해요, 겨울."

내 볼이 발그레해지는 것이 느껴졌다. 추위에 떨다 따뜻한 곳으로 들어왔을 때 발그레해지는 그 느낌. 실제로 엘리베이터 안이 실외보다 따뜻했기 때문인지도 모른다. 하지만 그보다 마음의 온도가 조금 올라간 느낌이랄까. 아이의 살갑고 해맑은 그 웃음에 대고 나는 차마, '아니? 나는 싫거든? 겨울 저어엉말 싫거든?' 그럴 수가 없었다.

아이와 헤어지고 집으로 들어와서도 괜히 피식피식 웃음이 났다. 내가, 내 입으로, 말했어. 좋아한다고, 겨울을…. 그 상황이 하도 어이가 없어 계속 피식피식 웃음이 났다. 그래서 생각해 보기로 했다. 나는 정말 겨울을 100% 완벽하게 싫어하는가? 겨울을 좋아할 만한 이유는 하나도 없어?

그런데, 꽤 있었다. 내가 겨울을 좋아해도 될 만한 이유 또한 제법 꼽을 수 있었다. 포장마차의 따뜻한 오뎅 국물! 그거 겨울 아니면 그 맛 안 나지. 붕어빵, 호빵, 호떡, 팥죽, 그래 겨울 별미가 얼마나 많아? 그리고 무엇보다 만화책과 귤! 생각해 보면 학창 시절의 내 겨울방학엔 언제나 만화책이 있었다. 발가락을 꼼지락거리며 따뜻한 이불 속에서 귤 까먹으며 보는 만화책. 맞아, 만화책은 겨울이야. 그래서 내가 소장하고 있는 만화책들 중에는 책장 귀퉁이에 노랗게 귤물이 들어 있는 것도 꽤 된다. 아, 신난다. 갑자기 기분이 좋아졌다. 나는 바로 만화전문가 친구에게 문자를 넣었다. '요즘 재밌는 만화책 뭐 있어?'

나는 조금, 겨울이 좋아졌다. 넌 내가 싫어하는 애! 단단히 찍어 놓고 두 번 생각해 볼 맘도 갖지 않았던 겨울이, 나는 이제 조금 좋아졌다. 어쩌면 세상엔 100% 나쁜 것, 100% 싫은 것, 100% 좋은 것은 없을지도 모른다. 다만 내가 그를 단단히 찍어 놓고 한쪽 면만을 바라보고 있을 뿐. 보지 않을 거야, 너의 장점 따윈 찾고 싶지 않아! 어쩌면 나는 내내 그렇게 살아왔는지도 모르겠다. 그래 봤자 내 마음만 미워질 뿐인데.

"저는 겨울이 너어어무 좋아요!"

아이의 해맑고 예쁜 웃음 너머, 엘리베이터 거울로 보이던 내 얼굴. 미간을 잔뜩 찌푸린 채 인상을 쓰고 있던 못난이 중의 못난이, 내 얼굴처럼 말이다.

젠장, 큰일이다

———————   ▫

　내 안의 어린아이, 라는 주제로 기고 청탁을 받은 적이 있다. 곤란했
다. 내겐 너무 많았으니까. 나는 아직도 애구나, 철들려면 멀었구나. 그
런 생각은 솔직히 지금도 하루가 멀다고 나를 찾아온다.

　일본 지브리 미술관에 갔을 때였다. 한 방을 가득 채우고 있던 고양
이 버스. 이웃집 토토로에 나오는 고양이 버스의 실사 크기 인형을 봤
을 때, 나는 흥분했다. 내 무릎에도 오지 않는 작은 아이들이 고양이
버스를 오르락내리락 즐거워하고 있는데, 나는 정말 부러워 죽을 것만
같았다. 나는 탈 수 없었다. 토토로와 고양이 버스는 영화 속에서도 아
이들의 눈에만 보이듯, 미술관에 설치된 고양이 버스 또한 작은 아이
들에게만 허락됐다. 그럼에도 나는 그 방을 쉽게 떠날 수 없었다. 한

번만 타 보면 안 될까. 나도, 정말 딱 한 번만. 간절한 눈빛을 쏘아대며 그 자리에 한참을 서 있는 내가, 나조차도 우스웠다. 넌 정말 아직도 애구나. 하지만 그렇게 집에 돌아와서도 나는, 토토로를 또 봤다. 나는 지금까지 토토로를 백 번도 넘게 본 것 같다.

솔직히 그런 순간은 너무 많다. 일은 산더미처럼 밀려 있는데 신간 만화책에서 눈을 떼지 못하고 과자 봉지와 함께 침대 위를 뒹굴고 있을 때, 별것도 아닌 일로 엄마에게 짜증 내고 있는 나를 발견할 때, 또 어른이라면 응당 참고 견뎌낼 수 있어야 하는 사소한 문제 앞에서 사춘기 소녀처럼 파르르 씩씩거릴 때도, 나는 내가 한심하다. 너는 도대체 언제 철들래.

그런데 실은, 그 어느 때보다 내가 어른답지 못하다고 느낄 때는 따로 있다.

어린 시절 막연하게나마 추측해 보곤 했던 나의 삼십 대는, 적어도 지금의 내 모습은 아니었다. 안정된 직장, 안정된 삶. 이런저런 사소한 고민들은 있겠지만 적어도 '나는 도대체 무엇을 할 수 있는 아이일까. 나는 앞으로 도대체 어떻게 살아야 하는 걸까.' 이따위 사춘기 소녀에게나 어울릴 법한 정체성의 고민들과는 멀어질 거라 생각했다. 그 고민들이 너무 힘에 겨워 어서 빨리 삼십 대가 됐으면 좋겠다고 생각했던 적도 많았다. 그런데 삼십 대의 나는, 여전히 지금의 내 생활과는 요원한 꿈을 꾸고, 그 꿈을 내가 과연 이룰 수 있는 인간인가를 끊임없이 고민하고, 그래서 여전히 불안하고 괴롭다. 나는 도대체 언제쯤이면 안정된 어른이 될까.

"나는 만족을 모르는 인간인가 봐요. 어쩌면 지금의 나를 부러워하는 사람들도 있을 텐데, 왜 나는 여전히 불안하고 자꾸만 다른 꿈을 꾸는 걸까요?"

한 선배에게 물었다. 나보다 열 살 이상 많은 선배였다. 나름 진지하게 물어본 거고, 뭔가 어른스러운 답을 얻고 싶었다. 그런데 돌아온 선배의 답은,

"나도 그런 걸, 뭐."

에에? 선배 나이가 돼도 그런 고민을 해야 한단 말이에요!? 나도 모르게 목소리가 커졌다. 곧 오십을 바라보는 선배의 나이. 그런데도 선배에겐 꿈이 있었다. 그것도 선배의 지금 현실과는 무척 다른 꿈. 그래서 선배 또한 여전히 불안하고 힘들다고 했다. 그 꿈을 이뤄 나갈 의지와 열정이 늘 모자란 것 같아 자책하고, 현실과 꿈속의 삶 사이에서 갈등하느라 괴롭고.

"우울해! 선배 나이가 돼도 그런 고민을 해야 한다니, 우울해, 우울해!"

정말 그랬다. 서른 넘어서는 물론, 마흔과 쉰을 넘어서까지 지금의

이 불안한 마음은 계속될 수 있다고 생각하니, 정말 생각만으로도 너무 우울했다. 그런데 문제는, 내가 그 선배를 좋아한다는 거다. 나는 선배에게서 한 번도 세대 차이를 느껴 본 적이 없다. 선배와의 대화는 언제나 즐겁다. 선배의 마음은 언제나 젊다. 혹시 그래서인가. 내가 선배를 좋아하는 이유 또한 그래서, 선배가 여전히 불안해서?

선배는 꼰대가 될 수 없었다. 지금 가진 것들을 지키려고만 하는 어른이 못 돼서. 언제나 다른 꿈을 꾸고 있으니 여전히 불안하고 휘청거려서 선배는 어른이 되지 못했다. 그리고 나는, 그런 선배가 좋다. 음… 다시 좀 우울해지려는 찰나, 오래전 읽은 코난 도일의 일화가 떠올랐다.

그는 전 세계에서 백 년 넘게 가장 많은 사랑을 받아 온 탐정 '셜록 홈즈'를 만들어냈다. 셜록 홈즈를 통해 한 단어당 가장 많은 원고료를 받은 작가이기도 했다. 그런데도 그는, 늘 다른 꿈을 꿨다. 셜록 홈즈 이상의 문학을 구현하기 위해 기차나 택시 안에서도, 인터뷰 촬영을 위해 포즈를 취하다가도, 파티에서 대화를 나누다가도 끊임없이 다른 글을 썼다. 심지어 그 다른 글에 집중하기 위해, 자신이 만들어낸 셜록 홈즈를 죽여버리기까지 했다. 그의 안에는, 다른 꿈이 있었으니까.

어쩌면 그래서 나는 선배의 얘기를 듣다 코난 도일을 떠올렸는지도 모르겠다. 선배는 늘 무언가를 하고 있다. 지금에 만족하지 못하고 그래서 여전히 불안한 대신 선배는 끊임없이 무언가를 하고 있다. 어쩌면 선배가 만족할 만한 결과는 끝내 찾아오지 않을지도 모른다. 코난 도일 역시 셜록 홈즈 이상의 작품은 끝내 쓰지 못했다. 하지만 그는 죽기 직전까지도 또 다른 꿈을 놓지 못했고, 끊임없이 쓰고 또 썼다. 그런 코난 도일의 삶이, 선배의 삶이, 나는 싫지 않다. 아무리 고민해 봐도 나는, 자꾸 그쪽으로만 마음이 기우니 말이다. 더 이상 아무것도 되고 싶은 게 없는 어른 쪽은, 아무리 기웃거려 봐도 영 재미가 없다. 내 마음은, 아무리 외면해 보려 해도 자꾸만 불안한 어른 쪽으로 기운다. 남들에겐 헛된 꿈이나 꾸는 몽상가로 비칠지라도, 여전히 다른 꿈 하나를 품고 사는 어른 쪽으로.

제장,
큰일이다.

우울해. 선배 나이가 돼도 그런 고민을 해야 한다니. 우울해, 우울해!

선배를 향해 또다시 눈을 흘겨대면서도, 나 역시 틀렸다 싶다. 나 또한 선배 짝이 날 것만 같다. 마흔이 넘어서도 쉰이 넘어서도 그보다 더 나이를 먹어 파파 할머니가 되어서도 나 역시 여전히 불안한,

딱, 선배 짝이.

복숭아

내가 그녀를 처음 만난 것은, 대학 시절 심리학과의 한 연구실에서
였다. 방송 일 때문에 휴학을 하곤 마지막 학기를 마치러 복학했을 때,
어쩐지 나는 좀 심심해졌고 그때 한 대자보가 내 흥미를 끌었다. '무료
심리상담 지원자 모집.' 외국 드라마나 영화에서 보던, 눕기만 해도 마
음이 평안해지고 잠이 스르륵 올 것 같은 긴 소파가 있는 쾌적하고 편
안한 분위기, 는 역시 나의 지나친 환상이었을까. 그곳의 문을 열기가
무섭게 나는 실망부터 하고 있었다. 우리 과 과방만큼이나 너저분하고
어수선한 그곳의 분위기는 어쩐지 심란心亂하기 짝이 없어서, 내 마음
의 병이 치료되기는커녕 더 심란해질 것만 같았다. 알고 보니 그곳은
임상심리를 전공한 학부생이나 대학원생들이 실제 환자들과 만나기
전 학생들을 상대로 실습을 하는 곳이었다. 역시 세상엔 공짜가 없다.

나의 담당자가 어쩐지 어설프고 어리바리한 모습을 보일 때면, 상담을 받으러 간 내가 도리어 그에게 도움을 줘야 할 것만 같은 기분이 들었다.

그 날은 내 담당자가 지각을 해 대기 장소에 앉아 책이나 뒤적이고 있었는데, 나보다 먼저 와 복숭아를 먹으며 기다리고 있던 그녀가 내게 말을 걸어왔다.

"언니는 근데, 여기 왜 오셨어요?"

낯선 사람과 쉽게 친해지지 못하는 나완 달리, 그녀의 사교적이고 밝은 목소리는 이곳의 심란한 분위기완 전혀 어울리지 않을 정도로 맑고 쾌적했으며 당돌했다.

"근데 언니 맞죠? 전 00학번인데, 언니는 몇 학번이세요?"

"아, 저는 97학번….."

"언니 맞네. 말 놓으세요. 근데 언니 복숭아 좋아하세요? 저 여기 더 있는데, 이것 좀 드실래요?"

옆에 놓여 있던 검은 비닐봉지를 바스락거리며 그녀가 말했다.

"아니요, 저는 괜찮아요."

"에이, 말 놓으시라니까. 제가 한참 후배잖아요."

그때나 지금이나 나는, 나보다 한참 어린 사람들에게도 쉽게 말을 놓지 못한다. 만나자마자 나이 까자, 말 놓자, 하는 사람들도 별로 좋아하지 않는다. 또한 사회생활을 잘 못하는 사람들이 대부분 그렇듯 내 얼굴은 감정을 숨기지 못한다. 그러니 그녀에게도 내 불편하고 싫은 기색이 고스란히 전해졌을 법도 한데, 그녀는 전혀 아랑곳하지 않왔다.

"근데, 언니는 여기 왜 오셨어요?"

"네?"

"아니, 뭔가 이유가 있으니까 상담받으러 오셨을 것 아니에요. 저는 불면증 때문에 왔는데. 잠을 진짜 못 자거든요."

만나자마자, 그러니까 나는 전혀 준비되지 않았는데, 자기 패를 먼저 막 까서 보여 주며, 자 이제 네 패도 보자, 하는 사람들 또한 나는 불편하다. 그러니 그녀를 향한 내 마음에도 경계경보가 울리고 있었는데, 그녀는 역시 나의 표정에는 관심이 없었다.

"언니는 그래도 꽤 깨어 있는 사람인가 봐요?"

"네?"

"점 보러 안 가고 여기 상담받으러 왔잖아요."

그녀가 말했다. 그녀가 계속, 말했다. 언니는 그런 생각 안 해 보셨어요? 이상하잖아요. 자살하는 사람이 이렇게 많은 나라에서 정신상담이나 심리상담이 보편적이지 않은 거. 이 정도 자살률이면 한 집 걸러 한 집씩은 정신과여야 할 것 같은데, 우리나라의 한 집 걸러 한 집은 교회나 점집이잖아요. 저도 한때는 점 보러 진짜 많이 다녔거든요. 근데 가 보니까 알겠더라고요. 왜 사람들이 병원 안 가고 점집 오는지. 한번은 내 앞에 아줌마가 방문을 닫고 점을 보는데도, 어찌나 큰 소리로 펑펑 울어대며 말을 하는지 밖에 있는 저한테까지 다 들리는 거예요. 한 시간을 넘게 울며불며 얘기를 해대는데, 저러다 저 아줌마 실신하는 거 아냐, 했거든요? 근데 방문을 열고 나오는 아줌마의 표정은 뭔가 개운해 보였달까. 사우나 같은 데서 나오며, 아 시원하다, 며칠 묵은 스트레스 확 풀고 나온 사람 같은 거예요. 언제 울었냐는 듯 너무 싹싹하게 웃으면서 '선생님, 그럼 다음 주에 또 올게요.'하는데, 아 이 아줌마는 여기 스트레스 풀러 오는 거구나. 왜, 정신상담이 그런 거잖아요. 마음의 병 치료하는 거, 스트레스 맺힌 거 풀어 주는 거. 근데 정신병원이라고 하면 어쩐지 사람들 이목도 신경 쓰이고, 꾸준히 다니려면 돈도 많이 들고, 또 제가 여기 다녀 보고서 알게 됐는데, 상담소에선 절대 함부로 막 다 잘될 거다 이런 얘긴 안 해 주더라고요? 근데 점 보러 가면 내 얘기도 다 들어주지, 내 미래도 막 예언인 양 확신에 차서 좋게 얘기해 주지, 그러니 사람들이 왜 상담받으러 가겠어요. 점 보러 가지. 요즘은 점집도 경쟁률이 치열해져서 오천 원, 만 원, 싼 데도 많거든요. 내가 볼 때 우리나라는, 앞으로도 점집 때문에 정신과는 힘들….

"아, 강세형 님. 늦어서 죄송합니다. 들어오시죠."

그때 도착한 내 담당자가 아니었으면, 내 표정과 반응에는 전혀 관심이 없는 그녀의 얘기를 나는 그러고도 한참이나 더 들어야 했을 것이다. 하지만 나는 내 담당자로 인해 구원받았고 (아마 그것이 그가 나에게 도움을 준 처음이자 마지막 사례였던 것 같다) 나는 잽싸게 일어나 그를 따라 골방 같은 상담실로 들어가려 하는데, 등 뒤로 그녀의 목소리가 다시 들려왔다.

"언니 이름이 세형이구나. 세형 언니 그럼 다음에 또 만나요. 오늘도 스트레스 많이 푸시고요, 안녀어어엉."

너무 해맑은 웃음으로 복숭아를 베어 물며, 나를 향해 연신 손을 흔들어대는 그녀가, 솔직히 나는 그때 살짝 무섭기까지 했다.

그러니 사람 일은 참 모를 일이다.
"여보세요? 언니! 역시 언니는 안 자고 있었구나. 언니. 나 어제도 거의 못 잤는데, 오늘도 잠이 안 와. 어떡해?"
그로부터 십몇 년이 지난 어젯밤에도 나는, 그녀의 전화를 받았으니 말이다.

다음에 또 만날 일은 절대 없을 것 같았던 그녀와 나의 두 번째 만남은, 학교 캠퍼스도 아닌 극장에서였다. 나는 그때도 평일 오후 시간이 빌 때면 종종 혼자 영화를 보러 갔다. 누구의 방해도 없이 내 맘대로 영화를 고르고 볼 수 있는 그 시간을 나는 좋아한다. 그날도 혼자 극장을 찾아 매표소에서 막 표를 끊어 돌아서려 했을 때,
"어머, 세형 언니!"
그 목소리와 톤은, 적어도 몇 년 이상은 나와 아주 친밀한 관계였을 누군가에게서만 가능한 것이었다. 나는 돌아서서도 한참을 두리번거렸다. 그런데 내 눈앞으로 바짝 다가와 해맑게 웃고 있는 사람은 다름 아닌 그녀였다. 솔직히 나는 그녀가 '심리학과 연구실의 그녀'라는 걸 알아채는 데도 한참이 걸렸다. 하지만 그녀는 역시, 내 얼굴에도 고스란히 드러났을 당황스러운 내 감정에는 관심이 없었다. 내 영화표를 기웃거리던 그녀는,
"언니는 이 영화 보러 왔구나. 우리는 다른 영화 보러 왔는데. 아, 맞

다. 언니, 제 남자친구예요."

그녀도 아직 낯선 나에게, 자신의 남자친구까지 소개하고 있었다. 그 순간, 그래 다른 영화라 천만다행이다, 나는 혼자 생각했지만,

"숭이야, 우리도 이 영화 보자."

그러곤 매표소 직원을 향해 그녀가 말했다. '언니, 우리 다 같은 일행이에요. 이 언니 옆 좌석으로 주세요.' 끔찍했던 두 시간이었다. 그녀는 영화를 보는 내내, 내 옆쪽으로 바짝 붙어 쉴 새 없이 내 귀에 대고 떠들어댔다. 심지어 영화가 끝났을 때는,

"숭이야, 나 세형 언니 너무 오랜만이라서 같이 차라도 한잔 마시고 가고 싶은데, 오늘은 좀 일찍 헤어지면 안 돼?"

그렇게 그날 나는 그녀의 이름을 알게 됐고, 무언가에 홀린 듯 내 전화번호까지 그녀의 손에 쥐여 주게 됐으며, 그날부터 십몇 년이 지난 지금까지도 늦은 밤 종종 그녀의 전화를 받고 있다.

"요즘도 통 못 자는구나?"

내가 말했다.

"응. 상상이 안 돼. 상상이 안 돼서 잠이 안 와."

그녀가 말했다.

그녀의 불면증이 언제부터 시작됐는지는, 그때나 지금이나 그녀도 잘 모르는 것 같다. 하지만 그때나 지금이나 그녀가 분명 알고 있는 것도 하나 있다.

"상상이 필요해요. 저는 상상을 해야 잠을 잘 수 있어요. 그래서 남

64

자가 필요해요."

그녀와 네 번짼가 다섯 번째 만났을 때 그녀가 말했다.

"중학교 1학년 땐가, 그때도 저는 잘 못 잤거든요?"

자려고 누우면 머릿속이 온통 하얘지면서 그녀는 아무 생각도 나지 않았다. 모든 생각이 달아나버리면 잠도 달아나버렸다. 백지상태의 머릿속은 분명 깨어 있는 상태도 아닌 것 같은데, 머리를 제외한 모든 감각은 더 예민하게 살아 움직였다. 옆방에서 고르릉고르릉 낮게 코를 고는 오빠의 잠든 숨소리도, 거실 시계의 초침 소리도, 멀리 건넛방에서 뒤척이는 부모님의 작은 몸짓 소리 하나까지도 생생하게 들려왔다. 저녁으로 먹다 남은 부엌의 김치찌개 냄새와 화장실에서 풍겨 오는 퀴퀴한 냄새까지도 그녀의 코를 자극했다. 눈을 감고는 있지만 그렇다고 자고 있는 것도 아니오, 깨어 있는 것도 아닌 상태에 지쳐 눈을 뜨면, 깜깜한 어둠에 적응된 그녀의 눈에 천장의 무늬가 들어왔다. 언니, 저는 지금껏 살아오며 잠들었던 모든 방의 천장이 다 기억나요. 밤새 몇 시간이고 그 천장만 보고 있었으니까요.

양 한 마리, 양 두 마리… 아무리 정신을 집중하고 양을 세어 보려해도, 양들은 어느새 뿔뿔이 흩어져 달아나버렸다. 어떤 생각에도 집중할 수 없었고, 흩어져버린 생각들을 따라 그녀의 잠도 달아나버렸다. 그러니 그녀가 집중할 수 있는 단 하나의 생각을 발견했을 때의 그 기쁨은, 차마 말로 표현할 수 없을 정도였다.

"남자였어요. 내가 집중할 수 있는 단 하나의 생각은, 남자. 그것도 내 마음을 빼앗은 남자요."

　그녀의 첫 남자는 유덕화였다. 오빠가 빌려 온 비디오테이프를 통해 그녀는 유덕화를 만났다. 하얀 웨딩드레스를 입은 오천련을 뒤에 태우고, 하얀 턱시도의 유덕화가 피를 흘리며 오토바이를 모는 장면에 그녀는 압도당했다. 천장지구였다. 그 영화 이후 그녀는 유덕화의 모든 영화를 섭렵해 나갔고, 그녀의 방은 유덕화의 사진으로 도배됐으며, 자려고 누워서도 그녀는 유덕화 생각만 했다. 그리고 잠이 들었다. 잘 수, 있었다.

　광고 촬영을 위해 한국에 온 유덕화는, 바쁜 스케줄과 갇힌 생활에 염증을 느껴 밤늦은 시간 매니저 몰래 호텔을 빠져나온다. 모자를 푹 눌러쓴 채 서울 시내를 자유롭게 활보하는 유덕화. 그러다 목이 말라 들어간 편의점에서 누군가 그를 알아본다. 사람들이 몰린다. 당황한 유덕화는 편의점을 나와 뛰기 시작한다. 액션 히어로인 그가 뜀박질로 누구한테 지겠는가. 그가 한적한 주택가로 들어섰을 땐 이미 모두를 멋지게 따돌린 후였고, 숨을 고르며 잠시 멈춰 서 있던 그의 눈에 한 소녀가 들어온다. 놀이터 그네에 앉아 울고 있는 소녀. 알 수 없는 무언가의 힘에 지배당한 듯 그는 소녀에게서 눈을 뗄 수 없다. 자신도 모르게 그는, 소녀를 향해 한 발 한 발 다가가고 있었다. 그것은 거부할 수 없는 힘이었다. 운명이란 힘. 어쩌면 그는 이미, 소녀를 사랑하고 있는지도 몰랐다. 그가 살아온 아홉 번의 전생을 통해 그는 이미, 소녀를 알고 있는 기분이었다.

"좀 유치한 것 같은데. 운명, 전생…."

그녀의 얘기를 듣다 나도 모르게 혼잣말이 흘러나왔다.

"어머, 언니! 사랑은 원래 유치한 거예요. 언니, 사랑 안 해 봤구나?"

그녀는 정색하며 나를 몰아세웠다. 하지만 그것도 잠시, 언제나 그렇듯 그녀는 다시 자신의 이야기로 돌아갔다. 꿈꾸는 듯한 그 아련한 표정으로.

불을 끄고 누워 유덕화를, 아니 유덕화와의 사랑을 상상하는 동안 그녀는 자신도 모르게 스르륵 잠이 들었다. 아침에 일어나면, 지난밤 꿈에서 그와 나눈 사랑의 시간들이 떠올라 절로 미소가 지어졌다. 남들의 시선을 피해 모자를 푹 눌러쓴 유덕화와 놀이공원 데이트도 하고, 어떤 날엔 그의 광고 촬영 현장에 그녀가 몰래 찾아가기도 했다. 사람들의 시선을 피해, 두 사람은 멀리서 둘만의 눈짓으로 사랑을 속삭였다. 그가 홍콩으로 돌아간 다음에도 그들은 편지를 주고받으며 애틋한 마음을 키워 갔고, 보고 싶은 마음을 참지 못하고 불현듯 아무도 모르게 유덕화가 그녀를 찾아오기도 했다. 다음 비행기로 다시 홍콩으로 돌아가야 하는 그는, 단 한 시간의 만남을 위해 한국에 온 것이다. 놀이터 그네에 나란히 앉아 흔들흔들 이제 곧 다시 헤어져야 한다는 슬픈 마음으로 흔들거리고만 있을 때, 그가 조심스럽게 팔을 뻗어 그넷줄을 꼭 잡고 있던 그녀의 손 위로 자신의 손을 포갰다. 그가, 자신의 그네에서 일어나 그녀 앞에 섰다. 그녀의 눈앞으로 조금씩 다가오는 그의 얼굴.

"근데요, 거기서부터가 문제였어요."

그녀가 말했다.

"아무리 생각해도 나이 차이가 너무 많이 나는 거예요. 유덕화랑 나랑. 스무 살 차이 나는 아저씨랑 뽀뽀하는 건 좀 그렇잖아요?"

어차피 상상일 뿐인데, 난 대체 그게 무슨 상관인가 싶었지만, 그녀는 진지했다. 열네 살의 그녀는 더 진지했을 것이다. 그때 유덕화는 이미 서른이 넘은 나이였다. 지금 생각해도 스무 살 차이는 큰데, 열네 살의 그녀에게 그것은 세상이 무너질 것 같은 큰 슬픔이요, 절대 넘어설 수 없을 것만 같은 큰 장벽이었다. 그때부터 그녀의 꿈은 눈물바다가 됐다. 부모님의 반대, 세상 사람들의 곱지 않은 시선, 그럼에도 헤어질 수 없는 두 사람. 이야기가 점점 막장으로 가는 것 같은데, 나는 생각했지만 잔뜩 풀이 죽어 있던 그녀의 표정이 갑자기 활짝 당돌하게 다시 피어났다.

"그래서 제가 해결해버렸어요. 꿈에서 나이 차이를 멋지게 극복해버렸죠."

어느 날, 김 박사가 그녀를 찾아왔다. 전 세계에 흩어져 있는 핵폭탄들의 타이머가 악당들로 인해 작동하기 시작했으니, 앞으로 일곱 시간 후 지구는 종말을 맞을 거라고 했다. 하지만 이 지구를 구해낼 단 한 가지의 방법이 있으니, 그건 김 박사가 이런 날을 대비해 만들어 놓은 냉동폭탄을 터뜨리면 된다는 거였다. 지구 전체를 얼려버릴 강력한 냉동폭탄. 그럼 모든 사람들은 그대로 얼어버린다. 모든 사람들의 시간은 그대로 멈춰버린다. 단 이 지구를 구해낼 다섯 명의 용사들만이 깨어 있을 것이다. 김 박사가 냉동폭탄을 터뜨리기 전 안전캡슐 속에 몸을 숨긴 다섯 명의 용사들은, 세상이 모두 얼어붙은 후 캡슐 밖으로 나와 전 세계를 돌아다니며 핵폭탄을 제거하면 된다. 허나 그 안전캡슐을 견딜 수 있는 신체구조는 몹시 특이한 것이어서, 전 세계에 다섯 명밖에 없는데 그중 하나가 그녀라는 것이었다. 이 무슨 말도 안 되는 공상 과학 만화 같은 소리인가 싶었지만, 당돌하고 진지한 표정의 그녀를 나는 끊을 수 없었다. 그래, 어차피 꿈인데 어때. 나중엔 나조차도 될 대로 되라는 마음이 들 정도로, 그녀는 쉼 없이 자신의 이야기를 천연덕스럽게 해 나갔다.

"그 핵폭탄들을 제거하는 데 꼬박 15년이 걸린 거예요. 그것들을 모두 제거하고 다시 해동폭탄을 터뜨렸을 때, 우리만 열다섯 살을 더 먹어 있었죠. 우리 엄마 아빠도, 오빠도, 내 친구들도, 세상 사람들 모두가 다 15년 전 나이 그대로인데, 우리 다섯 사람만 열다섯 살을 더 먹은 거예요."

그래서 해피엔딩이 됐단다. 그녀는 이제 스물아홉이나 되었으니, 유덕화와의 나이 차이는 모두 극복. 두 사람의 결혼식이 꿈의 마지막 장면이었다.

"합동결혼식이었어요. 함께 용사로 선발됐던 내 친구는, 알란 탐이랑 결혼했죠."

대체 이게 뭐야, 싶으면서도 나는 점점 그녀에게 중독돼 가고 있었다. 너무 천연덕스러운 그녀의 표정과 말투, 너무 당돌하다 못해 허무맹랑하기까지 한 그녀의 이야기에 나는 어느새 조금씩 익숙해지고 있었고, 그러다 중독이 됐다. 나는 이제 그녀의 이야기를 비웃지 않는다.

"언니. 근데 참 이상한 건요, 그럼 끝나요. 그렇게 모든 난관을 극복하고 해피엔딩을 맞으면, 내 사랑도 끝나요."

그러면 다시 그녀에게 불면증이 찾아왔다. 사랑이 끝나면 상상도 끝났고, 그럼 또 그녀는 그 무엇에도 집중할 수 없는, 잠든 것도 그렇다고 깨어 있는 것도 아닌 가수면 상태에서 멀뚱멀뚱 천장만 보며 불면의 시간을 보내야 했다. 그 시간이 너무 괴로워, 하나의 사랑이 끝날 때마다 그녀는 다른 사랑을 찾아 헤맸다. 그렇게 수많은 상상 속 남자들이 지나갔다. 중학교 때는 유덕화를 시작으로, 야구선수 이종범, 만화 슬램덩크 속 정대만 등을 사랑했고, 고등학교 때는 조금 현실로 돌아와 교회 청년부 오빠와 학원 선생님 등을 사랑하기도 했지만, 여전히 그녀의 리스트에는 아이돌 가수와 젊은 배우들 또한 존재했다. 차라리 그쪽이 나아서였다.

"제가 수능 치고 다음 해 여름, 그 제가 좋아했던 교회 청년부 오빠가 저한테 고백을 한 거예요."

상상 속의 남자가 그녀의 현실로 들어왔다. 처음에는 이게 현실이 맞나 어리둥절했지만, 어쨌든 상상이 현실이 됐으니 좋은 거 아냐? 그녀는 오빠의 고백을 덥석 받아물었다. 그렇게 그녀의 첫 현실에서의 연애가 시작됐다. 하지만 현실에서의 연애는, 너무나 당연하게도 실망투성이였다.

그녀의 상상 속에서 두 사람의 첫 키스는, 곧 복숭아였다. 복숭아를 너무 사랑해서, 일 년 내내 여름이었으면 좋겠다고 입버릇처럼 말해대는 그녀에게 첫 키스는 당연히, 꼭, 복숭아여야만 했다. 울창한 나무들이 마음껏 짙은 녹음을 뿜어대는 한여름의 공원, 반 보 떨어져 걷고 있는 젊은 연인의 뇌 안에서도 짙은 사랑의 호르몬들이 양껏 뿜어져 나와 두 사람의 손이 스칠 듯 말 듯, 닿을 듯 말 듯, 아찔한 마음이 극에 닿았을 때 갑자기 쏟아져 내리는 소낙비. 이것저것 생각할 겨를도 없이, 누가 먼저랄 것도 없이, 두 사람은 어느덧 손을 잡고 뛰고 있었다. 작은 정자에서 비를 피하는 두 사람. 굵은 빗소리에 갇혀, 두 사람은 오로지 두 사람만이 존재하는 밀폐된 공간에 놓이게 됐다. 푸른 녹음, 요란한 빗소리, 터져 나오는 젊음의 호르몬. 숨이 막혀 오는 그 순간, 바스락. 그녀가 소리를 냈다. 그녀의 손에 들려 있던 검은 비닐봉지. 그녀는 오빠에게 복숭아를 내밀었다. 잠시 두 사람의 낮은 웃음소리가 두 사람만의 공간에 울려 퍼졌다. 먼저 자리에 앉아 복숭아를 한입 크게 베어 물은 건 그녀였다. 빗소리로 밀폐된 공간 안이 진한 여름의 복숭아 향으로 가득 찼다. 그때 그녀의 한쪽 입가로 잘 익은 복숭아의 과즙이 조금 흘러내렸다. 오빠는 더 이상 참을 수 없었다. 여름에 취해, 빗소리에 취해, 복숭아 향기에 취해, 오빠는 그녀의 첫 입술을 취取했다. 그녀가 꿈꿔 왔던 완벽한 첫 키스였다. 영원히 복숭아 향기로 기억될 그녀의 첫 키스.

"일단 공원도 아니었고, 복숭아는 더더군다나 아니었어요."

조금 전까지만 해도 아련함이 가득했던 그녀의 표정이, 순식간에 일

그러졌다. 그녀의 말투 또한 순식간에 빠르고 까칠해졌다. 그날따라 이 오빠가 엄청 술을 먹는 거예요. 교회 청년부 엠티였는데, 이 오빠가 작정한 듯 술을 마셔대더니, 갑자기 제 손을 잡고 잠깐 나가자는 거예요. 그때 느낌이 팍 왔죠. 이 오빠가 오늘 사고 치려고 하는구나. 뭐, 한적한 공원은 아니어도 엠티에서 사람들 눈을 피해 몰래…. 그래, 이쪽도 아찔한 면에선 나쁘지 않아. 근데, 복숭아는 또 포기가 안 되더라고요. 언니, 저 알잖아요. 왜 저번에 언니가 너는 왜 그렇게 기를 쓰고 아르바이트를 몇 개씩 하냐고 물었을 때, 제가 그랬잖아요. 여름에 복숭아 엄청 사 먹으려고 그런다고. 그거 농담 아니었거든요. 대체 요즘 복숭아 값은 왜 이렇게 비싼지. 아무튼 그건 나중에 얘기하고. 아 언니, 제가 어디까지 얘기했죠? 맞다, 복숭아. 아무튼 복숭아는 도저히 포기할 수가 없어서, 제가 오빠 몰래 복숭아 두 알을 주머니에 넣고 못 이기는 척 오빠 손에 끌려 밖으로 나갔거든요? 근데 이 오빠가 취한 척 제 허리에 오른팔을 두르면서 엄청 제 쪽으로 치근덕거리며 기대 오더니, 하염없이 저를 끌고 어딘가로 걸어가는 거예요. 그러다가 엄청 깜깜하고 사람들도 없는 길로 접어드니까, 제 허리에 있던 오빠의 오른손이 슬금슬금 올라오더니 막 제 오른쪽 가슴을, 아 오빠 왜 이래요, 제가 밀쳐내려고 했더니, 막 못 들은 척 더 취한 척 이번엔 왼손까지 제 티셔츠 아래로 집어넣더니, 막 브래지어 속으로 그 손이 들어오는 거예요! 이게 보니까, 한두 번 해 본 솜씨가 아니야. 근데 언니, 내가 누구야. 첫 키스는 못해 봤어도, 이미 꿈속에선 안 해 본 게 없고, 결혼도 열두 번도 더 한 여자 아니야. 그래, 그래. 알았다, 알았어. 내가 너무 예뻐서 네가 아주 미쳐 가는구나. 그냥 귀엽게 봐주려고 했다고요.

그래서 안 되겠다 일단 키스하기 전에 복숭아부터 먹여야겠다, 살짝 밀치면서 주머니로 손을 가져가려고 하는데, 이 새끼가 밀쳐나기는커녕 지 얼굴을 막 내 목덜미에 비벼대면서 날 벽 쪽으로 밀치더니 이번엔 내 청바지 후크를 풀려고 하는 거야. 이건 아니잖아. 나 그때 아직만 스무 살도 안 된 나이였다고. 물론 할 수 있지. 맘 맞고 몸 맞으면할 수도 있지. 근데 그래도 술에 떡이 된 남자랑 노상에서 첫 경험을이런 식으로는 아니잖아. 그래서 오빠 이러지 마세요, 힘을 팍 주고 밀쳐내려 하는데, 이 새끼가 또 안 밀쳐나는 거야. 막 더 비비대. 근데 언니, 내가 또 누구야. 아니, 내 이름 말고 내 첫 남편이 누구냐고. 그래, 유덕화! 나 유덕화랑 결혼했던 여자잖아. 고등학교 1학년 때 주성치한테 살짝 맘이 흔들리긴 했지만, 유덕화랑도 친한 사이일 텐데 이건 아니지 하면서 의리 지킨 유덕화 와이프였다고. 유덕화한테 배운 온갖액션 기술까지도 필요 없었어. 딱 하나의 비법이면 됐지. 그냥 오른쪽무릎을 위로 팍! 그 새끼 거기를 올려친 거지. 그랬더니 이 새끼가 엄마야, 이러면서 뒤로 폴짝폴짝 뛰어가는데, 그래도 언니, 나 그때까지만 해도 그 오빠랑 헤어질 생각까지는 없었어. 술 취해 실수할 수도 있지. 내가 너무 예뻐서 오빠 몸이 그렇게 된 거라고 생각하면 되니까. 근데, 복숭아. 복숭아는 먹인 다음에 뽀뽀를 하든 뭐를 하든 해야겠다싶어서, 내가 주머니에서 복숭아를 꺼내 가지고, '일단 오빠 복숭아부터 먹을래요?'하고 내밀었거든? 근데 이 새끼가 갑자기 너무 멀쩡한목소리로 이러는 거야. '너 똘아이냐?' 아니, 복숭아 먹으라는 게 왜 똘아이냐고, 일단 먹어 보라고, 되게 달다고, 그러면서 나도 한입 베어물고 건네줬는데, 이 새끼가 내 손을 확 내려치더니 소리를 버럭 지르면서 막 욕을 하는 거야. 그러곤 올 때랑은 너무 다르게 지 혼자도 멀쩡하게 잘만 걸어가더라? 물론 어기적거리긴 했지. 아프긴 했을 거 아냐, 지도 남잔데. 응? 아, 그때 그 새끼가 뭐라고 욕했냐고? '야, 이 미친년아. 나 복숭아 알레르기 있어!'

오빠가 내친 복숭아가 바닥에 떨어져 구르고 있는 모습을 보며, 그녀는 생각했단다. 나쁜 새끼네. 복숭아 소중한 줄도 모르고. 헤어져야겠다. 그 뒤로 그녀는 더 이상 교회도 나가지 않았다. 목사님들이 그 새끼를 졸라 예뻐하잖아. 신실하고 착하다며, 청년부의 자랑이라며. 자랑은 무슨, 복숭아 소중한 줄도 모르는 새낀데. 아무리 알레르기가 있어도, 지는 안 먹는다고 해도, 복숭아를 그렇게 취급하면 안 되지. 그리고 그렇게 그녀는, 너무도 자연스럽게 나에게 말을 놓는 사이가 됐다.

그녀의 다음 남자친구는, 딱 하나의 조건만 충족하면 됐다. 복숭아 알레르기가 없을 것. 그녀가 '숭이'라고 부르던 그녀의 두 번째 남자친구는, 복숭아 알레르기가 없는 것은 물론 무척 착하고 자상하며 배려심 넘치는 좋은 남자였다. "복숭아의 숭이이기도 하고, 우리 숭이가 워낙 순둥이라서. 순둥이, 순둥이, 순둥이, 순둥이, 빨리 발음해 봐. 숭이돼." 나는 뭔가 굉장히 유치하고 억지스럽다고 생각됐지만 "언니, 원래 사랑은 유치한 거라니까. 내가 몇 번을 말해." 나는 또 그녀에게 핀잔만 들어야 했다.

·

내가 아는 한 숭이는, 그녀가 지금까지 중 가장 오래 만난 남자친구였다. 내가 그녀를 처음 만났을 때부터 이미 만나고 있던 두 사람은, 그 후로도 몇 년을 더 만났으니 나도 그를 꽤 여러 번 봤다. 하지만 그와 내가 나눈 대화라곤, 안녕하세요, 아 안녕하세요. 거의 그게 다였다. 숭이는 언제나 그녀를, 나와 만나는 자리까지만 데려다주곤 그냥 갔다. 한번은 내가 괜히 미안한 마음이 들어서 밥이라도 같이 먹고 가라고 했지만, "난 언니랑 단둘이 수다 떠는 게 좋아서 언니 만나는 건데?" 그녀는 내 팔짱을 껴 오며 말했고, 숭이는 그 특유의 사람 좋은 웃음을 지으며 "전 괜찮습니다. 그럼 즐겁게 잘 노세요." 하더니 그녀를 향해 "그럼 이따 헤어질 때 전화해. 데리러 올게." 하곤 두말도 없이 물러갔다. 숭이는 그런 남자였다. 너무, 착한 남자.

어쩌면 그래서였을까. "잠이 안 와." 그녀는 숭이를 만나면서도 불면에 시달렸다. "상상이 안 돼." 그녀는 숭이와의 연애에서는 아무것도 상상이 되지 않았다. 상상하면 뭐해. 다음 날 일어나면 숭이가 그 상상을 다 엉망으로 만들어버리는데. 첫 키스? 물론 복숭아로 했지. 언니, 근데 내가 덮쳤어. 공원에 데려가도, 심지어 비디오방에 데려가도, 얘는 벌벌 떨기만 하지, 내가 아무리 복숭아를 베어 물고 과즙을 질질 흘려대도, 침을 꼴깍꼴깍 삼키다가 딴소리만 하는 거야. 내 눈은 똑바로 쳐다보지도 못하고. 이러다 뽀뽀도 한번 못 해 보고 처녀 귀신으로 늙어 죽겠네 싶어서 그냥 내가 덮쳤어. 뭐, 나쁘진 않았지. 근데 복숭아 키스는 나중에 좀 찐득거리더라. 역시, 상상과 현실은 달라. 다음엔 과즙 좀 덜 나오는 천도복숭아로 해 봐야겠어.

그 즘부터 나는 그녀의 연애를 현재진행형으로 지켜보게, 아니 전해 듣게 되었다. 물론 그녀에게서. 아마도 그래서인 것 같다. 그녀의 불면을 해결해 줄 수 있는 남자는, 현실에 존재할 수 없다는 것이 증명된 지금에 와 다시 숭이를 떠올려 보면, 나는 늘 조금 짠한 마음이 든다. 숭이는 적어도 최선을 다한 남자였으니까. 조금, 눈치가 없었을 수는 있지만.

나도 알지, 숭이처럼 착하고 따뜻한 남자도 세상에 없다는 거. 근데 언니, 그런 거 있잖아. 왜 다정한 남자도 어느 순간 확 터프한 남자로 변했으면 하는 그런 거. 연인끼린데, 어느 날은 좀 음탕한 얘기도 하고, 그럼 나는 막 부끄러워하면서 배시시 웃고. 어느 날은 갑자기 확 덮쳐 줬으면 좋겠고, 그럼 난 '이러면 안 돼, 여기서 이러지 마.' 그러면서도 뭔가 뜨겁게 달아오르는 그런 기분, 왜 가끔 느끼고 싶지 않아? 한번은 내가 숭이 팔짱을 끼면서, 왜 이렇게 가슴을 숭이 팔뚝 쪽으로 붙이면서, 아우 진짜 언니! 여자끼린데 뭐 어때, 가만있어 봐. 내가 지금 설명하려고 하는 거잖아. '어제 자기가 나 너무 괴롭혔나 봐. 오늘 나, 너무 피곤하네.' 이랬단 말이야. 그럼 숭이는 뭔가 더 음흉한 눈빛을 지으면서, 내 귀에 이렇게 속삭이는 거지. '큰일이네, 오늘 밤은 더 괴롭혀 줄 예정인데.' 그럼 난 이런 대사도 막 해 보고, '아 몰라, 이 짐승!' 크크크크. 근데… 우리 숭이는 안 그래. 막 어쩔 줄 몰라 하면서 진심으로 미안해해. '어떡하지. 괜히 오늘도 만나자고 했나 보다. 일찍 들어갈까? 내가 데려다줄게.' 그럼 또 나는 한숨이 푹푹 나오는 거지. 그게 아니야, 그게 아니라고. 왜 언니, 관계를 가질 때도 그렇잖아. 내

76

가 꼭 여기, 저기, 다 말해 줘야 하는 거 아니잖아. 언니, 나는 이렇게 내가 뒤돌아 앉은 것도 아니요 누운 것도 아닌 상태에서 승이가 뒤에서 팔을 이렇게…. 아 언니, 왜 눈을 감고 난리야. 고개 돌릴 필요까진 없잖아. 알았어, 알았어. 모션은 안 할게. 언니, 나 창피해? 이 체위 괜찮은데, 언니도 나중에…. 알았어, 알았어. 그냥 내 얘기만 할게. 암튼 그 순간이 나는 너무 좋거든. 그래서 내가 막 유도를 해. 유도를 해서 승이가 그곳을 딱 짚어 줄 때, 아… 나도 모르게 큰 신음이 날 거 아니야. 그럼 내 상상 속에서는 승이가 막 더 짐승이 돼야 하거든? 근데 우리 승이는… 우리 순둥이 순둥이 우리 승이는… 놀란다. '괜찮아? 아파?' 이러면서 당황한다. 그럼 난 또 푹 식어버리는 거지. 아니야, 이게 아니라고.

그래서 그녀에겐 또 불면의 시간이 찾아왔다. '승이 생각엔 집중이 안 돼. 어차피 내 맘대로 안 될 게 뻔하니까.' 그래서 또 천장만 보며 뒤척뒤척. 그러다 보면 어느새 창문 밖으로 날이 밝아 왔다. '언니, 내가 솔직히 다른 남자 상상이라도 해 볼까, 생각 안 해 본 게 아니야. 안 그래도 요즘 자꾸 눈에 밟히는 아이돌 가수도 한 명 있고. 근데 언니, 나 진짜 승이 좋아해. 언니도 알잖아. 그래서 어쩐지 바람피우는 기분도 들고 찝찝해서 또 집중이 안 되는 거야.' 하지만 내가 그녀에게 특별히 무언가를 조언해 줄 필요는 없었다. 그녀는 이미, 모든 정답을 알고 있었으니까.

그놈의 기대가 문제지, 낙관이 문제지. 나도 안다고. 기대하지 않으면 실망할 일도 없다는 거 내가 왜 모르겠어. 세상의 모든 비극은 지나친 낙관에서 시작되는 거잖아. 내가 이렇게 말하면, 상대가 이렇게 말해 주겠지. 내가 이렇게 하면, 저걸 가질 수 있겠지. 내가 좀 거짓말을 해도 저들은 눈치 못 챌 거야. 내가 이런 편법 좀 썼다 한들, 니들이 어떻게 알겠어. 내가 이런 마음이니까, 세상도 다 내 맘대로 풀려야 하는 거 아니야? 모든 비극은, 그렇게 시작되는 거잖아. 다, 잘될 거야. 내 뜻대로, 내 상상대로, 내 마음대로. 미친, 세상에 그런 게 어딨어. 나도 알지. 지나친 긍정이 세상을 이렇게 혼돈의 구렁텅이로 몰아넣고 있다는 거. 근데 언니, 그럼 잠이 안 오잖아. 내 맘처럼 안 되는 세상, 재미없어서 또 잠이 안 오잖아. 언니, 나 어떡해?

하지만 그 질문에도 나는 답할 필요가 없었다. '언니. 그래서 내가, 이건 아직 숭이한테는 비밀인데….' 그녀답지 않게 주춤하며 말을 잇지 못하는 모습에, 나는 조금 겁이 났다. '너 혹시 바….' 나답지 않게 그녀의 얘기에 끼어들 뻔했다. '아니야, 언니! 바람 안 펴! 나 숭이 진짜 사랑하는 거 언니 몰라서 그래? 바람은 무슨….' 하지만 그러고도 한참이나 뜸을 들이던 그녀는, 진짜 무슨 대단한 비밀이라도 말하는 듯 내 쪽으로 몸을 기울이며 아주 낮은 목소리로 이렇게 속삭였다. '언니, 그래서 나 요즘… 글 써.'

처음엔 가벼운 팬픽이었다. 왜 내가 전에, 요즘 자꾸 눈에 밟히는 아이돌 가수 한 명 있다고 했잖아? 아니, 나도 처음엔 아무리 상상이라지만 숭이한테 미안해서 좀 그랬는데…. 언니도 며칠씩 잠을 못 자 봐!

사람 아주 미친다니까. 그래서 그냥 누워서 쪼끔, 아주 쪼끔, 그냥 풋
풋한 상상 정도를 했는데, 그날 밤 꿈이 아주…. 언니, 너무 좋은 거야.
아침에 일어나서도 너무 개운한 거야. 왜 예전에 내가 점 보러 온 아줌
마 얘기했지? 점쟁이한테 한 시간을 그냥 펑펑 울고불고 하소연하고
나서, 사우나라도 갔다 온 양 완전 개운한 표정으로 나왔다는 아줌마.
뭔가, 그 아줌마의 마음을 알 것 같은 기분이었달까. 그러다 보니까 자
꾸 누워서도 휴대폰으로 그 가수 사진을 찾아보게 되고, 그러다 팬픽
이라는 것도 읽어 보게 되고, 읽다 보니 또 이런 생각이 드는 거야. 어
머, 얘들아. 상상은 이렇게 하는 게 아니란다. 상상으로 살아온 이 언
니가 제대로 한 수 보여 줄게. 또 그렇게 쓰다 보니 너무 재밌는 거야.
애들 반응도 너무 좋고. 그러니까 나는 또 신이 나서 쓰고. 그렇게 밤
에 몇 페이지라도 써서 게시판에 올려놓고 누우면, 또 잠이 아주 솔솔
꿀잠인 거야. 물론, 다음 날 숭이 얼굴 보면 좀 미안하기도 했지. 근데
나중엔 이런 생각이 들더라. 상상인데 뭐 어때. 내가 이렇게 욕구불만
에 시달리다가 진짜 다른 남자랑 바람피우는 것보단 낫잖아? 그리고
잠을 잘 자니까, 내 욕구는 또 내 욕구대로 다른 데서 푸니까, 나도 뭔
가 마음이 너그러워지면서 숭이한테도 더 잘하게 되고. 언니, 우리 사
이 요즘 너무 좋아.

　어쩌면 그땐 나도, 차라리 그게 나을지도 모른다는 생각을 했던 것
같다. 숭이를 만나는 동안에도 늘 잠을 못 자 눈자위가 푹 꺼진 시들시
들한 모습의 그녀였는데, 어느 순간부터 그녀의 얼굴이 활짝 다시 피
어났다. '안녕하세요.' 내게 인사를 건네 오는, 웃고 있으면서도 뭔가

눈치 보듯 늘 주눅이 들어 있던 숭이의 표정도, 어느 순간부터 안정되고 평안해 보였다. 뭐, 다 행복하다면 좋은 거지. 그녀의 삶에, 낙관의 빛이 들어와 있는 것만 같았다. 나 또한 그녀와 숭이의 관계를 낙관하게 됐다. 낙관 樂觀, 인생이나 사물을 밝고 희망적인 것으로 봄. 앞으로의 일 따위가 잘되어 갈 것으로 여김. 그 시절 우리는, 우리가 그토록 우려했던 낙관의 늪에 빠져 있었던 거다.

얼마 지나지 않아 그녀는 데뷔를 하게 됐다. 그녀의 팬픽을 눈여겨봐 온 한 출판사의 연락으로 그녀는 로맨스 소설계에 데뷔했다. '나도 몰랐는데 언니, 우리나라에도 이 시장이 있었더라고. 언니, 나 이제 돈 걱정 없이 복숭아 실컷 사 먹을 수 있겠어. 너무 신나. 상상도 하고, 잠도 자고, 돈도 벌고.' 신이 난 그녀는, 여러 개의 필명으로 동시에 여러 개의 소설을 연재하기도 했다. '너, 너무 다작하는 거 아니니?' 나의 우려에도 그녀는 '언니, 나 이제야 알 것 같아. 난 이 일을 하기 위해 태어난 사람이야. 너무 신나. 써도 써도 계속 생각나. 나의 판타지가 모두 실현되는 이 세계가 나 너무 좋아.' 그리고 당연하게도 그녀에겐, 시간이 모자라졌다. 현실의 삶에 발을 디딜 시간이.

그 즘 나에게도 그녀의 연락이 뜸해졌다. 가끔 걱정이 돼 찾아가 보면, 그녀는 복숭아 상자가 가득 쌓여 있는 작업실에서 글을 쓰고 있었다. 겨울이 오면, 복숭아 상자가 복숭아 통조림 상자로 바뀌어 있을 뿐이었다. 몇 번의 계절이 빠르게 지나갔다. '숭이는 잘 지내?', '숭이? 아 맞다. 숭이. 그럼, 지난주에도 만났어. 아닌가, 지지난 준가? 아 맞다,

언니. 내가 요즘 쓰고 있는 게 있는데, 이거 한번 봐 볼래? 내가 봐도 완전 죽음이야.' 그때 그녀의 눈빛은 생기가 넘쳐흐르다 못해, 조금씩 광기로 변해 가고 있는 것만 같았다. 그녀의 작품들도 마찬가지였다. 한번 열린 상상의 문은 더 큰, 더 화려한, 더 자극적인 상상으로 그녀를 이끌었다. '조심해. 너 그러다 네가 만들어낸 이야기에 네가 먹힌다.' 그녀는 잠깐 고개를 갸웃할 뿐, 이내 조금 전 눈빛으로 돌아와 다시 자신의 이야기를 해댔다. '언니, 이번 거는 배경이 미래야. 우주선 무중력 상태에서의 정사 장면, 이 부분이 정말 장난 아니거든?' 그리고 그 즘부터 그녀의 글 또한, 조금씩 조회 수가 떨어지고 있었다.

"여보세요? 언니! 역시 언니는 안 자고 있었구나."

그녀의 전화가 걸려 온 건, 거의 1년 만의 일이었다. 우리는 가끔 문자메시지로 안부를 주고받을 뿐 (그것도 그녀의 답은 너무 늦고 짧았다) 한동안은 전화통화는 물론 만나지도 못했다.

"언니. 나 어제도 거의 못 잤는데, 오늘도 잠이 안 와. 어떡해?"

그녀에게 다시, 불면의 시간이 찾아온 것이었다.

출판사에선 비슷해도 괜찮다고, 그냥 예전 거랑 비슷한 톤으로 쓰면 안 되냐고 하지. 이 바닥엔 그런 작가들도 많다고. 근데 내가 재미가 없어. 언니 알잖아. 나는 한번 해피엔딩으로 끝나면, 그 사랑도 끝나는 거. 지나간 남자들은 다 재미없어. 새로운 남자가 필요한데, 어디 눈에 밟히는 남자가 있어야지. 응? 누구? 숭이? 숭이는 잘 지내냐고? 무슨 소리 하는 거야, 언니. 어머 언니, 내가 말 안 했어? 우리 헤어진 지 꽤 됐는데. 언니는 왜 이렇게 아직도 남자를 몰라. 숭이는 딱 봐도 일찍 결혼해서 토끼 같은 자식들 순풍 순풍 낳고 전원주택 같은 데서 사는, 열라 가정적인 남편. 딱 그런 스타일이잖아. 나는 못하겠다고 했지. 결혼은 무슨. 내가 지금 결혼할 때야. 잠도 못 자 죽겠는데. 그래서 그냥 헤어지자고 했어. 나? 나야 당연히 괜찮지. 그러고 나니까 이번엔 완전 슬픈 로맨스가 생각나서, 또 몇 편 썼거든? 내가 울며불며 걔들을 완성했던 시간을 생각하면…. 그래도 행복했지. 잠도 잘 자고. 응, 복숭아도 잘 먹고 그땐 괜찮았는데…. 언니, 어디 괜찮은 남자 없어? 내 상상력을 막 끝도 없이 자극해 줄 그런 남자. 알지, 나도. 그런 남자가 현실에 어떻게 있겠어. 안 만나도 돼. 그냥 꽂히는 배우나 가수라도 있었으면 좋겠는데. 그럼 또 나, 막 상상하면서 잘 잘 수 있을 것 같은데. 언니, 누구 떠오르는 사람 없어?

그녀의 상상이 극을 치고 조금씩 하향세로 돌아서 추락하다, 마침내 그녀를 다시 현실의 세계로 돌려놓았을 땐, 이미 그녀의 글은 더 이상 팔리고 있지 않았다. 그녀의 곁엔 숭이도 없었다. 그녀의 나이 또한 어느덧 삼십 대 중반 가까이로 다가가고 있었다. '안 되겠어, 언니. 나 다시 초심으로 돌아갈래.' 그녀가 말했다. '현실의 남자들을 만나 봐야겠어. 그래야 뭐라도 상상이 되고 글도 써질 것 같아.' 그녀는 소개팅도 하고 선도 봤다. 대부분은 몇 번의 만남으로 끝났지만, 누군가완 몇 달을 만나기도 했고, 누군가완 반년 가까이도 함께했다. 하지만 그럼에도 그녀의 불면은 지금까지도 계속되고 있다.

언니, 참 희한해. 예전에는 남자들 만날 때, 아니 상상 속에서 말고 현실의 남자들 만날 때 말이야. 그게 참 재미가 없었거든. 내 맘대로 안 되는 거. 내 상상과는 다른 거. 내가 이렇게 말했을 때, 네가 이렇게 말하지 않고 나는 상상도 못한 엉뚱한 답을 내놓는 게 참 재미없고 싫었거든. 근데 지금은 반대다? 너무 알겠어. 몇 번 만나고 나면, 그들의 답을 너무 다 알겠는데, 그러니 내가 이렇게 말했을 때 그는 분명 내 머릿속에 떠오른 그의 답을 하고 있는데, 그게 너무 시시해. 여자친구 없는 우리 또래 남자들, 다 비슷하게 살더라고. 아침에 일어나면 회사 가고, 저녁엔 친구들 만나 술 마시고, 그것도 친구들 다 장가가고 나면 매일은 힘들 거 아냐? 그럼 그냥 집에 와서 TV나 보면서 자는 거지. 주말? 남자들 참 신기해. 혼자 영화 보러도 안 가. 그렇다고 남자들끼리는 더더욱 안 가지. 여자가 꼭 끼어야 해. 휴가면 뭐해. 혼자 여행 다니는 남자, 진짜 드물어. 뭔가 다른 혼자만의 재밌는 취미를 가진 남자도 거의 없지. 맛집이든 드라이브든, 뭘 하든 여자가 있어야 돼. 그래서 나는 가끔 이런 생각도 든다? 신데렐라 콤플렉스는, 이 남자들이 갖고 있구나. 모든 걸 다, 여자친구 생기면, 그 뒤로 미루더라고. 자신이 먼저 자신의 삶을 재미있게 만들 생각은 왜 못 할까. 그래야 나도 그의 재밌는 삶으로 들어가고 싶은 마음이 들 텐데. 그들의 삶은 모두 텅 비어 있고 재미가 없어. 그냥 어느 날 찾아온 여자친구가 자신의 삶을 구원해 주길 바라는 것 같아. 그게 신데렐라잖아. 나는 가만있는데, 왕자님이 구두 한 짝 들고 찾아와 주길 바라는 신데렐라….

그렇다고 그녀가 지금, 예전에 비해 더 불행하다거나 더 우울한 삶을 살고 있는 건 아니다. 오히려 더 좋아 보일 때도 있다. 그녀는 지금도, 복숭아 상자와 함께 그녀의 상상이 만들어낸 그녀의 책들로 가득한 그녀의 작업실에서 글을 쓰고 있다. 이제는 노하우가 생겨 예전처럼 끝 간데없는 상상으로 조회 수를 떨어뜨리지도 않고, 다작도 하지 않으며, 안정적인 상상과 안정적인 수입을 유지하며 안정적으로 복숭아를 사 먹고 있다. 다만 지금도 가끔 그녀는 불면에 시달리는 아주 늦은 밤, 내게 전화를 걸어올 뿐이다.

"여보세요? 언니! 역시 언니는 안 자고 있었구나."
"아니야. 자다 깬 거야. 벨 소리에 놀라서….."
"언니, 그러지 말고 일어나서 내 말 좀 들어 봐."
"응. 듣고 있어….."
"언니. 나 어제도 거의 못 잤는데, 오늘도 잠이 안 와. 어떡해?"

하지만 언제나 그랬듯 그녀는 오늘도 이미 정답을 알고 있다.
'나도 알지, 나 역시 신데렐라 콤플렉스라는 거. 나도 평생 기다리고만 있는 건 마찬가지잖아. 예전엔 내 예측대로만 움직이는 남자, 지금은 내가 전혀 예측할 수 없는 남자.'
그러니 나의 답은 처음부터 필요가 없었고,
'그래서 나 요즘 또 슬픈가 봐, 그리워서. 뭐가 그립겠어. 당연히 숭이지. 그치, 물론 그때는 한숨이 푹푹 나왔지. 내 상상과는 전혀 다른 숭이가 너무 답답했지. 자려고 누워서도 이불을 발로 차며 뒤척거린 날이 어디 하루 이틀이었어? 근데 언니, 그래도 그때는 내가 살아 있

었던 것 같아. 답답해도 하고, 화도 내고, 짜증도 내고, 울며불며 싸움
도 하면서 그런 게 사랑… 그런 게 사는……'

그러니 나는 가끔 그녀의 얘기를 듣다 잠이 들기도 했다.

"언니! 언니, 자? 지금까지 내가 한 얘기 다 듣긴 들었어?"
그럼 또 나는 잠깐 잠에서 깨 비몽사몽간에 답을 했다.
"으, 응. 그럼…."
그녀의 말을 어디까지 들었는지도 잘 모르면서,
"그럼, 그럼. 다 들었지, 들었다니까….'
그러곤 나는 다시 졸기 시작했고, 그녀는 말했다.

언제나 그래 왔듯
그녀는 또, 계속, 말했다.

참 재미없다. 모든 게 다 내 맘대로만 되는, 그래서 또 잠이 안 오는,
오늘 밤 내 상상의 세… 근데 언니, 우리 숭이 말이야… 순둥이 순둥이
우리 숭이는… 잘 살…… 언니? 언니! 지금 내 말 듣고 있는 거 맞아?
언니!!!

내 생애 최고의 여행

언제나 참 곤란하다.

"A와 B 중에 뭐가 더 좋아?"

고민 고민 끝에 어렵사리 "음… B?" 것도 퍽이나 자신 **없는** 말투로 답하면,

"그럼 B와 C 중엔? C랑 D 중엔? 정말 A는 별로였어? 이 중에 뭐가 제일 좋냐고?"

"……."

아무래도 나에겐 선택장애가 있나 보다. 혼자 쇼핑을 가면, 나는 종종 진열장 앞에 한참을 멍하니 서 있는다. 비슷비슷한 디자인의 수많은 물건 중 내 것 하나 고르기가 언제나 나는 힘겹다. '너 그냥 이거

사.' 단호한 친구를 데려왔어야 해. 그러니 나는 이런 질문을 받을 때면 언제나 참 곤란하다.

"뭘 **가장** 좋아하세요?"

가장 좋아하는 책, 가장 좋아하는 영화, 가장 좋아하는 음식, 가장 좋아하는 사람은? 가장 행복했던 기억은? 가장 힘들었던 추억은? 가장 즐거운 순간은? 가장, 가장, 가장, 가장…. 이 말만 들을 때면 자꾸 어질, 어질, 어질, 어지러워서 나는 어쩌면 죄 없는 '가장'이란 말까지 싫어하게 됐는지도 모른다. 그런데 내가 이걸 왜 하겠다고 했을까. '내 생애 **최고**의 여행'이란 제목으로 기고 청탁을 받았다. '가장'이나 '최고'나. 이를 어쩜담.

며칠을 끙끙거렸다. 밥을 먹다가도 TV를 보다가도 청소를 하다가도 샤워를 하다가도 사람들과 시간을 보내다가도, 자꾸만 지난 여행들을 반추해 보며 내 생애 '최고'의 여행을 찾아 헤매고 있는 내 자신을 발견할 때마다, 솔직히 좀 신경질이 났다. 다른 사람들에겐 정말 있을까. 내 생애 '최고'의 ○○○이란 것이 정말 있을까.

난 누군가에게서 이런 말을 들을 때면 고개가 좀 갸웃해진다. "내가 **가장** 사랑했던 사람은 ○○○이었지." 아니 그럼, 다른 사람들은 덜 사랑했단 얘긴가. 사랑에도 더 사랑하고 덜 사랑하고가 있어서, 너에겐 내 사랑의 27%만 주겠어, 너에겐 73%, 인심 썼다 넌 89%! 그렇게 내 맘대로 더 주고 덜 줄 수 있는 게 정말 사랑일까. 그 만남이 길었든 짧았든, 어떻게 시작됐고 어떻게 끝이 났든, 적어도 어떤 한 순간에라도 '내 마음을 다해' 사랑은 그런 게 아닐까. 어쩌면 나는 '내 마음을 다해' 그런 게 사랑이라고 생각하기 때문인지도 모른다. 아니면 그저 내 선택장애 때문인지도 모른다. 나는 그게 잘 안 되는 사람이다. 내가 **가장** 사랑했던 사람을 꼽는 일도, 내가 **가장** 좋아하는 것을 고르는 일도. 그러니 내 생애 **최고**의 여행을 선정하는 일도 어려운 사람인 거다.

그런데, 그럼에도 머릿속에선 제멋대로 자꾸만 떠올라대는 지난 여행들에 끌려다니다 보니 희한한 일이 일어났다. 분명 다른 시간, 다른 장소, 다른 사람과 함께였던 추억들이 한 폴더 안으로 스르륵 담겨 들어가, 마치 하나의 똑같은 기억인 양 서로를 꽉 감싸 안고 나를 혼란스럽게 하는 것이었다. 어, 그건 치앙마이의 밤이었는데. 아니 아니, 그런던 교외의 작은 마을. 그래, 길을 잃어버렸다가 만난 그 마을. 추운 겨울의 오후였다고. 바닷가 아니었어? 저 멀리서 조금씩 붉어지던 하늘, 프랑스 남부 해변이었잖아. 시간이 멈춘 듯 한여름의 더디기만 했던 석양, 기억 안 나? 놀라운 일이었다. 분명 다른 시간, 다른 장소, 다른 사람과 함께였던 추억들인데, 그 모든 추억들 안에는 똑같은 감정과 똑같은 표정의 내가 앉아 있었다. 다른 시간, 다른 계절이었으니, 내 얼굴의 나이와 옷차림 등은 조금씩 달라져 있었지만 나는 그것들을 모두 똑같은 기억인 양 간직하고 있었다. 그래서 자꾸만 뒤엉켜 똑같은 내 모습이 반복되고 있었다. 한참을 멍하니, 그 자리에 가만히, 아무 말도 하지 않은 채 앉아 있는 내 모습. 그 모습이 하나의 폴더로 모인 후, 다른 여행의 추억들은 모두 스르륵 사라지고 어느새 내 마음에는 하나의 여행만이 남았다. 그래서 나는 이런 생각을 하게 됐던 것 같다. 내 생애 '최고'의 여행이란 것이 어쩌면 이런 것일 수도 있겠구나.

알고 간 것도 계획한 것도 아닌데, 그 날은 치앙마이의 어떤 축제일이었다. 작은 불빛을 담은 연등이 밤하늘에 가득하고, 멀리선 관광객들의 환호성이 그치지 않고. 우리는 그 번잡함을 피해 조용한 공원 벤치에 앉아 있었다. 아무 말도 하지 않고 우리는, 한참이나 연등이 가득한 밤하늘만 바라보고 있었다.

길을 잃어 만난, 우리가 들고 간 관광 책에는 그 이름도 나오지 않는 런던 교외의 작은 마을에서도 우리는 가만히 앉아 있었다. 한겨울인데도 이상하게 춥지 않았던, 오후 햇살이 가득했던 작은 광장. 이 작은 마을까지 찾아온 어린 유색인종이 신기한 듯 흘긋흘긋 우리를 훔쳐보던 동네 사람들. 그들 모두는 서로를 알고 있지만, 우리만은 완전한 이방인이었던 그곳에서도 우리는, 도리어 그들을 관찰하며 한겨울의 따뜻한 햇살 아래 한참을 앉아 있었다.

긴 여행의 종착역이었던 프랑스 남부의 작은 해변 마을에서도 우리는 가만히 앉아 있었다. 저 멀리 바다 끝 하늘부터 조금씩 붉어져 오는 한여름의 더딘 석양 아래, 개를 끌고 산책을 나온 부인, 바닷가에 누워 책을 보는 청년, 막바지 물놀이에 신이 난 아이들까지. 너무도 평화로워 조금은 슬픈 마음마저 들었던 그 해변의 풍경 속에서도 우리는, 가만히 앉아 있었다.

한 친구와는 이런 대화를 나누었던 것 같다. "지금 몇 시지? 기억하고 싶다. ○○년 ○○월 ○○일, 9시 47분. 이 순간을 기억하고 싶다. 아주 오랫동안.", "너 아비정전 흉내 내는 거니, 유치하게?", "야, 이런 데서는 원래 좀 유치해 줘야 돼." 그리고 함께 웃었던 것 같다.

또 다른 친구는 말했다. "돌아가면 제일 많이 떠오를 것 같아. 길을 잃어, 우연히 만난 이 마을.", "그러게." 그리고 또 우린 웃었다.

"참 좋다.", "그러네.", "근데, 왜 나 좀 슬프니?", "하여튼 성격하고는. 좋은 걸 보고도 슬프대. 짜증 난다, 야. 어쩜 우린 이 지랄 맞은 성격까지도 똑같니?" 그리고 또 우린 웃었다.

그리고 한참을,
우린 또 멍하니,
앉아 있었다.

그렇게 한참이나 하나인 듯 여럿인 듯, 내 생애 최고의 여행이란 게 어쩌면 이런 것이 아닐까 생각하고 있자니, 어떤 영화의 한 장면이 떠올랐다. 혼자만의 여행을 만끽하고 있던 여인은 높은 언덕에서 파리 시내를 내려다보며 생각한다. 참 아름답다…. 하지만 잠시 후 그녀는 쓸쓸해지고 만다. "참 좋다, 그지?" 내가 이렇게 말했을 때 "그러게, 정말 좋다." 이렇게 대답해 줄 누군가가 있다면 더 좋을 텐데.

어쩌면 나는, 운이 좋은 사람이었나 보다. 내 곁엔 그런 친구가 있었
다. "참 좋다, 그지?", "그러게, 정말 좋다." 그리고 또 서로 아무 말 하
지 않고 한참을 앉아 있기. 너무 가깝지도 너무 멀지도 않은 거리에 가
만히 앉아, 너무 외롭지도 너무 복잡하지도 않은 간단한 대화와 침묵
으로, 어쩌면 이 여행에서 가장 오래 기억될 순간을 함께하고 있었던
친구.

새삼 그들의 모습이 하나하나 머릿속을 스친다.
그리고 이어 내 머릿속을 스치는 생각.

내 생애 최고의 여행이라….
가장이나 최고나 여전히 나는 선택은 어려운 사람이지만,
그런 게 정말로 있다면,
내 생애 최고의 여행이란 것이 정말로 있다면,

어쩌면 그건,
'사람'일지도 모르겠다는 생각.

외톨이

─────────── •

　내 친구들은 나를 종종 이렇게 부른다. "이런, 히키코모리." 특별한 일이 없으면 집에서 잘 안 나가고 낯선 사람들과의 만남을 몹시 저어하며 혼자서도 무척 잘 노는 사람을 히키코모리, 은둔형 외톨이라고 부른다면 딱히 변명하긴 어렵지만 '내가 정말 그 정도인가'하는 생각은 가끔 든다. 나도 친구는 있는데. 니들이 지금 나랑 놀아 주고 있잖아.

　그렇다. 나에게도 친구들이 있다. 나는 이 점이 늘 신기하다. 내 친구들 또한 정도의 차이만 있을 뿐 대부분 나와 비슷하다. 낯가림이 심하고 혼자 잘 놀며 넓은 대인관계를 극도로 기피한다. 나와 마찬가지로 트위터와 페이스북은 대부분 아이디만 있을 뿐 거의 하지 않는다. 팔로워 숫자가 곧 대인관계 좋은 성공한 삶을 의미한다면 우리는 모

두 낙오자다. 팔로워 천 명을 얼마에 산다더라, 따위의 뉴스는 우리와
는 너무 다른 세계의 이야기다. 그걸 굳이 왜…. 요즘은 취업할 때 회
사에서 트위터 팔로워 수도 본다던데? 요즘 같아선 우리 같은 애들은
취업도 못 했겠구나. 그러니까 말이야.

그래서 신기하다. 이런 성향의 우리들이 서로 만나게 됐다는 게 말
이다. 어울림을 좋아하는 사람들이야 새로운 사람을 만나 친해질 기회
도 많겠지만, 생각해 보라. 혼자 놀기 좋아하는 사람이 그래서 대부분
집에 혼자 있는 사람이 어쩌다 방문을 열고 나갔다. 그런데 마침 그 시
간에 혼자 있기를 좋아하는 또 다른 한 사람이 방문을 열고 나올 확률.
그리고 방문을 나서서도 좀처럼 남들과 말을 섞지 않는 그 둘이 우연
히 만나, 우연히 말을 섞고, 우연히 더 친밀한 관계로 발전될 확률. 그
런데 확률통계란 역시나 그다지 믿을 만한 게 못 되는지, 그 희박한 확
률에도 종종 만남은 이뤄진다. 그것도 꽤 자주, 꽤 의외의 장소에서도,
혼자를 좋아하는 사람이 혼자를 좋아하는 또 다른 한 사람과 만나는
기적 같은 일은 일어나곤 한다.

Y와의 만남 또한 그렇게 이뤄졌다. 내가 서른을 갓 넘긴 여름이었
다. 나는 그해 여름 몇 달 동안 일본 교토에 머물렀다. 그곳에서 Y와
나는, 첫눈에 우리 두 사람 모두 이 도시의 이방인임을 알아봤고, 첫눈
에 서로가 짧은 여행객은 아님을 알아봤으며, 첫눈에 서로의 '혼자에
대한 각별한 애정' 또한 간파했기에, 우리는 친구가 됐다. 하지만 그뿐
이었다. 서로를 알아봄. 그럼 오늘부터 우리 친구 할까, 따위의 대화가

없었음은 물론 이제부터 종종 만나 밥을 먹든가, 산책을 하자든가, 함께 시간을 보내자 따위의 친밀함을 쌓아 가는 보편적인 의식 또한 없었다. 다만 우리는 서로의 휴대폰 문자 주소를 교환했고, 이 낯선 도시 어딘가에 '친구'가 살고 있다는 것만으로 든든함을 느끼며 서로, 각자, 혼자, 잘 놀았다.

그런데 우리 같은 사람들에게도 당연히 그런 날 또한 가끔은 찾아온다. 혼자 놀고 싶지 않은 날. 그래서 우리 같은 사람들에게도 친구가 필요한 것이고, 혼자를 좋아하는 사람들에게 혼자 놀고 싶지 않은 날이 찾아오는 주기 또한 엇비슷한지 그런 느낌이 드는 날이면 어김없이 혼자를 좋아하는 또 다른 친구에게서 연락이 오거나 내가 먼저 연락했을 때도 거절당하는 일이 별로 없다.

'오늘 시간 어때? 한가하면 나랑 놀아 줄래?'

한글 따윈 먹히지도 않는 낯선 땅의 낯선 휴대폰을 들고 낯선 언어를 더듬더듬 적어 Y에게 문자를 보냈다. 잠시 후 도착한 답문.

'저는 언제나 한가합니다.'

혼자를 좋아하는 사람이 혼자를 좋아하는 사람에게 보일 수 있는 가장 친밀한 표현을 Y에게서 받아 든 나는, 기쁜 마음으로 그를 만나기 위해 방을 나섰다.

그렇다고 우리가 만나서 대단히 특별한 일을 한 건 아니었다. 자전거를 타고 좀 돌아다니며 레코드점에 갔다가, 서점에 갔다가, 가모가와 강변에 앉아 각자 멍 좀 때리다가, 배고픈데 밥이나 먹고 헤어질까 하던 차였다.

"얼마 전에 나박김치 담갔는데, 누나 우리집에 가서 국수나 말아 먹을까요?"
"너 집에서 그런 것도 하니?"

친구라곤 하지만 그때 Y의 나이가 많아야 스물네댓이었을 테니 나와는 나이 터울이 꽤 있었다. 그런데 혼자 살면서 집에서 나박김치를 담가 먹다니. 심지어 맛있었다. 요리도 귀찮아하는 나에겐 오랜만에 먹어 보는 한국 맛이라 더 그랬는지도 모르겠고, 더운 여름이라 땀을 많이 흘려서 나박김치의 짠내가 더 달콤하게 느껴졌는지도 모르겠지만, 어쩐지 그날 나는 기분이 좋아져서 말이 좀 많아졌던 것 같다. Y도 기분이 썩 나쁘진 않았는지, 우리는 서로 좋아하는 음악이나 책 이야기를 시작으로 밤늦게까지 수다를 떨었고, 그러다 보니 이런저런 이야기 끝에 어쩌다 서로가 여기 교토에까지 흘러오게 됐는지, 또 앞으로 우리는 어떻게 살아야 하려나 따위의 제법 무거운 얘기까지 나누게 되었다.

"그냥 너무, 즐거울 게 없어 보였어요."

Y가 말했다. 이십 대를 한국에서 보내고 싶지 않았다고. 하긴 가장 반짝거려야 할 나이에, 나 또한 가장 치열하게 살았던 것 같다. 돌아보니 내 나이의 앞자리는 이미 바뀌었는데, 나의 반짝이는 이십 대를 나는 대체 어디에 소모해버린 걸까. 어쩌면 그래서 나 또한 이곳으로 훌쩍 떠나와, 아니 도망 와 있었던 걸지도 몰랐다.

"어쩌면 저의 서른은, 안 올지도 모르고요."

Y가 다시 말했다. 야, 나도 안 올 줄 알았어. 근데 눈 한번 질끈 감았다 뜨면 금방 서른이야. 나도 네 나이 땐 서른이면 인생 끝나는 줄 알았어. 근데 서른도 별거 없다. 어제 잠잤다 오늘 일어나면 서른인 거지, 똑같아. 나의 발끈에 Y가 웃었다. 그리고 말했다.

"나 지금 진지한데?"

나도 진지하다고. 서른이 그리 먼 나이가 아니라니까. 너도 서른 돼보면, 아 그때 그 누나가 했던 말들이 다 진짜였구나 싶을걸? 여전히 농담 반 진담 반 발끈해 하는 나의 말을 자르며 Y가 다시 입을 열었다.

"누나, 저는 스물아홉 여름에 결혼을 해요."

응? 이건 또 무슨 얘기지. 갑작스러운 장면 전환에 나의 뇌가 멈칫하는 것이 느껴졌는지, 서둘러 Y는 다시 이야기를 이어 갔다.

"저도 아닐 줄 알았거든요. 그냥 꿈이겠거니 했거든요. 그런데 여기 와서 저도 깜짝 놀랐어요. 내가 정말, 스물아홉 여름에 결혼을 하는구나. 기분이 진짜 이상하더라고요."

이쯤 되니 나는, Y가 지금 무슨 얘기를 하는지 전혀 모르겠는데도 듣고 싶어졌다. 알 수 없는 호기심이 일어 귀가 열리는 기분이 들었다.

한국에 있는 대부분의 스무 살이 그러하듯 Y는 스무 살 되던 해, 대학에 입학했다. 하지만 한국에 있는 대부분의 스무 살이 그러하듯 Y가 스무 해를 사는 동안 배운 것은, 대학에 가야 한다, 그것이 전부였다. 5, 6월이 되면 새내기들은 방황을 시작한다. Y도 그랬다. 그리고 그즘, 그 꿈도 시작됐다.

"항상 시작은 큰 성당에서의 제 결혼식이에요."

성당 종소리와 함께 시작되는 Y의 꿈은, 처음엔 모든 게 희뿌옇고 잘 들리지도 않아 그저 지금 내가 결혼을 하는구나, 정도만 알 수 있었다. 하지만 그 꿈은 한 번으로 끝나지 않았고, 되풀이될 때마다 조금씩 선명해지고 길어졌다. 그곳의 공기와 냄새, 자신의 기분까지도 조금씩 더 선명해졌다.

"너무 더웠어요. 자꾸 땀이 나고 넥타이가 목을 죄어 오는 것 같아서, 결혼식 내내 어서 넥타이를 풀어헤치고 여기서 나가고 싶다는 생각만 들었어요."

그리고 잠에서 깨면 Y도 땀에 흠뻑 젖어 있었다. 하지만 꿈이 되풀이될수록 Y는 궁금해지기 시작했다. 신부의 얼굴이나 그 뒤의 이야기들이 궁금해 잠을 청하면, 어떤 날엔 꿈이 아예 찾아오지 않기도 했고, 며칠 만에 찾아온 꿈은 야속하게도 이어지는 것이 아니라 다시 처음부터, 성당 종소리부터 시작됐다.

"그래서 신부 얼굴은? 결국 봤어?"
"봤죠. 꽤 오래 걸리긴 했지만…."

성당 종소리로 시작되는 꿈속의 결혼식은, 덥고 지루했다. 그래서 Y는 그때가 여름이란 걸 알았고, 결혼식을 주관하는 신부님의 말에서 그때 자신의 나이가 스물아홉이란 것도 알게 됐다. 하지만 꿈속에서의 Y는, 현실의 Y가 움직일 수 없었다. 조금만 고개를 돌려, 아니 살짝 옆눈짓만 해서라도 신부의 얼굴을 보고 싶었지만, 꿈속에서의 Y는 어서 빨리 결혼식이 끝나 넥타이를 풀어헤치고 싶다는 마음뿐이었다. 신부와 얼굴을 마주하고, 고개 숙인 신부의 면사포를 들어 올리는 순간은, 꿈이 시작되고 석 달이 넘어서야 찾아왔다.

"너무, 아름다웠어요. 지금도 매번 놀라요. 내가 신부의 면사포를 들어 올리고, 그녀가 고개를 들어 나를 보는 그 순간은, 지금도 매번…. 너무 아름다워서요."

"그 꿈을 지금도 꾸고 있어?"

"그럼요. 그녀를 만나기까지 했는걸요, 여기 교토에서."

"뭐? 꿈속의 신부를 현실에서 만났다고?"

어쩌면 그래서 Y는 그토록 자신 있게 말했는지도 모르겠다. 누나, 저는 스물아홉 여름에 결혼을 해요. Y가 꿈속이 아닌 현실에서 그녀를 처음 만난 건, 지난해 여름이었다. 음악을 좋아하고, 실제로 혼자 집에서 자작곡을 만들어 레코딩까지 하고 있는 Y는, 그날도 시내 레코드 가게를 찾아 이런저런 음악을 들어 보고 있었다. 헤드폰을 쓰고 있는 Y에게까지 들려올 정도로 왁자지껄한 여학생들의 소리에 Y는 무의식적으로 고개를 들어 입구를 봤다. 그리고 그 순간, Y는 너무 놀라 주저앉을 뻔했다. 간신히 진열장을 붙잡고 서서 한참이나 그녀들을, 아니 그녀를 보았다. 쉴 새 없이 떠들며 웃고 있는 여학생들 사이에 그녀가 있었다. Y의 신부. 매일 밤 꿈속에서 만나 온 Y의 신부.

"그래서? 말은 걸었어? 아니, 뭐라고 말을 걸어야 하나. 매일 당신을 꿈속에서 만나고 있어요. 이것도 이상하잖아. 말 같지도 않은 수작질 같고."

나의 말에 Y가 웃었다.

"그죠. 그럴 순 없죠."

"그래서 넌 어떻게 했는데? 말을 걸긴 했어?"

"아뇨. 안 걸었어요."

"왜?"

"음…. 잘 모르겠더라고요. 그게 옳은 일인지."

그 후로도 Y는 몇 번 더 그녀와 마주쳤다. 교토는 좁은 도시다. 그녀
가 현실에 존재한다는 사실을 한번 인지한 뒤론, 몇 개월에 한 번씩은
꼭 그녀를 보게 됐다. 자전거를 타고 가는 길 마주 오는 자전거에 앉은
그녀를 보게 되는 일도 있었고, 도서관에 들렀을 때도, 처음 만났던 레
코드 가게에서도 그녀를 다시 만났다. 한번은 Y가 아르바이트를 하는
식당에 그녀가 손님으로 온 적도 있었다. "그 정도면 운명인 거 아니
니? 무슨 말이라도 걸어 보지." 하지만 Y는 그럴 수 없었다. 아니 오히
려 그녀를 마주치는 일이 점점 더 무섭고 괴로워졌다. 이것이 정말 운
명일까 봐. 그녀의 실존을 확인할 때마다, 자신의 꿈 또한 정말 자신의
운명이 돼버릴까 봐 Y는 점점 더 두려워졌다. 그녀는 너무 아름다웠고,
그래서 내가 벌써 그녀를 사랑하고 있는 게 아닐까 운명 같은 착각이
들 때도 있었지만, 그럴수록 Y는 점점 더 그녀에게 말을 걸 수 없었다.

"우리는 죽어요."
"뭐?"
"아니, 적어도 저는 죽어요. 스물아홉 여름에."

언제나 성당 종소리로 시작됐던 Y의 꿈은 조금씩 선명해지고 조금
씩 길어져, 언젠가부터는 항상 이렇게 끝이 났다. 결혼식이 끝나고 성
당 문을 열고 나오는 두 사람. 강렬한 햇살에 눈이 부셔, Y는 오른손을
들어 해를 막으면서도 맑은 하늘을 본다. 구름 한 점 없는 유난히 푸른

여름 하늘. 두 사람은 곧 신혼여행을 떠나기 위해 차에 오른다. 신혼여행에 걸맞은 오픈카. 바람을 맞으며 두 사람은 달린다. 그리고 그 사거리. 빨간불 앞에 정차해 파란불을 기다리며 Y는 잠시 신부를 본다. 신부가 웃는다. Y도 웃는다. 그 순간 신부가 앞을 흘깃 보곤 신호가 바뀌었다는 눈짓을 한다. Y는 천천히 고개를 앞으로 돌리며 액셀러레이터를 밟는다. 그리고 바로 그 순간,

"양배추를 잔뜩 실은 트럭이었어요. 저는 피를 흘리며 바닥에 누워 있고, 야채망 밖으로 아무렇게나 튀어나온 양배추들이 거리엔 가득하고, 조금만 손을 뻗으면 닿을 곳에 신부가 보였지만 제 팔은 움직여지지 않았어요. 조금씩 의식이 흐릿해졌어요. 그리고 깜깜해졌어요. 저는, 죽었어요. 죽었다는 걸 온몸으로 느낄 수 있었어요. 스물아홉 여름에, 저는 그렇게 죽어요."

에이, 말도 안 돼. 한참 만에 내가 말했다. 한참이나 아무 생각도 할 수 없었지만, 막상 입이 열리니 제멋대로 말들이 튀어나왔다. 꿈은 꿈일 뿐인 거지. 에이, 아니야 아니야. 말도 안 돼.

"저도 처음엔 그렇게 생각했어요."

Y가 그 꿈의 마지막 장면을 처음 본 것은, 그 꿈이 시작되고 6개월이 조금 넘었을 때였다. 이미 대학에서의 짧았던 새내기 시절도 모두 끝이 나고, 겨울방학을 앞두고 있었을 때였다. 처음엔 Y도 꿈은 꿈일

뿐이지, 그래도 유쾌한 꿈은 아니었어. 그뿐이었다. 하지만 겨울방학이 시작되고 매일 밤 Y는 그 꿈을 처음부터 끝까지, 성당의 종소리부터 마지막 자신의 죽음까지를 반복해서 꾸고 또 꾸었다. 매일매일 죽고 있는 기분이었어요. Y가 말했다. 낮에는 매일매일 죽어 가는 기분이 들었고, 밤에는 매일매일 죽고 있는 기분이 들었어요.

"그냥 너무, 즐거울 게 없어 보였어요."

Y는 긴 겨울방학이 끝나 갈 무렵 학교에 자퇴서를 냈다. 한국에서 이렇게 매일매일 죽어 가는 기분으로 이십 대를 흘려보내고 싶지 않았다. 스무 해 동안 배워 온 모든 것, 대학에 가야 한다. 또 대학에 들어와 배운 모든 것, 취업을 해야 한다. 그 두 가지밖에 모른 채, 내 이십대가 죽어 가는 게 너무 억울했어요. Y는 그렇게 교토에 왔다.

낮에는 아르바이트를 하고, 밤에는 음악 공부를 했다. 일이 년 사이에 조금씩 혼자서도 음악을 만들 수 있게 됐다. 아르바이트를 하며 음악 하는 친구들도 몇 만났다. 밴드를 만들어 아주 가끔은 공연도 했다. 교토에 와 처음엔 그 꿈도 꾸질 않게 됐다. 역시 꿈은 꿈일 뿐이지. 유쾌한 꿈은 아니었지만. 하지만 1년이 흐르고, 2년이 흐르고, 그사이 언젠가부터 Y는 다시 그 꿈을 꾸기 시작했다.

"한국은? 한국은 안 가?"
"비자 때문에 왔다 갔다 해야 하긴 해요. 학교를 가든, 취업을 하든 해야, 여기서도 비자 걱정 없이 지낼 텐데. 군대도 가야 하고. 그런데 아직 다 잘 모르겠어요."

한국에 있는 친구들은 어느덧 군대를 다녀와 본격적인 취업 전쟁에 들어갔다. 막연히 떠나와 막연히 좋아하는 음악을 하고 있지만, 여전히 불안한 Y는 또다시 그 꿈을 꾸기 시작했다. 꿈이 되풀이될수록, 목을 죄어 오는 넥타이의 느낌은 더욱 뚜렷해졌고 더욱 더워졌으며 더욱더 많은 땀을 흘리게 됐다. 우연히 그녀라도 만나는 날엔, 꿈속이 아닌데도 하루 종일 숨이 막힐 듯 더웠다. 여름이 아닌 때에도 하루 종일 식은땀이 났다. 뜨거운 여름이 찾아오는 것이 두려웠지만, 여름은 또 찾아왔다. 그리고 그 꿈 또한 더욱 선명해졌다.

"그러다, 그 사거리를 만난 거죠."

그날도 오전 아르바이트를 끝내고 집에 와 점심을 먹고, 다시 자전거를 타고 오후 아르바이트를 가는 길이었다. 구름 한 점 없는 유난히 푸른 여름 하늘. 교토의 여름은 유난히 덥다. 그 더위에 지쳐 잠시 정신을 잃었는지, 매일 다니던 길인데도 Y는 순간 길을 잃었다. 정신을 차려 보니 Y는 자신도 모르는 길을 달리고 있었다. 그러다 빨간 신호등에 걸려 잠시 숨을 고르며 주위를 둘러봤다. 여기가 어디지…. 그 순간 Y는, 아찔한 기분이 들었다. 매일 본 그 사거리였다. 매일 밤 꿈에서 본 그 사거리. 나는 스물아홉 여름, 이 길에서 죽는다. Y는 그대로 인도 쪽으로 자전거를 쓰러뜨린 채 주저앉아 한참을 울었다. 아무리 울어도 이유를 알 수 없었다. 내가 지금 왜 울고 있는지 그 이유조차 알 수 없어 Y는 또 울었다. 구름 한 점 없는 유난히 푸른 여름 하늘. 그 뜨거운 열기가 너무 아찔해 Y는 그렇게 또 한참을 앉아 땀인지 눈물인지 모를 것을 흘려내고 또 흘려냈다.

2007년의 여름밤이었다. 내가 Y의 그 이야기를 들었을 때가. 그때 나는 이제 서른을 갓 넘긴 나이였다. 그때의 나는 Y의 그 모든 이야기를 믿었을까, 믿지 않았을까. 잘 기억나지 않는다. 다만 몇 년 후 나는, 한 영화를 보며 Y를 다시 떠올렸다. 낮에도 꿈을 꾸는 한 남자의 이야기였다. 그는 사람들과 대화를 나누다가도, 회사에서 회의를 하다가도, 혼자 길을 걷다가도 꿈을 꾼다. 그런 그를 보고 사람들이 묻는다. '너 또 멍 때리는 거니? 너 또 혼자 공상하는 거니? 너 또 혼자 상상의 세계에 빠져 있는 거니?' 영어권 영화였다. 멍, 공상, 상상. 번역된 그 모든 말의 원어는 Daydream이었다. 낮에 꾸는 꿈. 백일몽. Y가 떠올랐다. 혹 Y의 그 꿈 역시, Daydream은 아니었을까. 물론 Y의 꿈은 정말 밤에 꾸는 꿈, Night dream이었을지도 모른다. 아니면 그저 Nightmare, 악몽일 뿐이었을지도 모른다. 다만, 나의 그 생각의 끝에는 내 스무 살의 기억이 기다리고 있었다.

97년의 여름밤도 참 더웠다. 그 더운 밤에도 우리는 학교 잔디밭에 모여 앉아 술을 마셨다. 더워서 술을 마셨고, 술을 마셔 더 더웠다. 그래서 또 마셨다. 그 자리에 앉아 있는 아이들의 주머니가 모두 텅 빌 때까지, 아이들은 돌아가며 술을 사 왔다. 안주는 생라면이나 새우깡

정도가 다였다. 모두가 취했고, 그중엔 꼭 우는 아이들도 있었다. 스무 살이 됐다는 것이 두려웠고, 서른이 된다는 것은 더 두려웠던 시절. 요절한 천재 작가와 천재 뮤지션의 이름이 오르내리고, 누군가는 죽음을 꿈꿨다. 그 아이들은 이제 모두 서른을 넘겼고, 곧 마흔이 된다. 누구도 요절하지 않았고, 누구도 천재 작가나 뮤지션이 되지도 못했다. 우리는 모두, 그저 그런 어른이 됐다.

　나도 어느새 마흔 가까이까지 왔다. 그런 내가 돌아보는 그날 밤, 2007년의 여름밤도 참 더웠다. Y의 좁은 자취방에는 몇 시간 전 저녁으로 먹은 나박김치의 짠내가 그대로 남아, 어쩐지 더 후텁지근하게 느껴졌다. 아니 어쩌면 2007년의 여름은, 정말 더 더웠는지도 모르겠다. 내 스무 살, 97년의 여름보다 훨씬 더. 몇 해 전 여름보다 올해 여름은 언제나 더 덥게 느껴진다. 그리고 그건 정말일지도 모른다. 우리의 여름은 매해 조금씩 더, 뜨거워지고 있는지도 모른다. 스무 살의 땀 또한 조금씩 더, 짠내가 짙어진다. 끈적해질 대로 끈적해진 스무 살의 땀들이, 뜨거운 아스팔트에 스포이트로 한 방울 한 방울씩 떨어뜨려 놓은 듯 여기저기 얼룩을 만든다. 나의 끈적임만으로도 벅차 서로 부대낄 수조차 없다. 까만 아스팔트 위에 드문드문 모두 다 외톨이인 양 흩어져 있는 스무 살의 땀들. 까만 바다 위의 외로운 섬들처럼 그들은 서로 다가갈 수도 멀어질 수도 없다. 끈적해질 대로 끈적해진 스무 살의 땀들이 그렇게 뜨거운 아스팔트 위로, 모두 다 제각각, 흩날려 떨어진다.

몇 달 후 나는 한국으로 돌아왔다. 몇 해 더 방송국을 다녔고, 여전히 나는 매일매일이 전쟁인 그 일에 잘 적응하지 못했고, 몇 해 후 끝내 일을 그만뒀다. 그 후 나는 친구들에게서 이런 얘기를 더 자주 듣게 됐다. '이런, 히키코모리.' 그런데 나는 이제 그 말이 싫지 않다. 나는 결국 이 삶을 선택했다. 나에게는 아직 선택권이 있었다. 물론 여전히 불안하고, 매일매일이 내일에 대한 걱정이지만, 그래도 나는 이 삶을 선택했다. 선택할 수, 있었다.

가끔 궁금하다. Y는 선택한 걸까, 도망친 걸까, 아니면 그 길밖에 없었던 걸까. 지금은 2015년이다. 이미 Y의 서른 또한 지나가고도 남았을 만큼, 또 시간이 흘렀다. 스물아홉 여름에, 저는 죽어요. 스물아홉 그 후… Y는 어떻게 됐을까. 나는 잘 모르겠다.

가끔 페이스북을 열면 '알 수도 있는 사람'에 Y의 얼굴이 뜬다. 그때마다 나는 생각한다. 이 Y가 2007년의 내가 알던 그 Y일까. 아니면 그 Y는 이미 몇 해 전 스물아홉에 죽었고, 2015년 서른을 넘긴 이 Y는 전혀 다른 사람일까. 나도 잘, 모르겠다.

나는 2015년의 Y에겐, 말을 걸지 않는다.

나는 당신에게 반하고 싶다

——————— ▫

해가 바뀐다는 것은 이런 걸까. 요즘은 선배들을 만나도 친구들을 만나도 심지어 후배들을 만나도 언제나 빠지지 않는 이야기가 있다.

난 요즘 '이럴 때' 늙었구나 싶어.

'이럴 때'는 너무 많다. 한참 걸으면서 이야기를 나누던 중 친구가 말했다. "우리 수다는 좀 이따 앉아서 하는 걸로 하자. 숨차. 늙었나 봐." 한 술자리에서 후배는 말했다. "전 그만 마실래요. 요즘은 술 마시면 다음 날 출근하는 게 너무 힘들어요. 저도 늙었나 봐요." 전화기 너머로 잠이 덜 깬 선배의 목소리가 들려왔다. "나 여행 갔다 그저께 왔잖아. 그리고 2박 3일 잠만 잤다. 이제 늙어서 여행도 힘들어."

또한 '이럴 때'는 몸이 늙음을 느낄 때만도 아니었다. "젊음이 추위도 이기더라. 얼마 전에 가로수길에 갔더니 젊은 아가씨들이 어찌나 짧게 짧게 입고 다니시는지. 근데 나 예전엔 그런 여자들 보면, 와 예쁘다, 했거든? 그런데 지금은 그냥, 와 어리다, 싶은 게 나도 늙었나봐." 친구의 말에 나도 고개가 끄덕여졌다. 난 요즘 TV 보면서 느껴. 웬만해선 반해지지가 않아. 드라마 속 남자주인공들 다 멋있고 잘생겼는데, 이상하게 반해지지가 않아.

"그 영화? 봤지…." 선배는 큰 한숨을 내쉬며 잠시 말을 멈췄다. 흥행 성적도, 관객 평도 모두 나쁘지 않은 영화. 그런데 선배는 맘에 들지 않았단다. 그래서 한참을 이래서 별로, 저래서 별로, 혼자 투덜대다 조금 우울해졌단다. "뭔가 내가 고약한 노인네가 된 것 같은 기분이었어. 뭐든 꼬투리만 잡혀라, 세상만사 삐딱하게만 보는, 그런 고약한 노인네." 그런데 어쩐지 나도 선배의 마음이 조금은 이해가 됐다. 어쩐지 나도 요즘 재밌는 영화나 책이 통 없어서 말이다. 아니 정확히 말하자면 나를 열광하게 만드는, 밤을 꼴딱 새게 만드는, 다 보고 난 다음에도 누굴 만나든 그 얘기만 하게 되는, 그러니까 나로 하여금 반하게 만든 책이나 영화가 요즘 통 없었기 때문이었다.

그저, 요즘 좀 없나 보다 했다. 내가 반할 만한 것들이 그저 요즘 좀 없나 보다. 그런데 문득, 얼마 전 보고 온 '청춘'을 담은 한 사진전이 떠올랐다. 뭐가 그리 즐겁고 뭐가 그리 아픈지, 온몸으로 웃고 온몸으로 울고 있는 사진 속 인물들을 보며, 나는 그저 '그렇구나, 너희는 지금 기쁘구나, 슬프구나.' 이상할 만큼 감정이입이 되지 않아 전시를 보는 내내 무덤덤해했다. 그리고 그런 나를 깨닫자, 갑자기 조금 두려워졌다. 내가 혹시, 늙은 게 아닐까. 몸의 늙음은 어쩔 수 없는 문제지만, 마음조차 너무 많이 늙어버린 게 아닐까.

언젠가 이런 얘길 한 적이 있다. 만약 내가 무언가를 계속 쓰면서 살게 된다면, 죽을 때까지 '젊은 글'만 쓰고 싶다고. 그때 나는, 어른이 되고 싶지 않았다. 몸이 늙은 어른이 아니라, 마음이 늙은 어른이. 그래서 웬만한 일엔 흥분하지도, 분노하지도, 싸우려 하지도 않는. 좋은 말로 하면 타협을 아는, 나쁜 말로 하면 체념이 빠른, 마음이 좀처럼 뜨거워지지 않는 어른이 되고 싶지 않았다. 그런데 어느새 내 마음이 조금씩 딱딱하게, 차갑게, 굳어 가고 있었던 건 아닐까.

또 한 번, 해가 바뀌었다. 해가 바뀐다는 게 무슨 대수라고, 그저 편의상 만들어 놓은 수 체계에 불과한걸. 그래서 나이 먹는 것도 잘 모르고, 새해 다짐이나 소원 같은 것도 좀처럼 가져 본 적 없었는데, 이렇게 방심하다 내 마음이 폭삭 늙어버리면 어떡하지. 갑자기 나는 조금, 두려워졌다. 그래서 난생처음으로 올해에는 간절히 바라는 것이 하나 생겼다.

당신이 누구이든, 무엇이든, 나는 당신에게 반하고 싶다.

에스컬레이터

언젠가부터 이상하긴 했다. 그런데 오늘도 같이 밥을 먹는 한 시간 남짓 동안, E의 휴대폰은 꽤 여러 번 불빛을 반짝였다. "확인해 봐. 급한 연락일 수도 있잖아.", "아니야, 됐어…."

"너 혹시, 연애하니?"

나의 물음에 E는 눈을 동그랗게 뜨곤 나를 바라봤다. 뭐라도 변명을 하거나 거짓말을 하고 싶은 눈치다. 하지만 이미 틀렸다. 거짓말도 잘 못하는 주제에, 20년 지기인 나를 어떻게 속이려고. 애쓴다. 애쓰니까 봐줄게.

"아니면 됐고. 커피 마시러 갈까?"

자리를 옮겨서도 나는 부러 다른 얘기만 화제에 올렸다. 그런데도 E 는 계속 내 눈치를 살피는 기색이다. 하지만 나는 끝내 모른 척하기로 마음을 정했다. 우리는 내내 다른 얘기만 했다. 머릿속은 둘 다, 온통, 그 생각뿐이었으면서. 너 혹시, 연애하니?

나는 사실, 바랐다. E가, 연애 좀 했으면…. 고등학교 때부터 E는 어 디서나 눈에 띌 정도로 예뻤다. 독서실 책상에도 언제나 음료수 하나 쯤은 올라와 있었고, 학원 앞에서 기다리는 남학생들도 더러 있었다. 심지어 E는 운도 좋은 편이어서, 나는 지금껏 E가 어떤 시험에서도 떨 어지는 걸 본 적이 없다. 대학도 물론 E는 한 번에 합격했다. 특차 합격 이라 자신 없던 논술은 치르지도 않았다. 특차는커녕 수능에 본고사까 지 있던 시절, 세 대학을 돌아다니며 본고사를 치르고도 재수를 해야 했던 나와는 달랐다. 노량진에 있던 나를 E가 찾아와 함께 차라도 마 시러 가면, E의 찻잔 아래에는 알바생의 삐삐번호가 적힌 쪽지가 놓여 있었다. 다음 해 나는 다른 과이긴 하지만 E의 대학 후배가 됐다. 함께 캠퍼스를 걸을 때면 남학생들의 시선이 느껴졌다. 처음 보는 남자애들 이 쫓아와 각종 선물을 E의 손에 쥐여 주곤 도망가는 일도 꽤 있었고, E의 팬클럽 같은 게 있다는 소문이 들려오기도 했다. 그만큼이나 스무 살의 E는 반짝거리고 예뻤다. 정오의 태양 같은 느낌이었다. 떨어져 본 적이 없는, 실패해 본 적이 없는, 하늘 가장 높은 곳에서 세상을 바 라보는 정오의 시간. E는 마치 정오의 시간을 살고 있는 것 같았다.

E의 남자친구를 처음 소개받던 날, 어쩐지 내가 다 억울한 마음이

들었다. 아니, 내가 너만큼만 예뻤어도…. 하지만 다음 말은 꼭꼭 씹어 삼켜야 했다. 평범하기 짝이 없는 외모에, 군 입대까지 앞둔 동갑내기 남자애. 성격이 좋은가, 말도 어리벙벙한 게 웃기지도 않고. 착한 것 같긴 한데, 우리가 벌써 착한 남자 만날 나이인가. 하지만 E는, 그 매력 하나 없어 보이던 D를 군대까지 기다린 건 물론 9년을 만났다.

나의 우려와는 달리 그 9년의 시간 동안에도 E는 계속해서 정오의 태양 같은 삶을 살았다. IMF 속에서 대학을 졸업했지만, E는 취업에도 한 번에 성공했다. E의 신입 연봉은 모두가 부러워할 만한 수준이었다. D에게도 무척 사랑받았던 것 같다. D는 어디든 E를 데려가고 싶어 했고, 누구에게나 E를 자랑하고 싶어 했다. D의 친구들도 가족들도 모두 E를 사랑했다.

아마도 그 즘 언제였던 것 같다. E와 함께 지하철 역사에서 지상으로 올라가는 에스컬레이터를 탔을 때였다. 해가 쨍한 정오 무렵이라, 지상으로 다가갈수록 눈이 부셔 왔다. 아, 눈부셔… 하곤 E를 보니, E는 자기 발을 내려다보고 있었다.

"뭐해?"
"나는 이 순간이 참 좋더라…."
"응?"
"이렇게 해 좋은 날 지상으로 올라가는 에스컬레이터를 타고 있으면, 나는 가만있는데 빛이 점점 내게로 다가오는 기분이 들잖아."

그제야 나도 고개를 숙여 아래를 봤다. 올라가고 있는 건 분명 우리 인데도, 새까만 에스컬레이터 바닥만 내려다보고 있으니 정말 그런 기분이 들었다. 우리는 가만히 서 있는데도, 빛이 우리에게로 한 칸 한 칸 다가오고 있는 것 같았다. 어느덧 지상에 도착했다. 빛의 세계, 우리의 머리 위에선 정오의 태양이 눈부시게 빛나고 있었다. 그 태양만큼이나 E 또한 눈부셨던 것 같다. E의 삶은 지금 정오의 시간인 거다. 가만히 서 있는데도, 빛이 내게로 한 칸 한 칸 다가오는 정오의 시간.

어쩌면 그래서 나는 더 속이 상했던 걸까. E의 이별 소식을 처음 들었을 때, 내 입에서 제일 먼저 튀어나온 말은 이거였다.

"D, 걔. 미친 거 아니니?"

정오의 시간을 살고 있는 E를 보는 게 좋았다. 빛의 세계에서 누구 못지않게 사랑받으며 반짝거리는 E를 보는 게 좋았다. E의 시간은 언제까지나 그렇게 계속될 줄만 알았다. E에게마저 대부분의 캠퍼스 커플이 경험하는 그런 빤한 이별이 찾아올 거라곤 짐작지 못했다. 너무 빤하고 식상해서 구구절절 설명하기도 귀찮은 그 진부한 레퍼토리. 동갑내기 캠퍼스 커플이 스무 살의 사랑을 지켜내고 결혼에 성공하기까지는 꽤 여러 번의 위기가 등장한다. 남자의 군대, 남자의 제대 후 여자 후배들과의 학교생활, 여자의 취업 후 직장인 남자들과의 사회생활, 남자의 취업 실패, 여자의 나이 들어감, 남자의 부담, 여자의 실망, 남자의 자격지심, 여자의 초조함. 여자는 더 이상 김밥집 데이트를 하지 않아도 되는 남자에게 마음이 간다. 남자는 자신을 대단한 어른으로 봐주는 어린 여자에게 눈이 간다.

그럼에도 나는 이 모든 난국을 극복해내고 스무 살의 사랑을 지켜낼 사람이 우리 가운데 있다면, 그건 단연 E일 거라 생각했다. 정오의 태양처럼 눈부신 E에겐 시시하고 흔해 빠진 이별의 공식은 통하지 않을 거라 생각했다. 하지만 E 또한 마지막 단계를 넘어서진 못했다. 9년의 사랑이 끝났다.

E는 조금씩 말수가 줄어 갔다. 'D가 그러는데…. 왜 D 친구 중에 걔 있잖아…. 저번 내 생일에 D 어머님이…. 거기 D랑 한번 가 본 적이 있는데….' D가 들어가지 않은 문장을 좀처럼 완성할 수 없었기 때문이었다. 누군가와 9년이란 시간을 가장 친밀한 관계로 공유한다는 것은 그런 거다. 나의 삶이 곧 그의 삶이 되는 것. 나의 친구들이 곧 그의 친구들, 나의 가족들이 곧 그의 가족들, 나의 기억들이 곧 그의 기억들이 되는 것. 스무 살부터 서른까지, 나의 자의식이 성장하고 완성되던 그 청춘의 시기를 E는 온전히 D와 함께했다. 그런 E에게 D가 빠져나가 버린 빈자리는 아무것도 남지 않은, 공기마저 다 사라져버린 진공의 상태처럼 느껴졌을 것이다.

E와 함께 지하철을 타러 지상에서 에스컬레이터를 타고 내려가던 길. E가 한없이 자신의 발만 내려다보고 있던 모습이 떠오른다. 이번에는 빛이 점점 내 뒤로 멀어져 간다. 나는 가만히 서 있는데도, 빛은 점점 내 뒤로 멀어져 간다. 내 앞에는 이제 온통, 까만 에스컬레이터 바닥뿐이다. 그 바닥을 한없이 내려다보고 있던 E의 모습은, 입김이라도 훅 불면 날아가 버릴 듯 한없이 가벼워 보였다.

그 후 나는, 한 번도 E의 남자친구 얘길 듣지 못했다. 주말에도 약속이 있다는 것이 종종 데이트도 하는 것 같고, 어떤 때는 여러 달 연락이 뜸한 걸 봐선 만나는 남자가 전혀 없었던 건 아닌 것 같은데, E는 더 이상 나에게도 그 누구에게도 남자친구 얘긴 하지 않았다.

언젠가 심야영화를 보러 갔다 E와 마주친 적이 있다. E는 나를 보자마자, 마주 잡고 있던 일행의 손을 황급히 뿌리치며 한 발짝 옆으로 비켜섰다.

"영화 보고 나오는 길이야?"

나의 물음에 E가 답했다.

"응…. 넌 지금 보러 가는 거야?"

E의 뒤로, E의 일행이 나에게 인사를 하고 싶지만 선뜻 나서지 못한 채 멋쩍어하는 게 보였다. 하지만 E는 서둘러 나와 작별하고 싶어 했다.

"그럼 잘 보고 가. 나중에 전화할게."

그러곤 마치 혼자 온 사람인 양 내 시야에서 사라질 때까지도 E는, 자신의 일행은 한 번도 돌아보지 않은 채 빠른 걸음으로 멀어져 갔다.

"그 남자 좀 섭섭했겠더라."

며칠 후 E와 단둘이 만났을 때 내가 말했다.

"섭섭하긴 뭘…."

"그래도 나한테 인사하고 싶어 하는 것 같던데. 그리고 안 싸웠어?"

"싸우고 뭐하고 할 게 뭐 있어. 어차피 지금은 안 만나. 네가 알 필요도 없는 사람이었어. 그냥 몇 번 만난…."

어쩌면 그렇게 E는 잦은 이별을 해 왔는지도 모르겠다. 한 사람이 다른 한 사람을 만나 사랑을 한다는 것은, 함께하고 싶은 거다. 그와 함께 밥을 먹고, 차를 마시고, 영화를 보고, 손을 잡고, 그 무엇이든 함께하고 싶은 것. 그와 함께 친구들을 만나고, 가족들을 만나고, 그렇게 조금씩 그의 삶과 나의 삶을 겹쳐 가는 것. 하지만 E는, 더 이상 그 누구와도 자신의 삶이 겹쳐지는 걸 원치 않았다. 아마도 상대들은 번번이 섭섭했을 것이다. 상처가 됐을지도 모른다. 하지만 E는 그런 순간이 찾아올 때마다, 번번이 돌아서 버렸는지도 모르겠다.

언젠가 E와 내가 둘이서만 여행을 간 적이 있다. 낯선 나라의 한국 식당을 찾았을 때, 무척 오래된 한국 노래들이 계속해서 흘러나왔다.

"이 노래 진짜 오랜만이다."

"그러게. 여기 주인분이 이 시절에 한국을 떠나오셨나 보다."

그렇게 한참 밥을 먹고 있었는데, 갑자기 E가 숟가락을 내려놨다.

"나, 이 노래 너무 싫어."

이 노래가 뭐였지…. 나는 기억이 가물가물해선 잠시 노래에 집중했다. '여기 나의 친구들 모두 너를 좋아해. 내 여자친구라는 사실 하나만으로.' 그래, 이런 노래가 있었지. 나도 이십 대 연애 시절 이 노래를 들어 본 적이 있다. 남자친구의 친구들과 노래방에 가면, 그 친구들이 꼭 나에게 이 노래를 떼창으로 불러 주곤 했다. 그때나 지금이나 노래방 문화를 별로 좋아하지 않는 나는, 그때도 '이건 나를 위해서가 아니라 지들이 좋아서 부르는 거.' 빨리 이 자리가 끝나기만을 기다렸던 기억.

"너무 싫어."

E가 다시 말했다. '여기 나의 친구들 모두 너를 좋아해.' E는 누구에게나 사랑받았다. D의 친구들도 가족들도 모두 E를 사랑했다. 하지만 9년의 시간이 지나고 E는 알게 됐다. 여기 나의 친구들 모두 너를 좋아해. D의 여자친구라는 사실 하나만으로. E를 사랑했던 D의 친구들과 가족들 역시 모두 떠나갔다. 9년의 사랑이 끝난다는 것은 그런 거니까. 9년 동안 함께했던 그래서 언젠가부터는 '나'의 친구, '나'의 가족이 되어버린, 하지만 처음부터 끝까지 '그'의 친구, '그'의 가족이었던 사람들과도 끝난다는 것.

나는 가만히 서 있는데도, 빛이 내게서 한 칸 한 칸 멀어져 간다.

나는 처음부터 끝까지 똑같은 나였는데도, 사람들이 내게서 한 칸 한 칸 멀어져 간다.

함께했던 시간이 끝나면, 겹쳐졌던 삶 또한 모두 제자리로 돌아간다. 어쩌면 그래서 E는 원치 않았는지도 모르겠다. 누군가와 자신의 삶이 겹쳐지는 것. 그렇게 벌써 꽤 많은 시간이 흘렀다. 어느덧 우리의 나이도 삼십 대 중반을 넘어섰다.

"너 혹시, 연애하니?"

나는 사실, 바랐다. "확인해 봐. 급한 연락일 수도 있잖아." E의 휴대폰이 이렇게 눈에 띄는 곳에 있었던 적은 없었다. E는 원래 휴대폰에 무심한 사람이다. 문자나 전화를 해도 바로바로 연결되는 일이 거의 없다. 그런데 지금 E의 휴대폰은 바로 내 눈앞에 있다. 탁자 위에 올라와 있는 E의 휴대폰에선 연신 불빛이 반짝였다.

"아니야, 됐어…."

아무리 아닌 척해도, 그 불빛이 계속 E의 신경을 건드리고 있는 게 틀림없다. 거짓말도 잘 못하는 게, 20년 지기인 나를 어떻게 속이려고. 하지만 나는 일단 모른 척해 주기로 했다. 어쩌면 E는 지금 지상으로 올라가는 또 다른 에스컬레이터 앞에서 주저하고 있는지도 모른다.

"이따가 애들 모여 있다는데 잠깐 들를까 싶은데, 같이 갈래?"

내가 말했다.

"거기 T도 온다고 하지 않았어?"

"응. 여자친구도 데려올 모양이던데."

"흐음…."

E는 또 주저하고 있는 것 같았다.

"너는 T 여자친구 한 번 봤다고 했지?"

E가 물어 왔다.

"응, 저번에. 같이 우리집 앞으로 왔더라고."

"그랬구나…."

그리고 E는 또 잠시 말이 없었다.

우리는 결국 그 자리에 함께 갔다. 10년도 넘은 모임이라 이젠 모두 가족 같은 사람들. 그중 낯선 사람이 하나 섞여 있다. T의 새 여자친구다. 새로운 그녀는 좋은 사람이었다. 싹싹하고 밝고, 모진 구석이 별로 없어 보였다. 그렇다고 이 낯선 사람들에게 잘 보이고 말겠다, 부러 애쓰는 것 같지도 않았다. 내 남자친구와 나보다 더 친해 보이는 사람들을 괜히 의식하는 것 같지도 않았다. 예의 바름과 친밀함의 선을 잘 지키는, 그러면서도 적당히 분위기에 맞춰 잘 웃을 줄도 아는, 그러니까 T의 새로운 그녀는 '좋은 사람'이었다. 우리는 모두 즐겁게 웃고 마시고 떠들었다. 여느 멤버가 새로운 연인을 데려오든 갖게 되는 적당한 호기심과 낯섦을 즐기며 웃고, 마시고, 떠들고… 유쾌한 자리였다.

자리를 파하고 집에 가는 길 E가 말했다.
"좋은 사람 같더라…."
"그지. 악역에는 전혀 어울리지가 않지?"
조금 웃으며 내가 말했다.
"그러게, 참…."
E는 자신의 마음을 잘 설명할 수 없는 것 같았다. 그리고 그런 E의 마음을, 나는 너무 알 것 같았다. T에게 새 여자친구가 생겼다는 얘길 처음 들었을 때, 우리 모임에 있던 모든 사람들이 놀랐다. T에게는 오랜 여자친구가 있었기 때문이었다. T와 그녀만큼, 그녀와 우리 또한 이미 오래된 관계였다. 우리는 모두 그녀를 좋아했다. 어떨 때는 T 없이 그녀를 만나기도 했다. 그런데 T와 그녀의 관계가 끝났다. T의 '새로운 그녀' 때문이었다. 우리 모임의 몇몇은 T의 오래된 그녀에게서 전화를 받기도 했다. 부서질 듯 울고 있는 그녀의 전화에, 우리는 아무 말도 할 수 없었다. 몇몇은 T의 새로운 그녀를 만나고 싶어 하지 않았다. 그중 E도 한 명이었다. 나는 E를 이해할 수 있었다. T와 새로운 그

녀가 우리 모임에 오기까지는 6개월이 넘는 시간이 걸렸다. 새로운 그녀는, 좋은 사람이었다. 악역엔, 어울리지 않는. 우리는 모두 새로운 그녀를 욕할 수 없었다. T 또한 욕할 수 없었다. 유쾌한 시간을 보내고 우리는 헤어졌다. 우리는 모두, T의 친구였던 거다.

며칠 후 주말 오후 E를 다시 만났다. 전시회를 하나 보고 저녁을 먹기 위해 우리는 지하철을 타고 이동했다. 지하철에서도 E의 휴대폰은 가방 안이 아닌, E의 손안에 꼭 쥐여 있었다.

"어제 T한테 문자 왔더라."

E가 말했다.

"뭐래?"

"그냥… 그날 잘 들어갔냐고."

"여자친구 처음 데려온 자리라 신경 쓰였나 보네."

"그러게…."

어쩐지 E의 표정은 조금 복잡해 보였다. 다시 입을 연 건 나였다.

"그래도 뭐, 재밌게 잘 놀았잖아."

"그러게…."

같은 말만 되풀이하던 E는 또 말이 없었다.

아주 한참 만에 다시 입을 연 건 E였다.

"아마도, 그랬겠지…."

"응?"

"내가 빠진 자리도 아마, 그랬겠지?"

나도 잠시 말을 잃었다. 아마도, 그랬을 테니까. T의 새로운 연인과 함께인 자리에서 우리는 모두 유쾌했다. E가 빠진 자리 또한 그랬을 거다. E가 아파하고 그리워하고 원망하고 그를 다시 애타게 원하던 그 순간, 그의 세계에서도, 아마 똑같은 일이 일어났을 것이다. 드라마완 달리 세상엔 악역이 그리 많지 않다. 각각의 상황에 맞는 주인공과 주인공이 아닌 사람만 있을 뿐. E와 그가 주인공이었던 드라마에서 E는 하차했을 뿐이다. 하차하지 못하겠다고 버티면 지질한 조연으로 남게 된다. 아니 오히려 새로운 두 사람의 사랑을 가로막는 E가, 악역이 돼버릴지도 모른다.

나는 가만히 서 있는데도, 내 앞으로 한 칸 한 칸 다가오던 빛.
그 에스컬레이터는 이미 끝났다.
뒤돌아 다시 내려가는 순간, 내 뒤로 한 칸 한 칸 빛은 멀어질 뿐이다.

한참이나 우리는 각자의 생각, 아니 어쩌면 같은 생각에 빠져 있었는지도 모르겠다. 그 생각에서 빠져나와 먼저 입을 연 건 나였다.

"너 혹시, 연애하니?"

E의 손안에서 휴대폰 불빛이 다시 한 번 반짝이던 순간이었다.
"확인해 봐. 그래도 주말인데 연락도 안 되는 여자친구, 별로다."
지하철을 빠져나와 에스컬레이터에 올라서며 E는 자신의 휴대폰을 확인했다. 나는 고개를 숙여 E의 발을 보았다. 물론 정오의 태양만큼 쨍한 빛은 아니었다. 하지만 저물녘의 태양 빛은 아직 남아 있었다. 그 빛이 E에게로 한 칸 한 칸 다가오고 있었다. 잠시 후 휴대폰을 닫으며 E가 말했다.

"내일 뭐해? 같이 점심 먹을래? 보여 주고 싶은 사람이 있는데…."

웃으며 내가 답했다.
"그래."
그리고 다시, 내가 말했다.
"좋다…."

고개를 약간 기웃하며 E가 나를 바라본다.
"난 요즘, 이 시간의 빛이 참 좋더라."
내가 말했다.
"정오는 너무, 더웠잖아."

나는 다시 고개를 숙여 우리의 발을 내려다보았다. E도 나를 따라 고개를 숙였다. 정오만큼 쨍하지도 강하지도 않지만, 저물녘의 태양 빛은 제법 따뜻해 보였다. 그 따뜻한 붉은 빛이 한 칸 한 칸, 우리를 향해, E를 향해, 다가오고 있었다.

내
마음은

음 악 을 읽 다

─────── 글 강세형 | **내레이션** 조원선 | **노래** 내 마음은 〈김동률 '동행' 앨범 중에서〉 | 2014

이 사람을 사랑하고 싶다.
몇 번이나 마음속으로 말했다.
이 사람을. 사랑하고 싶다.

소탈하고 정이 많은 사람.
따뜻하고 웃음이 많은 사람.

이 사람을 사랑하고 싶다.
이 사람에게 사랑받고 싶다.
몇 번이나, 마음속으로 말했다.

오늘도 이 사람은
우리집 앞을 다녀갔다.
현관문 앞에 걸려 있는 과일 봉지.

내가 이런 사랑을 받아도 되는 걸까.
내게 그럴 만한 자격이 있는 걸까.

그럼에도 몇 번이나 마음속으로 말했다.

이 사람을
사랑하고 싶다고.

하지만 그때마다
오래전 읽은 소설 속 한 장면이
떠오른다.

그녀는 안경을 벗고 손수건으로 눈가를 눌렀다.
"늘 머릿속으로 당신에게 말해요."
그녀가 말했다. 그리고 다시 안경을 썼다.
"죄송해요."
그녀가 속삭였다.
"뭐가?"
"늘 머릿속으로, 당신에게 말해서요."

나는 오늘도 몇 번이나 마음속으로 말했다.
이 사람을 사랑하고 싶다고.
이 사람에게 사랑받고 싶다고.

그런데 나 또한 소설 속 그녀처럼
결국 사과를 하고 만다.

죄송해요.

늘 머릿속으로, 당신에게 말해서요.

이 사람이 아닌, 당신에게.

이 사람을 사랑하고 싶다는 말조차

이 사람이 아닌, 너에게.

내 마음은,

오늘도,

너에게 말을 하고 있다.

어른의 영화

———————   □

영화를 봤다. 이제 몇 안 남은, 내가 무척 아끼고 사랑하는 감독의 신작이었기에 나는 손가락을 꼽아 가며 개봉 일을 기다렸다. 그리고 오늘, 그 영화를 봤다.

"재밌네. 그치?"
극장을 나서며 일행이 말했다.
"응, 재밌네."
내가 답했다. 그런데 나의 그 말에는, 내가 생각해도 어쩐지 슬픈 꼬리가 달려 있었다. 일행이 갸우뚱하는 게 느껴졌다.
"그냥, 어쩐지 좀 슬프네."
슬퍼? 이 영화가 슬프다고? 슬픔과는 너무도 거리가 먼 장르의 영화였기에, 일행의 고개는 한층 더 갸우뚱해졌다.

"나도 잘 모르겠어. 근데, 이 감독도 늙는구나⋯. 갑자기 그런 생각이 들어서. 너무 어른의 영화 같아서."

일행은 더 이상 고개를 갸우뚱하는 것만으론 모자라다 느껴졌는지, 이번엔 미간으로 주름을 잔뜩 모으며 이렇게 말했다.

"이 감독 어른이야. 너도 어른이고."

맞다. 나는 어른이다. 나보다 몇 살 더 많은 이 감독 역시 어른이다. 나도 안다. 그런데,

내가 그를 처음 만난 것은 스무 살을 갓 넘겼을 때였다. 나는 그에게 첫눈에 반했다. 그의 데뷔작이 대단한 흥행작이었던 건 아니었다. 하지만 나는 그의 똘기 충만한 젊음이 좋았다. 자신만의 세계와 개성이 확실한 오타쿠 감독이 등장했구나. 어쩐지 두근거리는 마음까지 들어 친구와 나는 한동안 만나기만 하면 그 감독에 대한 이야기를 했다. 우리는 그와 관련된 기사나 인터뷰는 모두 찾아보았고, 침을 튀겨 가며 그에 대한 이야기를 나눴고, 그의 다음 작품을 손꼽아 기다렸으며, 그의 신작이 발표될 때마다 함께 극장을 찾았다. 내가 방송 일을 시작한 후, 사심을 담아 초대 손님을 부른 건 그가 처음이자 마지막이었다. 당시 교양프로를 하고 있던 나는, 이 감독 앞으로 크게 될 거라고, 앞으론 부르고 싶어도 못 부르는 날이 올 거라고, 회의 중 바득바득 우겨 그를 초대했다. 초대 손님에게 내가 먼저 사인을 부탁한 것도, 방송 일을 하는 10년 동안 그때가 처음이자 마지막이었다. 그 사인을 받아 들고 와서 내가 친구에게 얼마나 자랑을 해댔는지 모른다. 그리고 친구

는 또 얼마나 부러워했는지 모른다.

그러한 우리의 열렬한 팬심에도 불구하고, 그가 흥행감독이 되는 데는 꼬박 10년이 걸렸다. 하지만 통쾌했다. 그 긴 세월에도 불구하고, 아니 어쩌면 그 긴 세월 때문에, 700만 관객을 불러들여 그를 흥행감독으로 만들어 준 그의 전작을 보고 나왔을 때, 나는 통쾌한 마음까지 들었다. 그는 조금도 변해 있지 않았다. 물론 더 세련돼졌고 노련해졌지만, 여전히 그의 영화에는 똘기 충만한 그만의 색깔이 고스란히 담겨 있었고, 그 똘기를 버리지 않고도 흥행감독이 됐다는 게 어쩐지 나는 너무 통쾌해서 누구든 붙잡고 자랑하고 싶은 마음까지 들었다. 또한 그 기쁨을 내가 누구보다 가장 먼저 열렬히 나누고 싶었던 사람은 물론, 친구였다.

하지만 우리는 이제, 만나지 않는다. 우리 두 사람 중 누구 하나가 대단히 큰 잘못을 해서도 아니었고, 우리 두 사람이 이제 너무 멀리 살게 돼서도 아니었다. 우리는 그저, 각자 어른이 됐을 뿐이었다. 각자, 다른 어른이. 그것도 내가 아직 어른인지 아닌지도 잘 모르는 어설프기 짝이 없는, 각자, 다른 어른이.

그때도 마냥 쉬웠던 건 아니었지만 그래도 학창 시절엔, 지금보단 조금 더 쉬웠던 것 같다. 친구를 사귄다는 것. 적어도 나에겐 그랬던 것 같다. 그냥 학교에 가면 됐다. 굳이 따로 전화해 약속을 잡을 필요도, 어디서 만나야 할지, 만나면 뭘 해야 할지, 무슨 얘길 나눠야 할지,

고민할 필요도 잴 필요도 없었다. 학교에 가면 친구가 있었고, 똑같은 일상을 살고 있던 우리에겐 언제나 할 이야기가 넘쳤고, 굳이 서로에게 비밀을 만들거나 거짓말을 할 필요도 없었다. 너도, 나도, 아직 아무것도 아니었던 시절에는.

나이를 한 살 한 살 먹어 갈수록, 우리는 조금씩 무언가가 되어 갔다. 누군가의 여자친구 혹은 남자친구가 되었고, 누군가의 종업원이 되었고, 누군가의 손님이 되었고, 누군가의 갑이 되었고, 누군가의 을이 되었고, 어떤 이는 또 누군가의 엄마 혹은 아빠가 되었다. 어렸을 때 누군가의 딸 혹은 아들, 그리고 누군가의 학생, 이 두 가지 역할놀이만 잘하면 됐는데, 나이를 먹어 갈수록 우리의 배역은 점점 늘어났고, 우리의 시간은 점점 모자라졌고, 우리의 어깨 또한 조금씩 더 무거워져 갔다. 너에게 배역을 준 누군가들을 나도 모두 알고 있던 어린 시절이 끝나고, 나는 이제 더 이상 너의 누군가들을 모두 알 수도 없을뿐더러 알아갈 시간조차 모자라 알아갈 마음조차 생기지 않는 어른의 세계로, 우리는 넘어가고 있었다.

넘어가고 있었다, 어쩌면 그래서였는지도 모르겠다. 마음은 아직 학창 시절 그 어딘가에 머물러 있는데 우리의 시간은, 우리의 현실과 삶은, 어른의 세계로 넘어가고 있었다. 그걸 빠르게 인지하지 못한, 잘 받아들이지 못한 사람들은 실수를 저지를 수밖에 없었다. 달라진 너의 일상과 삶을, 아직도 내가 다 알고 있다는 착각. 달라진 너를, 아직도 세상 누구보다 내가 가장 잘 알고 있다는 착각. 그러니 너도 아직, 나와 같은 마음일 거라는 착각. 그 착각을 기반으로 실수를 하고 또 실망을 했다. 달라진 나는 이해받길 원하며 달라진 너는 이해하지 못하는 사이 실수와 실망은 쌓여 갔고, 우리는 어른이 되어 갔고, 더 이상 만나지 않게 되는 어린 시절의 친구들이 늘어 갔다.

언젠가 아직도 만나고 있는 오랜 친구가 불쑥 이런 말을 한 적이 있다.

"고마워."

며칠 전 잠을 자다 갑자기 그런 생각이 들었단다. 아직도 나랑 놀아 주고 있는 몇 안 되는 내 친구들이 너무 고맙다는 생각. 그렇잖아. 내가 생각해도 나는 이기적이고 모난 데도 많은데, 그런 나를 참아 주고 아직도 놀아 주는 친구들이 고맙잖아. 그때 나는, 뭐라고 답했더라. 아마도 오글거리는 건 못 견뎌 하는 나는 농담처럼 그 말을 받았을 것이다. 나만 하겠니. 너도 알잖아, 나 친구 몇 명 없는 거. 너까지 나랑 안 놀아 주면 나 외로워서 큰일 나. 그래서 너한테 잘하는 거야. 나도 이기적이라서.

농담 같았던 나의 그 말들은, 진심이기도 했다. 어른이 된다는 건, 아무리 친한 친구에게라도 비밀과 거짓말을 가져야 한다는 것이기도 했다. 우리에겐 각자의 다른 삶과 다른 사정이 생겼고, 그사이 우리에겐 각자의 비밀과 자격지심과 허세와 거짓말이 생겼다. 아무리 친한 관계라 해도 절대 넘어서는 안 되는 경계선이 생겼다. 눈에 보이는 선명한 경계선이 아닌, 보일 듯 말 듯 어렴풋한 경계선 위의 그 아슬아슬한 줄타기에서 우리는 종종 미끄러져 떨어지기도 했다. 우리 또한 선명하지 않은, 어렴풋하고 어설픈 어른이라서. 어쩌면 우리가 아직 만나고 있다는 건, 그 아슬아슬한 줄타기에서 번번이 균형을 잃고 비틀거릴 때, 네가 나의 손을 잡아 줬다는 것, 내가 너의 손을 잡아 줬다는 것을 의미하는지도 모른다. 그래서 고마운 마음. 나의 손을 놓아버리지 않은 너에게, 너의 손을 놓아버리지 않은 나에게.

어쩌면 그래서였나 보다.
"그냥, 어쩐지 좀 슬프네. 이 감독도 늙는구나⋯. 갑자기 그런 생각이 들어서. 너무 어른의 영화 같아서."
극장을 나서며, 나는 정말 그런 마음이 들었다. 영화는 좋았다. 재밌었다. 여전히 그는 젊은 날의 똘기와 오타쿠 근성을 잃지 않았고, 나 또한 여러 번 웃고 여러 번 놀라며 영화를 봤다. 어쩌면 이 영화는 그의 전작인 700만 기록을 넘어 천만도 가능하겠구나. 그래서 뿌듯하고 통쾌한 마음 또한 여전했지만, 그럼에도 나는 조금 슬펐다. 그는 어른이 되어 있었다. 젊은 날의 그였다면 절대 하지 않았을 대사, 젊은 날의 그였다면 절대 하지 않았을 배려. 젊은 날의 그였다면 한 발 더 나갔을 것 같은데 멈칫, 젊은 날의 그였다면 참지 않았을 것 같은데 멈칫. 어른으로 가는 그 아슬아슬한 줄타기에 멋지게 성공한 그의 영화가, 어쩐지 뿌듯하면서도 슬펐다.

이 감독 어른이야. 너도 어른이고.

당연한 말이었다. 아슬아슬한 줄타기의 연속인 어른의 삶은, 그에게도 예외가 아니었다. 물론 나에게도. 또한 내 친구에게도. 이것저것 배려하고 잴 필요도 없이 아무 때고 전화를 걸어 '봤어? 이번 영화도 죽이지?' 이제는 더 이상 그럴 수 없는, 너와 나에게도.

그래서 나는 조금, 슬펐나 보다. 우리는 모두 줄 위에 올라야 했다. 아슬아슬한 줄타기에 균형을 잃지 않으려 안간힘을 써야 했다. 아무리 우리의 마음은 아직 어린 날의 어디쯤 머물러 있다 해도, 우리의 시간은 이미 '어른의 영화' 속으로 넘어와 있었으니까.

저절로 그려지는 그림

───────────── •

J에겐 요즘 꽂혀 있는 작가가 있다. 몇 달째 그 작가 이야기만 해대서, 나도 J가 추천한 그 작가의 책을 한 권 읽었다.

"너무, 아름답더라."

내가 말했다. J의 눈빛이 순간 반짝했다.

"그지? 역시 너도 느꼈구나. 도대체 어떻게 그런 글을 쓰는지 모르겠어."

마치 본인이 인정받기라도 한 듯 J는 반짝이는 눈빛으로 한참이나 또 그 작가에 대한 이야기를 해댔다. 그런데 어쩐지 J의 눈빛이 조금씩 아련해졌다. 그리고,

"그 정도면 그냥 타고난 거야. 너는, 아름다운 글을 쓰기 위해 태어난 사람."

"에이, 그래도 처음부터 그렇게 잘 쓰진 않았겠지."

한없이 아련해진 J의 표정이 어쩐지 마음에 걸려 내가 농담처럼 말을 받았다. 하지만,

"잘 썼어. 처음부터."

J는 단호했다. 그의 첫 작품부터 하나도 빼놓지 않고 모두 다 찾아봤다는 J.

"어떤 기분일까. 그렇게 태어난다는 건…. 너는, 아름다운 글을 쓰기 위해 태어난 사람."

그리고 잠시 말이 없던 J가 긴 한숨과 함께 입을 열었다.

"어쩐지, 부럽다."

국문과를 나와 방송작가를 10년 넘게 했으니, 아무래도 내 주변엔 글과 관련된 사람이 많다. 전업작가부터 출판계 종사자, 직업은 따로 있지만 글을 완전히 놓지는 못한 사람, 또 지금 당장은 글을 쓰고 있지 않지만 독서량이 상당하고 언제나 이 세계에 관심을 두고 있는 잠재적 작가군까지. J도 그중 하나다. 그런 우리들 사이에 좋은 작가가 화제에 오르면 늘 이렇게 된다. 처음엔 독자의 한 사람으로 그 기쁨을 표현하느라 정신없지만, 그 마지막은 언제나…

부럽다.

그날도 한바탕 부러워 타령을 마치고 집에 가는 길, 나는 J와 함께 지하철에 올랐다. 일요일이고 막차에 가까운 시간이라 지하철 안은 고

적했다. 덜컹이는 지하철에 맞춰 고개를 갸웃거리며 조각 잠을 자고 있는 사람들. 우리 맞은편에는 아예 좌석 위로 두 다리를 모두 올린 채, 대여섯 살쯤 돼 보이는 아이가 엄마 무릎 위에서 깊은 잠에 빠져 있었다.

"너도 혹시 저 나이쯤에 꿨던 꿈, 기억나?"

고적함을 깨고 J가 말했다.

"아니? 그럴 리가 없잖아. 왜, 너는 기억나?"

J가 말했다. 자신은 잠이 많은 아이였다고. 엄마 손을 잡고 걸으면서도 간혹 꾸벅꾸벅 졸다 턱에 걸려 넘어질 뻔하곤 했는데, '그때마다 엄마와 내가 동시에 힘을 줘 손을 꼭 잡게 되는데, 그 힘에 놀라 깨곤 했어.' 그런데 그 짧은 순간에도 J는 꿈을 꿨다.

"엄마, 아까 할머니가 뭐래?"

"무슨 할머니?"

"왜, 아까 오다가 만난 할머니. 나는 들으면 안 되는 말이라고, 엄마만 저리로 데리고 가서 얘기했잖아."

"애가 지금 무슨 소리 하는 거야, 무슨 할머니를 만나. 너 또 걸으면서 꿈꿨니?"

J는 꿈도 많은 아이였다. 그리고 그 꿈은 언제나 너무 생생해서 가끔은 꿈과 현실이 마구 헛갈리기도 했다.

"나 초등학교 때, 푸세식 화장실을 덮어 만든 사루비아 꽃밭이 학교에 있었거든? 그 사루비아 꽃밭에 벌이 진짜 많았어."

새빨간 사루비아와 샛노란 꿀벌. 자연스레 아이들은 그 강렬한 원색의 즐거움에 이끌리기 시작했다. 누가 시작이었는지도 모르게 벌을 잡는 위험한 놀이 또한 시작됐다. 새빨간 꽃잎에 앉은 노란 벌에게 조심조심 다가간다. 엄지와 검지 두 손가락으로 날개부터 몸통까지를 단번에 제압한다. 바닥에 벌을 내려놓고 누르면서 나뭇가지로 벌의 꼬리 부분을 살살 긁어 벌침을 빼내는 놀이. J는 두려웠다. 벌침에 쏘일까 두려워 처음엔 사루비아 가까이에도 가지 못했다. 하지만 위험한 놀이는 언제나 더 짜릿한 법이어서, 한번 시작해버린 이후에는 J 또한 멈출 수 없었다.

"벌들은 침 빠지면 죽어. 너희들 몰랐니?"

한 선생님이 아이들의 놀이를 눈치챘다.

"벌은 일생에 딱 한 번만 침을 쏠 수 있고, 그 침을 쏘고 나면 바로 죽어. 너희들 도대체 무슨 짓을 하고 있었던 거니?"

어쩌면 선생님은 아이들의 위험한 놀이를 멈추려 했던 말씀이었겠지만, 그날부터 어린 J는 죄책감에 시달렸다.

잠도 많고 꿈도 많은 J에게 찾아온 형벌은, 역시 꿈이었다. 킹콩만큼 엄청나게 큰 벌들이 도시를 습격했다. 3층 건물 길이의 날카롭고 기다란 벌들의 다리가, 바늘이 되어 도로에 주차된 차들을 공격했다. 고함을 지르며 도망가는 사람들. 벌들의 날갯짓은 캔자스 외딴 시골집을 날려버린 무서운 회오리바람처럼 도시를 휩쓸었다. J는 큰 빌딩 안 책상 아래 숨어, 벌들의 복수가 시작된 건 모두 다 자기 탓이라는 자책감에 몸서리치며 떨고 있었다. 그런데 잠시 후, 사방이 고요해졌다. 그들은 이제 떠난 것일까. 책상 아래서 조심스레 고개를 빼 창밖을 바라보던 J는…… 으악!!! 비명을 지르며 꿈에서 깼다.

"커다란 빌딩 유리창을 가득 메운 벌의 눈. 그 엄청난 크기의 벌의 눈이 나를 바라보던 그때의 그 느낌은, 으으으. 지금도 너무 생생해."

어린 J는 잠에서 깨 울면서 엄마에게 달려갔다. 무서운 꿈을 꿨어요. 엄마 품에 안겨 한참을 울다 고개를 들었는데, 다시 한 번…… 으악!!! 엄마의 뒤로, 커다란 유리창 밖에서, 커다란 벌의 눈이, 또다시 J를 바라보고 있었다.

"액자식 구성이라고 하지. 난 그런 꿈도 참 많이 꾼다. 분명 꿈에서 깼는데, 알고 보면 그게 또 꿈, 그게 또 꿈. 어떤 날엔 그렇게 백번씩 깨기도 해."

"생각만 해도 피곤하다. 완전 악몽이네."

내가 말했다.

"응. 그런 꿈은 꼭 악몽이지."

그러곤 또 한참을 골똘히 생각하는 것 같던 J가 다시 입을 열었다.

"그런데 신기한 건, 그런 악몽은 꼭 똑바로 누워서 잘 때만 꾼다?"

J는 옆으로 누워 자야 숙면을 취할 수 있는데, 어쩌다 책이나 TV를 보다 자신도 모르게 잠든 날, 똑바로 누워 잠든 날에는 꼭 그런 악몽을 꾼다고 했다.

"그래서 가끔은 이런 생각도 들어. 세상은 똑바로 살면 안 되는 게 아닌가. 그럼 악몽이 되는 거 아닌…. 어, 나 다음에 내려야 한다."

"잠깐만. 근데 네가 아까 하려던 꿈 이야기, 아직도 기억난다는 어렸을 때 꿈 이야기. 그게 그 벌에 대한 꿈이야?"

"아니? 그 이야기는 아직 시작도 안 했는데?"

'다음 내리실 역은 ○○역, ○○역입니다. 내리실 문은…'

나는 결국 J를 따라 내렸다. 너도 혹시 저 나이쯤에 꿨던 꿈, 기억나? 왜, 너는 기억나? 나도 정확히 언제부터였는지는 잘 모르겠는데, 아주 어렸을 때부터 반복해서 꾸던 꿈이 하나 있어. J의 '그 꿈'에 대한 이야기도 듣고 싶어졌기 때문이었다.

그 날 아침 역시, 가장 먼저 깨어난 건 소녀의 손이었다. 파르르. 오른손 세 번째 손가락 끝에서부터 시작된 작은 움직임이 두 번째, 네 번째 손가락을 깨우고 새끼와 엄지로까지 번지면 손등이 손목을 깨웠다.

또, 시작된 건가….

서로 착 달라붙어 좀처럼 떨어지지 않는 눈꺼풀. 침대에 푹 파묻혀 좀처럼 일으킬 수 없는 몸. 더, 자고 싶어. 하지만 이미 태동을 시작한 손에게는 아무리 애원해 봐도 소용없었다. 이불을 끌어올려 그 속으로 더 깊게 파고들려 하면 할수록 점점 더 격렬해지는 손. 결국 소녀는 몸을 일으켰다. 어린 소녀에겐 어울리지 않는 체념이 소녀의 얼굴에 드리워졌지만, 소녀의 손만은 그런 것 따윈 아랑곳하지 않았다. 손의 움직임은 오히려 더 격렬해졌다. 마침내 소녀의 무릎 앞에 하얀 종이가 놓인 순간 부르르. 손의 흥분이 소녀의 몸 전체로 퍼져 갔다. 소녀는 알고 있다. 이제 막을 수 없다는 걸. 자신의 이야기가 끝나지 않는 한, 손은 결코 멈추지 않을 것이다. 이제 한동안은 잠자코 들어주는 수밖에 없다. 파르르. 파르르. 점점 더 빨라지는 손. 파르르. 파르르. 점점 더 흥분해 떠들어대는 손. 그날 아침에도 또

한 장의 그림이 그려졌다. 저절로 그려지는 그림.

"그 소녀가 너였어?"

J의 집 거실에서 쿠션을 껴안은 채 이야기를 듣고 있던 내가 물었다.

"아니, 모르는 애였어. 대여섯 살쯤 돼 보이는 여자아이였는데, 꿈에서 내가 전지적 작가 시점으로 그 소녀를 보고 있는 거야. 분명 그 소녀는 내가 아닌데, 그 소녀의 생각이나 기분을 내가 다 알고 있는?"

정확히 언제부터였는지는 기억나지 않지만, J는 아주 어렸을 때부터 그 꿈을 꿨다고 했다. 일어나면 저절로 그려지는 그림이라는 게 어린 J가 생각해도 무척 신기하고 재밌어서, 자신도 소녀와 같은 손을 가지고 싶다고 생각했다. 하지만 이해가 안 되는 지점이 있었다. 그런 신기한 일을 겪으면서도 늘 체념한 듯 피곤해하는 소녀. 어린아이답지 않은 소녀의 그 표정이 J는 궁금했다. 그리고 그런 J의 마음을 읽기라도 한 듯, 언젠가부터는 소녀의 지난 이야기들도 J의 꿈에 나타나기 시작했다.

물론 소녀도 처음엔 이 모든 것이 신기하고 즐거웠다. 매일 아침 한 장씩 저절로 그려지는 그림, 도대체 뭘까? 이 모든 것이 꿈인 것만 같았다. 왜 나한테 이런 일이 일어나는 거지? 마치 지난밤 꿈이 손으로 나오는 것만 같았다. 내일 아침엔 또 어떤 그림이 그려질까? 빨리 아침을 맞고 싶어 빨리 잠들고 싶고 빨리 꿈꾸고 싶었다. 저절로 그려진 그림들은 한 장 한 장 쌓여 갔고 어느 날 그림들을 바닥에 깔아 놓고 물끄러미 바라보던 소녀는, 뭐라고? 너희들 방금 뭐라고 한 거야? 어떤 소리가 들려오는 것만 같았다. 잘 모르겠어. 나는 아직 너희들이 무슨 이야기를 하고 있는지 잘 모르겠어. 그림들이 웃고 있는 것만 같았다. 조금만 더 귀를 기울여 봐. 네가 고개를 까딱하기만 하면 나는 더 신이 나서 떠들어댈 수 있어. 네가 조금만 추임새를 넣어 주면 그림은 말이 되고, 말은 말을 낳아, 이야기가 펼쳐질 거야. 소녀의 입가에도 웃음이 그려졌다. 그렇구나, 뭔가 굉장한 일이 일어날 것만 같아!

"하지만 굉장한 일은 일어나지 않았어."
J가 말했다. 글의 언저리에 있는 사람들은 늘 이야기에 굶주려 있다. 새로운 이야기를 만나면, 그다음 그다음이 궁금해 마음이 다급해진다.
"왜? 도대체 그 뒤가 어떻게 되는데?"
다급해진 내가 물었다. J의 표정은 조금 어두워졌다.
"언제든 할 수 있을 것만 같은 일들은, 언제든 미뤄 둘 수도 있잖아. 소녀가, 그렇게 해버렸거든."

언제든 할 수 있을 것만 같았다. 조금 더 귀를 기울이고, 그림들을 향해 고개를 까딱하고 추임새를 넣어 주는 일은 언제든 할 수 있을 것만 같았다. 그리고 소녀의 오늘엔 언제나 오늘의 일들, 꼭 오늘 지금이어야만 할 것 같은 일들이 기다리고 있었다. 내일에도, 내일의 내일에도. 하루하루가 지나갔다. 한 장 한 장 그림들이 쌓여 갔다. 그림이 쌓여 갈수록 소녀는 오늘의 일들에 더 의미를 두기 시작했다. 쌓여 가는 그림 뭉치는 점점 더 보이지 않는 곳으로 밀어 넣어버렸다. 그림 뭉치를 보고만 있어도 숨이 턱턱 막혀 오는 기분이 들었다. 누구도 뭐라 하지 않는데도 자꾸만 혼나고 있는 기분이 들었다. 아무도 쫓아오지 않는데도 자꾸만 쫓기고 있는 기분이 들었다. 소녀는 그만, 모든 게 다 싫어지고 말았다. 아침이면 어김없이 소녀의 단잠을 깨우며 찾아오는 손의 움직임에도 화가 나기 시작했다. 또 시작이니? 제발 좀 날 그냥 내버려 둬. 그냥 자게 좀 해 줘. 더 자고 싶어. 너희들의 이야기는 더 이상 듣고 싶지 않다고!

"아마도 내가 처음 그 꿈을 꾸기 시작했을 때, 체념한 듯 그림을 그리던 소녀의 표정이 그런 의미가 아니었을까."

어쩐지 J의 표정도 소녀처럼 피곤해 보였다. 고개를 들어 시계를 보니 벌써 새벽 1시가 넘었다. 하지만 여기서 J가 이야기를 멈추고 잠들어버리면, 정작 나는 잠을 이룰 수 없을 것만 같았다. 혹여 잠이 들어도, 그 뒷이야기가 궁금해 소녀의 꿈을 꿀 것만 같았다. 이미 이 이야기는 나에게 단순한 J의 꿈이 아니었다. 새로운 이야기였다. 마치 먼 옛날 시장통 바닥에 앉아 전기수傳奇叟가 들려주는 새로운 이야기에 홀린 아이처럼, 나는 J를 채근할 수밖에 없었다.

"그래도 계속 그림을 그린 거 아니야? 아니지, 어차피 처음부터 소녀의 의지대로 되는 일이 아니었잖아. 손이 제멋대로 움직여 저절로 그려지는 그림이었잖아. 그 후에도 계속 그려졌을 거 아냐. 그래서 그 다음엔, 그다음엔 어떻게 되는데?"

피곤한 듯 고개를 어깨 쪽으로 살짝 뉘이며 J가 말했다.

"너라면, 어떡했을 것 같아?"

들을 준비만 되어 있던 나는 갑작스러운 J의 질문에 말문이 막혔고, 당황한 내 마음을 다 알겠다는 듯 J는 가볍게 웃으며 다음 말을 이어갔다.

"나는 진짜 그런 생각 많이 했거든. 나는 이 꿈을 하룻밤 동안 꾼 게 아니잖아. 몇 년에 걸쳐 계속 소녀를 만났고, 그때마다 지쳐 있는 소녀의 표정을 봤고…. 그래서 어떤 날엔 어서 빨리 이야기를 완성해버리면 되잖아 싶다가도, 어떤 날엔 이런 상황 자체에서 도망가고 싶은 소녀의 마음이 이해되기도 하고. 그래서 계속 그런 생각이 들었어. 나라면 어떡했을까. 내가 그 소녀였다면 어떡했을까. 그리고 어느 날, 이런 꿈을 꿨어."

그 날 아침에도 어김없이 찾아온 손의 파닥거림. 소녀는 온 힘을 다해 주먹을 꼭 쥐었다. 파닥파닥, 주먹 안에서 꿈틀거리는 그림을 좀 더 힘을 주어 가두었다. 차라리 가버려. 너희 그림 따위, 너희 이야기 따위, 이젠 궁금하지도 않아. 힘을 줄수록 더 거세게 파닥이는 그림에게 이번만큼은 소녀도 지고 싶지 않았다. 이대로는 쌓여 가는 그림들이 소녀를 먹어 치워버릴 것만 같았다. 이대로는 파닥이는 그림들이 소녀를 산산조각내버릴 것만 같았다. 이를 악물고 주먹을 쥐었다. 파닥파닥, 온 힘을 다해 주먹 안에서 날뛰는 그림을 가뒀다. 파닥파닥, 파닥파닥, 제발 가버려, 차라리 다른 사람한테 가버려. 파닥파닥, 파닥파닥, 파닥파닥, 제발, 제발 그냥 가버리라고! 파닥파닥, 파닥파닥, 파닥, 파닥, 파닥!

하루, 이틀… 사흘, 나흘…
파닥파닥, 파닥파닥… 파닥파닥… 파닥파닥…
파닥파…파닥…파…………닥……다……다……………파…………다…
아…………악………….

그림은, 사라졌다.

꿈은, 사라졌다.

"끝?"

설마, 하는 마음으로 내가 물었다.

"응. 끝."

J가 답했다. 이대로 정말 끝이라고?

"응. 그게 마지막이었어. 마지막으로 그 꿈을 꾼 게, 벌써 10년도 전인 것 같은데…. 어쨌든 그 꿈은 그 후론 다시는 찾아오지 않았어."

어쩐지 나는 조금 억울한 마음이 들었다. 아직 끝나지 않은 이야기 같은데, 끝나면 안 되는 이야기 같은데. 이렇게 끝이라는 걸 받아들이기 힘들었다. 하지만 J는,

"그만 자자. 벌써 2시야. 나 내일 출근해야 돼."

현실로 돌아온 듯 이렇게 말했다. 나 내일 적어도 7시엔 일어나야 해. 내가 먼저 일어나서 준비하고 너 깨울 테니까 같이 나가자. J는 침실로 들어갔고, 나는 거실 소파에 담요를 덮고 누웠다. 우리집 침대가 아닌 J의 좁은 소파에선 몸을 어떻게 움직여 봐도 어쩐지 불편해 좀처럼 잠이 오지 않았다. 나 또한 J처럼 옆으로 몸을 뉘여 다리 하나를 가슴 쪽으로 끌어올려야 잠을 푹 자는데, 이 좁은 소파에선 도저히 그 각이 나오지 않았다. 똑바로 천장을 보고 누울 수밖에 없었다. J는 이렇게 자면 악몽 꾼다고 했는데…. 그래서인지 반복되는 악몽처럼 소녀의 이야기가 자꾸만 떠올라 잠이 오지 않았다. 뭔가 더 있을 것 같은데…. 정말 J는 그 뒤론 한 번도 소녀의 꿈을 꾸지 않은 걸까. 뭔가 나에게만

146

숨기고 있는 뒷이야기가 더 있는 건 아닐까. 그래서 소녀는 어떻게 됐을까. 소녀도 어른이 됐을까. 어른이 됐다면 어떤 어른이 됐을까…. 천장을 향해 똑바로 누워, 얼마나 그렇게 시간이 더 흘렀는지는 모르겠다. 다만, 침실을 열고 나온 J가 습관처럼 TV를 켜는 모습이 비몽사몽간에 눈에 들어왔다.

자고 일어나면 언제나 이렇게 똑같은 아침을 보내는 것 같았다. J는, 소파에 누워 자고 있는 나를 마치 잊어버린 듯 행동했다. 습관처럼 TV를 켜 둔 채 샤워를 하고, 화장을 하고, 오늘도 잘 그려지지 않는 아이라인에 오늘도 무딘 자신의 손에게 짜증을 냈다. 오늘도 맘에 들지 않는 아이라인으로 J는, 쉴 새 없이 혼잣말을 떠들어대는 TV 소음 속에서 아침을 차렸다. 간단한 아침상은 TV 앞에 놓였다. J는 TV를 보며 밥을 먹었다. 나도 J의 시선을 따라 TV를 향해 초점을 맞췄다. TV 속에선 신이 난 표정의 어떤 소년이 그림을 그리고 있었다.

자고 일어난 소년이 종이를 찾았다. 달라붙은 눈곱 때문에 눈도 제대로 뜨지 못하는 소년이 하얀 종이에 그림을 그려 갔다. 아직도 꿈결인 듯 왼손으로 눈을 비비는 사이에도 소년의 오른손은 바삐 움직이고 있었다.
"그림을 그리는 건, 네가 아니라 손인 것만 같구나."
"꿈을 꿨어요."
즐거움을 참을 수 없다는 듯 소년이 답했다.
"무슨 꿈을 꿨니?"
소년이 그림을 가리킨다.

"꿈이 자꾸 손으로 나와요. 그게 너무 재밌어요."
서서히 클로즈업되어 소년의 그림이 TV 화면을 가득 채운다.

식어 빠진 국그릇에 숟가락을 담근 채 J는 시계를 봤다. 늦었다. 리
모컨을 찾아 TV를 끄고, 그대로 일어나 대충 이를 닦고 옷장으로 달려
갔다. 아얏. 엄지손가락이 채 빠져나오지 못한 상태로 옷장 문을 닫았
다. 빨갛게 부푼 엄지손가락을 연신 입으로 빨아대며 옷을 입는데, 소
매가 찾아지지 않는다. 에잇. J는 잔뜩 짜증이 난 얼굴이었지만, J에겐
짜증 낼 시간조차 없어 보였다. 눈을 감고 화를 달랜다. 징징거릴 시간
이 없다. 화를 달래는 그 잠깐의 시간에도 초침은 움직이고, 엘리베이
터가 내려가고, 지하철은 떠난다. J는 서둘러 짐을 챙겨 현관문을 빠져
나갔다. J야. 나도 데려가야지. 우리 같이 나가기로 했잖아.

나도 모르게 황급히 일어나 J를 뒤쫓아 나갔다. 오늘도 J의 하루는
여느 때와 다름없이 지루하지만, 여느 때와 다름없이 무척 바빠 보였
다. 그래서 J는 나의 존재 또한 잊어버린 걸까. 여느 때와 다름없이 바
쁘지만, 여느 때와 마찬가지로 뭔가 제대로 된 하루를 보내고 있다는
느낌 따윈 J에게 찾아오지 않는다. 몇 잔의 커피와 상사로부터의 몇 번
의 잔소리. 한 번의 점심시간, 별 내용 없는 몇 개의 문자메시지. 다른
이를 향한 몇 번의 자격지심과 누군가를 향한 이유조차 분명치 않은
적개심과 짜증 속에 다가오는 퇴근 시간. 오늘도 여느 때와 다름없는
하루를 보낸 J. 하지만 오늘따라 J의 미간에 잡히는 주름은 잦다.
'꿈이 자꾸 손으로 나와요. 그게 너무 재밌어요.'

148

신이 난 듯 해맑게 웃던 TV 속 소년에겐 어울리지 않는 표정, 일그러진 미간이 J의 얼굴에 하루 종일 나타난다. 오늘도 여느 때와 다름없는 하루를 보낸 J. 하지만 오늘따라 J는 조금, 슬퍼 보였다.

퇴근 후 J는 서점을 찾았다. 이름도 처음 듣는 저자와 제목들이 책장마다 빼곡하다. 더 이상 이곳 또한 J에게 안식이 되어 주지 못한다. 아무도 시키지 않은 숙제가 차곡차곡 쌓여 하나의 책장을 이루고, 그 책장들이 점점 늘어나 벽이 되고, 그 벽들이 점점 다가오며 J를 죄여 오는 것만 같다. 한 권 한 권 내 것으로 만들어 가는 즐거움 따윈 숨이 턱턱 막힐 정도로 많은, 낯선 것들 앞에서 무너져버렸다. 책 따위, 이젠 다 귀찮아. 지하철 방향 출구를 찾아 J는 휙, 몸을 돌렸다. 그 순간, 와르르르.

J의 가방을 붙잡은 책들이 와르르르 바닥으로, 가판 하나를 다 차지하고 있던 그림책들이 바닥으로 무너져 내렸다. 사방에 아무렇게나 펼쳐진 그림책들이 나뒹군다. 그 책들 위로 그림들이 날아오른다. 이야기들이 날아오른다. J는 어지럽다. J의 눈엔 다 담을 수도 없을 정도로 많은 그림들이, 이야기들이, J의 앞으로 날아오르고 J는 어지럽다.

"꿈이 자꾸 손으로 나와요."

그림을 가리키던 TV 속 소년이, 날아오르는 이야기책의 그림들과 겹쳐져 J를 휘감으며 맴돈다. 점점 빠르게.

"너무 신이 나요."

점점 더 빠르게 소년의 웃음이,

"꿈을 꾸는 것도, 꿈을 그리는 것도."

점점 더 빠르게 소년의 그림이,

"그다음은 그냥, 툭 건드려 주기만 하면 되니까요. 그럼 이야기가 나오니까요. 그림들이 들려주는 이야기가 이렇게 세상 밖으로 튀어나오니까요."

점점 더 빠르게 소년의 이야기가 J를 휘감으며 몰아친다.

"꼭, 나에게만 찾아와 주는 이 이야기들이요!"

와르르르, J는 털썩 무너져버렸다. 그 모습이 너무 슬퍼 나는 질끈, 눈을 감아버렸다.

질끈, 감았던 눈을 뜨자 J가 보였다.

"J야! 너 괜찮아?"

"무슨 소리 하는 거야, 꿈꿨어?"

그제야 J의 얼굴 뒤로 J의 집 거실이 눈에 들어왔다.

"소파가 좁아서 불편했지? 나도 이 소파에선 차렷 자세로밖에 안 누워져서, 여기서 졸면 꼭 악몽을 꾼다?"

악몽…. 나는 정말 악몽을 꾼 걸까. 그렇다면 어디서부터가 꿈이었던 걸까.

"얼른 일어나서 씻어. 나 30분 안에 나가야 돼."

J는 분주하게 출근준비를 했다. TV는 켜 두지 않았다.

"TV 볼 시간이 어딨어, 아침 출근 시간엔 1분도 아까운데."

회사원 차림의 J를 따라 집을 나섰다. 월요일 아침, 정장 차림으로 지하철역을 향해 빠른 걸음을 재촉하는 J의 뒷모습은, 어제저녁 한없이 아련해진 표정으로 한 작가에 대한 이야기를 쏟아내던 J와는 어쩐지 다른 사람 같았다. 그 정도면 그냥 타고난 거야. 너는, 아름다운 글을 쓰기 위해 태어난 사람. 부럽다.

"J 너, 아직도 글 쓰고 있어?"
앞서 가는 J를 간신히 따라잡으며 내가 물었다.
"응?"
"너 우리 과 문예 특기생이었잖아. 난 네가 소설가가 될 줄 알았어."
상대가 무슨 얘길 하려는지 전혀 감이 안 잡힌다는 표정으로 J가 날 바라봤다.
"그 소녀 말이야."
내가 다시 입을 열었다.
"무슨 소녀?"
"어렸을 때부터 네 꿈에 나왔다는 그 소녀…."
아직도 꿈속을 헤매는 잠이 덜 깬 아이라도 바라보듯, J는 의아하단 눈빛으로 이렇게 말했다.
"너, 아직도 잠 덜 깼어?"
그 순간,
"어, 버스 왔다. 나 지하철역까지 저거 타야 되겠다. 늦었어. 조심해서 가. 나중에 연락할게."
또각거리는 빠른 구두 소리와 함께 J는 버스를 타고 사라졌다.

'너, 아직도 잠 덜 깼어?' J가 남긴 말이 자꾸만 머릿속을 맴돌았다.

'똑바로 누워 잠든 날에는 꼭 악몽을 꿔.' 나는 정말 악몽을 꾼 걸까. 그렇다면 어디서부터가 꿈이었던 걸까. '내가 전지적 작가 시점으로 그 소녀를 보고 있는 거야. 분명 그 소녀는 내가 아닌데, 그 소녀의 생각이나 기분을 내가 다 알고 있는?' 어쩌면 그 소녀 또한 J의 꿈이 아닌 나의 꿈이었던 걸까. '언제든 할 수 있을 것만 같은 일들은, 언제든 미뤄 둘 수도 있잖아.' 모든 걸 미뤄버린 소녀는, 소녀였을까, J였을까, 나였을까. '꿈이 자꾸 손으로 나와요. 그게 너무 재밌어요.' 우리가 아니었던 TV 속 소년은 또 누구였을까. '와르르르, J는 털썩 무너져버렸다. 그 모습이 너무 슬퍼 나는 질끈, 눈을 감아버렸다.' 그렇다면 무너져버린 그 슬픔은 또, 누구의 것이었을까.

너는, 아름다운 글을 쓰기 위해 태어난 사람. 부럽다.

지난밤 J와의 수다, 지난밤 J의 꿈 이야기, 그리고 지난밤 나의 꿈까지도 모두 뒤엉켜 어디까지가 현실이고 어디까지가 꿈인지, 지금 나는 현실에 앉아 있는 게 맞는지, 모든 것이 혼란스러워 J가 떠난 버스정류장에 우두커니 한참을 앉아 있었다. 그사이 수많은 사람들이 J와 같은 어른의 표정으로 버스를 타고 떠나갔다. 이 수많은 어른들은 또 지난밤 무슨 꿈을 꿨을까. 이 수많은 어른들은 또 지난밤 어떤 아이였을까. 이 수많은 어른들은 또 어떤 아이로 태어났던 걸까. 어쩌면 나는 아직도 꿈속에 있는 걸지도 모르겠다.

너는, 아름다운 글을 쓰기 위해 태어난 사람. 너는, 아름다운 그림을 그리기 위해 태어난 사람. 너는, 아름다운 음악을 하기 위해 태어난 사람. 너는, 아름다운 세상을 만들기 위해 태어난 사람….

어쩌면 이 모든 어른들도 언젠가는 그런 아이였던 건 아닐까, 버스 정류장에 앉아 이런 생각을 하고 있는 나는 아직도 꿈속에 있는 걸지도 모르겠다. 하지만 그래서 또 나는, 조금 슬퍼졌다. 꿈에서 깨어난 어른들은 버스를 타고, 지하철을 타고, J와 같이 일상으로 사라져 갔다. 어쩌면 당신 또한 그 소녀였을지 모르는데. 어쩌면 당신도, 지난밤 소녀의 꿈을 꾸었을지 모르는데. 꿈에서 깨어난 어른은 기억이 없다. 소녀였던 자신, 소녀였던 자신의 손안에서 파닥이던 그림, 끝내 이야기가 되지 못한 채 사라져버린 그렇게 다른 소년에게로 옮겨 가버린 그림을, 어른은 모른다.

그림은 사라졌으니까.
이야기는 끝이 났으니까.
꿈에서, 깨어나버렸으니까.

그리하여 꿈에서 깨어난 어른은, 모든 기억을 잊고 오늘도 자신이 아닌 타인을 향해 이렇게 읊조린다.

너는, 아름다운 글을 쓰기 위해 태어난 사람.

3

아름답다

——————— ▫

책을 보다 무심코 고개를 들었다. 그리고 한동안 나는 책으로 다시 돌아가지 못했다. 과하지도 부족하지도 않게, 빠르지도 느리지도 않게, 무심한 듯 조용한 듯, 차갑고도 따뜻하게 내리는 눈. 언제부터였을까. 내 창 가까이에 다가와 있던 눈을, 나는 일찍 알아채진 못했지만 한번 알아챈 후부턴 좀처럼 눈을 뗄 수 없었다. 그렇게 얼마나 멍하니 창밖만 바라보고 있었을까. 어쩐지 조금 슬퍼진 마음에 나도 모르게 흘러나온 말, 아름답다…. 그 말에 나는 적잖이 당황하고 말았다. 내 입에서 나온 그 말이, 너무 낯설고 어색하게 느껴져서.

나는 사실 예쁜 걸 좋아하고 예쁨에 참 후한 사람이다. 그래서 사람을 보고도 물건을 보고도 자연을 보고도 예쁘다는 말을 참 자주 하는 사람. 그런데 어쩐지 '아름답다'는 말엔 후하지 못했다. 이유는 알 수 없었다. 예쁜 걸 보면, 그저 자연스럽게 내 입에서 '참 예쁘다'라는 말이 흘러나왔다. 하지만 좀처럼 '아름답다'는 말은 흘러나오지 않았다. 대체 내 안에서 '예쁘다'와 '아름답다'를 어떻게 구분하고 있기에 그러한 것인지, 사실 한 번도 진지하게 생각해 본 적 없었는데, 갑자기 궁금해졌다. 내 입에서 흘러나온 '아름답다'는 말이, 어쩐지 너무도 낯설고 당황스럽게만 느껴져서.

예쁘다, 는 말에 가장 잘 어울리는 사람을 먼저 떠올려 봤다. 역시 후배 C였다. C처럼 해맑고 예쁘게 웃는 사람을 나는 지금껏 만나 본 적이 없다. C는 '구김살 하나 없는'이란 말이 정말 잘 어울리는 사람. 양지바른 곳에서 햇빛 듬뿍 받고 자란 나무처럼, 언제나 세상 모든 빛과 함께하고 있는 듯 보이던 C. 하지만 누구도 C를 시기하거나 미워하진 못했다. C의 그 해맑고 예쁜 웃음 앞에선, 그 누구도 무장해제되지 않을 수 없었기 때문이었다. 나 또한 그랬다. 우는 모습마저 밝고 예쁜 C를 보면, 저 아이에겐 대체 어떤 슬픔이 있을까, 과연 저 아이도 슬프고 아프다는 말을 겪어 본 적이 있을까, 부러운 마음마저 들었다. 하지만 이미 삐딱해져버린 내 마음은 절대 C가 될 수 없었다. 그저 C를 바라보며 참 예쁘다, 라고 말하는 게 좋았다. 그러는 동안은 잠시나마 나도, 예쁜 동화 속 세상에 들어와 있는 기분이 들었기 때문이었다.

그런데 나는 그 예쁜 C에게, 왜 단 한 번도 '아름답다'는 말은 해 본 적도 품어 본 적도 없을까. 그게 또 이상해서 한참이나 창밖을 바라봤다. 겨울의 끝자락에 내리는 눈. 과하지도 부족하지도 않게, 차갑고도 따뜻하게 내리는 눈. 땅에 닿는 순간 사라져버릴지 모르지만, 지금 이 순간만은 겨울의 대기를 가득 채우고 있는 눈. 그 눈을 또 한참이나 바라봤다. 이내 슬퍼지는 마음. 그리고 다시 한 번…

참, 아름답다.

그 순간이었던 것 같다. 슬픔이 아니었을까, 싶었던 것. 내 안에서 예쁘다와 아름답다를 구분하는 기준은 슬픔이 아니었을까. 어쩌면 세상 모든 아름다움 안에는 슬픔이 있는 게 아닐까. 찬찬히 떠올려 보았다. 아름다운 것. 아름다운 사람. 아름다운 삶. 어쩐지 그런 것만 같았다. 그저 예쁘기만 한 게 아니라 아름답기 위해서는 슬픔이. 그 사실이 또 조금 슬프기도 하고 그래서 또 아름답기도 하지만, 적어도 내 마음의 사전에서는, 그렇게 말하고 있는 것만 같았다.

동시대 예술가

─────────   ▫

"그 작가, 이번 책은 너무 별로더라."

친구가 말했다. 그랬을 수 있다. 별로였을 수 있다. 또 가까운 친구 앞에서 어떤 책에 대한 자신의 솔직한 감상평을 얘기하는 것이 무슨 죄가 되겠는가. 앞에 앉아 있는 내가, 그 책의 작가도 아니고. 그런데 말도 안 되게 나는, 친구의 이 말에는 욱하고 말았다.

"현대소설 못 보겠어. 난 다시 고전으로 돌아가서, 요즘 톨스토이를 보고 있는데…."

"야, 톨스토이가 전쟁과 평화랑 안나 카레니나만 쓴 줄 아니?"

고전, 물론 나도 좋아한다. 고전, 말 그대로 오랜 시간 많은 사람들에게 사랑받으며 지금까지 살아남은 데는 다 이유가 있다는 것, 나도 인정한다. 하지만 어쩌면 그래서 더, 과거의 작가들은 현시점에서 (자신이 살았던 시대에서보다 더) 영광의 삶을 살고 있는지도 모른다. 아무래도 우리는, 그가 평생 동안 쓴 수많은 작품들 중에서 지금까지 살아남은 그의 대표작들만을 더 쉽게 만나고 있으니까. 그에게도 슬럼프는 있었을 수 있고, 그의 작품 세계에도 오르막과 내리막은 있었을 수 있다. 심지어 자신의 살아생전에는 단 한 번도 인정받지 못했으나, 이제와 고전으로 기억되는 작가들도 얼마나 많은가. 만약 우리가 그와 같은 시대를 살고 있었다면, 그의 신작을 바로바로 읽어 보며 가타부타 입을 놀려댈 수 있는 시대를 살고 있었다면, 어쩌면 그에 대해서도 우리는 이렇게 말했을지도 모른다. '그 작가, 이번 책은 너무 별로더라. 현대소설 못 보겠어. 난 요즘 다시 고전들을 보고 있는데….'

"우리는 동시대 예술가들에게 너무 가혹한 것 같아." 나는 결국, 여기까지 와버렸다. 친구는 그저, 최근에 본 현대소설 하나가 별로였다는 자신의 감상평을 얘기했을 뿐인데. 그러니 황당하다는 듯 날 바라보는 친구의 눈빛도 이해가 된다. 어쩌면 내가 그 작가의 오랜 팬이었기 때문에 더 예민했을 수 있고, 어쩌면 나 또한 그의 이번 작품에 조금은 실망했기 때문에 더 민감했을 수도 있다. 나도 애써 외면하며, 실망하지 않으려 스스로를 다독이며 다음 작품을 기다리고 있었는데, 친구의 툭 찌름에 내가 괜히 내 발 저려 변명하듯 궤변을 늘어놨는지도 모른다.

하지만 조금은, 진심이었다. 나는 참 별로라서 말이다. 과거'만' 사랑하는 사람들. 그때가 좋았지, 그 시절엔 적어도, 왕년엔 나도…. 과거의 영광'만'을 기억하고, 과거의 작가'만'을 사랑하며, 젊은 날 혹은 지난날의 나'만'을 곱씹는 사람들.

내 나이 스무 살에는, 내 나이 서른 살에는…. 나도 물론, 좋았던 것 같다. 한번은 어떤 후배가 내게 이런 말을 한 적이 있다. "언니 글을 보고 있으면 진짜 그런 생각이 들어요. 이 언니는 대학 시절에 참 행복했나 보다. 맨날 친구들이랑 잔디밭에서 놀고 있잖아요." 나는 잠시 고개를 갸웃할 수밖에 없었다. 아닌데, 나 대학 시절에 우울하다고 차인 적도 있는데. 심지어 군대 있는 남자애한테. 내 편지는 맨날 우울하다고. 그런데 이제 와 그 시절을 추억하며 써 내려간 내 글들을 보고 있으면, 나조차도 그런 생각이 든다. 나, 그 시절엔 행복했나? 하지만 역시 기억은 조작되고 과거는 미화되기 마련이어서, 그 시절이라고 힘든 일이 없었고 고민거리가 없었을 리 없다. 다만 그것은 이미 지나쳐 왔을 뿐. 지금의 힘듦이나 고민 또한 언젠가는 또 지나갈 것처럼. 언젠가는 지나가기 마련이니까. 영원할 것만 같았던 많은 것들이 결국은, 언젠가는, 지나가는 것을 봐 왔다. 내 맘처럼 완전한 해결은 아닐지 몰라도 결국은, 언젠가는.

그래서 나는 조금 더, 현재에 관대해지고 싶다. 과거의 나를 미화하고 추억하며 그리워하는 것도 좋지만, 현재의 내 삶에만 너무 엄격한 잣대를 부여하지 않기를. 그렇게 현재의 내 기쁨마저 내 스스로 망쳐

놓지 않기를.

　그리하여 나는 조금 더, 기다려 보기로 했다. 내가 좋아하는, 이번엔 조금 실망스러운 작품을 내놓았지만 여전히 그의 행보가 궁금한, 그 작가의 다음 작품을. 나는 그와 동시대를 살고 있기에 그의 작품 베스트, 그의 좋은 점만을 보고 기억할 수는 없을 것이다. 하지만 대신 그가 어떻게 슬럼프를 극복해내고, 그가 또 어떻게 멋진 변신을 거듭해 가며 성장해 가는지는 지켜볼 수 있을 것이다. 그것이 또, 동시대 예술가들을 사랑하는 재미일 수 있을 테니까.

W 617

---   •

책상 의자에 앉은 채 두 팔을 올리고 허리를 꺾어 길게 기지개를 켜
다 발견했다.

ꟽ ɘ⼁⼕ ꟽ

열어 둔 창문 위쪽 창틀에, 빨간 색연필 자국. 불편한 자세로 고개를
이리저리 뒤집어 가며 한참을 바라봤다. 'W 617? 언제부터 저기 저런
게 쓰여 있었지?' 참으로 할 일이 없었든지 하기가 싫었든지, 나는 인
터넷 검색창에 'W 617'을 치고 있었다. 이런 검색 결과가 나올 리 없
지. 하지만 떴다. 운동화부터 롱 카디건에 배드민턴 5부 바지 모델명
까지 각종 쇼핑몰 정보가 떴다. 역시 인터넷은 놀랍다. 웬만해선 '검색

결과가 없습니다'라는 말은 뱉어내지 않는다. 하지만 창틀에 적힌 'W 617'이 운동화나 롱 카디건, 배드민턴 5부 바지의 모델명일 리는 없을 테고 도대체 무슨 의미일까. 무슨 의미를 담아, 도대체 누가, 왜, 저곳에 'W 617'이라 적어 놓은 걸까.

"단성사 옆 골목의 첫 번째 쓰레기통에는 초콜릿 포장지가 두 장 있습니다. 지난 십사일 저녁 아홉 시 현재입니다.", "적십자병원 정문 앞에 있는 호두나무의 가지 하나는 부러져 있습니다.", "종로 이가 영보빌딩 안에 있는 변소문의 손잡이 조금 밑에는 약 이 센티미터가량의 손톱자국이 있습니다." 하하하하 하고 그는 소리 내어 웃었다. "그건 김형이 만들어 놓은 자국이겠지요?" 나는 무안했지만 고개를 끄덕이지 않을 수 없었다. 그건 사실이었다. "안형이 어떻게 아세요?"하고 나는 그에게 물었다. "나도 그런 경험이 있으니까요."

김승옥 단편소설 '서울 1964년 겨울'에 등장하는 이 장면을 두고, 친구들과 한나절 넘게 떠들어댔던 적이 있다. 대학 시절 국문학도라는 겉멋에 취해, 매일 수업은 안 들어가고 캠퍼스 잔디밭에 퍼질러 앉아 술만 마셔대며 그게 뭐 자랑이라고 각자의 감수성과 예민함을 경쟁하듯 뿜어대던 스무 살 무렵. 우리는 소설 속 김형과 안형처럼 '나만이 알고 있는 흔적'에 대한 이야기를 해댔다. 그때 이 얘기를 했으면 좋았을걸. 여의도 ○○오피스텔 13층 ○호실 창틀 위쪽엔 빨간색 색연필로 'W 617'이라고 적혀 있어. 그럼 또 우리는 'W 617'에 대한 소설을 써내려갔을지도 모른다.

"하얀 창틀 아냐? W는 화이트White, 617은 호실 번호."

"13층이라잖아. 호실 번호는 아니지."

"그럼 617은 그냥 창틀 모델 번호 아닐까?"

"그건 너무 현실적이다. 재미없어. 이건 어때? W는 우먼Woman, 617 번째 여자의 집을 방문한 어느 바람둥이의 기록."

"617번째 여자라, 완전 부러운데?"

"네가 그렇지 뭐."

"그럼 이건? W는 웨스트West, 여기서부터 서쪽으로 617걸음 가면 보물이 있다. 보물 지도 같은 거지."

"13층에서 공중부양해서 걸어가? 말이 안 되잖아. 그런 게 땅에 쓰여 있다면 또 모를까. 혹시 6월 17일, 날짜 아닐까? 뭔가 기억하고 싶은 날짜였을 수도 있잖아."

"W는 사랑하는 사람의 이니셜 첫 글자?"

"빨간 글씨잖아. 어쩌면 죽여버리고 싶을 정도로 미운 사람의 이니셜이었을지도. 하하."

하지만 우리가 아무리 떠들어대 봤자 그건 모두 추측이고, 픽션일 뿐이다. 'W 617'에 대한 진실은 '이곳'에 '이 흔적'을 남긴 바로 그 사람만이 알고 있을 테니까. 그런데 그는 기억하고 있을까. 지금은 다른 이가 살고 있는 이곳에 자신의 흔적이 남아 있다는 것을.

나는 가끔 그런 게 궁금하다. 담양 대나무 숲에 갔을 때, 사람 손이 닿는 대나무에는 모두 누군가의 흔적들로 빼곡했다. 하트를 가운데 둔 연인들의 이름부터, '누구누구 다녀가다' 등의 식상한 멘트, '○○ 대학 합격 기원!' 소원을 적은 글귀까지 사방이 온통 흔적, 흔적, 누군가의 흔적들로 가득했다. 그런데 그들 중 이곳에 남긴 자신의 흔적을 기억하는 사람은 몇이나 될까. 남산 자물쇠에 새겨진 수많은 연인들의 이름, 허름한 호프집 벽을 가득 메운 취중 낙서들, 세차한 지 백만 년은 돼 보이는 먼지투성이 차에 누군가 손가락으로 남긴 낙서. 바보, 똥차, 메롱. 그뿐인가. 마르지 않은 콘크리트를 밟은 신발 자국, 쓰레기통 바닥에 몇 년째 붙어 있는 껌, 호텔 침대 밑 머리카락, 바닷가 모래사장 구석의 슬리퍼 한 짝, 깨끗이 닦이지 못한 채 다시 나온 식당 유리컵의 립스틱 자국. 어딜 가든 발견되는 수많은 누군가의 '흔적'들을 볼 때마다 나는 궁금하다. 그들은 기억할까. 이곳에 아직, 자신의 흔적이 남아 있음을.

그리고 이어지는 또 다른 궁금증 하나. 인간은 왜 그토록 흔적을 남겨대는 걸까. 인간은, 자신이 지나쳐 온 모든 길에 흔적을 남긴다. 의식적으로든 무의식적으로든, 크든 작든, 대단한 의미이든 그렇지 않든, 인간은 흔적을 남기고 또 다른 인간은 그 흔적을 바라보며 생각한다. 도대체 무슨 의미일까. 누가, 왜, 이런 곳에 흔적을 남겼을까.

W e가 W

1년 넘게 이 오피스텔에 살면서도 나는 이 흔적을 모르고 살았다. 하지만 한번 발견한 후로는 자꾸만 그 흔적에 눈이 갔다. 머릿속이 온통 그 생각뿐이니, 사람들을 만나도 자꾸만 그 얘기를 하게 됐다. 그리고…

•

"With 아닐까?"

친구가 말했다. 그럼 617은? 내가 물었다. 너와 함께한 617일째 밤? 친구가 답했다.

남자가 여자와 처음 함께 밤을 보낸 곳은, 허름한 싸구려 여인숙이었다. 두 사람은 서로 사랑했고, 하나 된 마음을 너머 하나 된 몸을 갖고 싶었다. 가로등이 고장 난 으슥한 골목길과 인적 드문 공원 벤치, 담배 냄새에 전 호프집 구석 자리와 싸구려 방향제 냄새로 매캐한 지하 노래방에서의 그들의 몸짓은, 온전히 하나가 되고 싶다는 그들의 갈급함만을 키워 줄 뿐이었다. 하나가 될 수도 없지만 떨어질 수도 없었던 가난한 연인은 매일 밤, 거리를 방황했다. 그리고 어느 구석진 골목길에서, 1박에 만오천 원이라는 문구를 내건 싸구려 여인숙을 발견했다. 그 발견 이후에도 두 사람은 한참이나 여인숙 주변을 맴돌기만 했다. 밀착된 두 사람의 몸은, 여인숙 앞을 지나칠 때마다 조금씩 '만 오천 원'이란 문구 쪽으로 기울어졌다. 먼저 용기를 낸 건 여자였다. 남자의 손을 강하게 쥐었다. 남자는 신호를 알아챘다. 두 사람은 값을 치르고 싸구려 여인숙의 방 한 칸으로 스며들어 갔다. 그리고 그 방의 문이 닫히자마자, 두 사람의 몸은 온전히 하나가 됐다. 두 사람은 그 방의 이것저것을 살펴볼 겨를도 없이, 오로지 서로에게만 빠져들었다.

더러운 이불보에서 올라오는 퀴퀴한 냄새와 더러운 벽지, 더러운 장판에 남겨진 수많은 타인들의 흔적을 두 사람이 알아챘을 땐, 이미 손바닥만 한 창문 밖이 조금씩 밝아 오고 있었다. 곧 이곳을 떠나야 할 두 사람은 어쩐지 쉬이 몸을 일으킬 수 없었다. 오늘을, 이곳을, 기억하고 싶었다. 흔적을 남기고 싶다, 는 것은 여자의 바람이었다. 하지만 자신의 이름을 남기기엔 부끄러웠다. W, 를 생각해낸 건 남자였다. 우리가 함께한 첫 번째 밤, W 1. 구석구석 타인들의 흔적이 남아 있는 더러운 벽지에, 그들의 오늘이 함께 기록되는 건 싫었다. 타인들이 쉽게 알아챌 수 없는 창틀 위쪽을 생각해낸 건 여자였다. TV 장을 밟고 낑낑거리며 창틀로 올라가 W 1을 적어 넣은 것은 남자였다.

그 후 두 사람은 수많은 장소에 W의 기록을 적어 갔다. 부모님이 집을 비운 사이 여자의 집 창틀에도, 친구의 자취방 창틀에도, 남자가 빌려 온 선배의 똥차 뒷창문 창틀에도, 인적 드문 공원 화장실 창틀에도, 온 가족이 한방을 쓰는 남자의 반지하집 창틀에도, 두 사람은 W의 기록을 새겨 갔다. 어느 싸구려 모텔방 창틀에 W를 적어 넣으려 했을 땐, 이미 적혀 있는 W에 두 사람은 동시에 웃음을 터뜨리기도 했다. 남자는 그 옆에 한 번 더 W를 적었다. W 89와 W 231이 동시에 적혀 있는 창틀을 보며, 두 사람은 다시 한 번 웃음을 터뜨렸다.

W의 기록이 300대가 넘어섰을 때부턴, 카운팅이 더뎌지기 시작했다. 여자는 그들만의 방을 원했다. 남자에겐 시간이 더 필요했고, 여자는 그 시간이 무서웠다. 언제나 흔적을 남기고 싶어 했던 여자에겐, 이

제 인간의 가장 본능적이고 보편적인 흔적에 대한 욕망이 싹트고 있었다. 아이를 가지고 싶어. W의 기록이 400대를 넘어섰을 때 여자가 말했다. 하지만 남자는 준비돼 있지 않았다. W가 500대를 넘어섰을 땐, 이미 여자의 나이 앞자리가 바뀌어 있었다. 조금만 더, 남자에겐 아직 시간이 더 필요했고, 이미 늦었을지도 몰라, 여자의 초조함은 극을 향해 치닫고 있었다. W가 600대에 이르렀을 때야 남자는 달라진 여자를 알아챘다. 이제 거의 다 됐어, 남자가 말했다. 이미 늦었어, 여자가 답했다. 다른 식구들이 모두 외출한 일요일 오후 남자의 단칸방에서, 여자가 옷을 입으며 말했다. 이미 늦었어. 여자가 돌아간 후 남자는, 수많은 W의 기록들로 빽빽한 단칸방 창틀 위에 또 하나의 W를 끼워 넣었다. W 617.

그것이 두 사람의 마지막 기록이었다. 그 후 남자가, 다른 여자들과의 밤을 마다한 건 아니었다. 다만 여자들이 잠든 사이, 창틀 위쪽에 같은 글자를 적어 넣을 뿐이었다. W 617. 머지않아 남자에게도 자신만의 방이 생겼다. 그 방에도 많은 여자들이 다녀갔다. 하지만 그 방 창틀 위쪽엔 딱 하나의 W만이 적혀 있었다. W 617. 그곳에서 남자는 기다릴 뿐이었다. 저 옆에 W 618이라 적어 넣을 수 있는, 그 날을.

·

"어쩐지 좀 스산하다. 좀 찜찜하기도 하고."
친구의 이야기가 끝이 났을 때 내가 말했다. 왠지 그 남자가 진짜 살았던 방 같잖아. 어느 날 그 여자가 진짜 찾아올 것 같기도 하고. 내 말에 친구가 웃었다.

"아니면 그냥 날짜일 수도 있지. 6월 17일 수요일, Wednesday. 어, 오늘이네. 오늘 수요일이잖아."

그렇다. 오늘은 수요일이다. 이 친구가 우리집에 오는 날은 대개 수요일이다.

"6월 17일이 수요일인 해가 별로 없을 텐데, 딱 오늘이네."

휴대폰으로 달력을 보며 친구가 말했다. 2009년에 한 번 있었고, 1998년에 한 번 있었고, 그리고 오늘이네. 신기하다.

"오늘 밤에 진짜 누가 찾아오는 거 아냐?"

진짜 좀 으스스해질 것 같으니 그만하라며 친구를 향해 눈을 흘기는 사이 딩동, 초인종이 울렸다. 깜짝 놀랄 새도 없이 친구가 말했다.

"G 왔나 보다. 저녁 뭐 먹지?"

우리 셋은 요즘, 수요일 저녁이면 모이곤 한다. 내가 여의도에 살고 있는데, 친구가 수요일마다 드라마 작가 수업을 들으러 여의도에 오면서부터다. 우리 둘이 모여 있으니, 삼총사 중 또 다른 한 명인 G가 퇴근 후 여의도로 온다. 오늘 우리의 저녁 식탁엔, 당연히 W 617에 대한 이야기가 화제에 올랐다.

"나는 정말 이해가 안 돼. 왜 사람들은 흔적을 남기는 걸까?"

내가 조금 볼멘소리를 했다. 아직도 친구가 했던 얘기가 찜찜해서였다. 왜 그 남자는 내 방에 흔적을 남긴 거야.

"그러니까. 아무리 사랑해도 그렇지. 남들이 볼 수도 있는 곳에 이름

하트 이름, 이런 거 어쩐지 창피하지 않냐?"

친구의 맞장구에 신이 나서, 그러고도 한참을 나는 친구와 함께 '흔적을 남기는 사람들'을 도무지 이해할 수 없단 얘기를 해댔던 것 같은데, 갑자기 G가 불쑥 끼어들었다.

"근데 이런 얘기, 니들이 할 얘기는 아니지 않니?"

G가 말했다. 니들 작가잖아. 흔적 남기는 걸로 치면, 작가들이 1등 아니야?

친구와 나는, 둘 다 말을 잃었다. 일주일 전, 지난주 수요일 G 앞에서 우리가 해댔던 우는소리가 고스란히 떠올랐기 때문이었다.

"독한 년, 너는 어떻게 이 일을 10년 넘게 한 거니?"

지난주 친구가 말했다. 삼십 대 후반에 접어들어 직장까지 그만둔 채 드라마를 쓰고 있는 친구. 친구의 요즘은 하루하루가 지옥이었다. 잠 또한 거의 못 자고 있었다. 노트북 앞에서 몇 시간을 괴로워하다 오늘은 도저히 안 되나 보다 누우면, 갑자기 또 떠오르는 생각에 다시 불을 켜고 책상 앞에 앉는다. 하지만 막상 노트북의 하얀 창과 마주하면 한 단어, 한 문장도 완성하기 쉽지 않다. 어떤 날엔 이 정도 쓰면 됐잖아 싶다가도, 어떤 날엔 또 내가 써 놓은 모든 글들이 다 쓰레기 같아 한없이 자학의 늪을 헤매고, 그런데도 다가오는 발표 날. 도망갈까, 여기서 또 도망가면 어떡할 건데. 그래서 또 머리를 쥐어뜯으며 책상 앞에 앉는다. 매일매일 반복되는 친구의 그 지옥 같은 시간을, 보지 않아도 나는 다 알 것 같았다.

"이게 위로가 될지 악담이 될지 모르겠지만, 나도 그래. 15년을 작가로 살아도 똑같아."

내가 말했다. 사실이었다. 지금도 나는, 더 이상 아무것도 못 쓰는 게 아닐까, 자학의 날이 거듭되면 무언가에 쫓기는 꿈을 꾸며 울고 있다.

친구는 이제야 내 마음을 알겠다며 계속해서 자신의 우는소리를 늘어놨고, 나 또한 친구의 마음을 너무 알겠다며 나의 우는소리를 한참이나 해댔던 것 같다. 그리고 우리의 이 모든 대화를 지켜보고 있던 G, G가 말했다.

"야, 그냥 니들 둘 다 작가 안 하면 안 돼? 우리 그냥 행복하게 살자!"

그때 친구와 내가 뭐라고 답했더라. 노느니 쓰는 거지. 아니, 뭐 이제 와서 달리 할 일도 없고⋯. 뭐라고 답했든, 그건 모두 변명이었을 것이다. 나도 잘 모르겠으니까. 친구도 아마, 모를 테니까. 그렇게 우는소리를 해대면서 우리는 또, 왜 쓰고 있는 걸까.

흔적 남기는 거 싫다는 얘기, 니들이 할 말은 아니지. 니들 작가잖아. 모든 걸 다 흔적으로, 그것도 남들이 봐줬으면 하는 흔적으로 남기는 사람들.

•

친구들이 모두 돌아가고, 다시 온전히 혼자가 된 나는 쉬이 잠이 오지 않았다. 다시 창가 옆 내 책상에 앉았다. 그리고 고개를 꺾어 한참이나 내 창틀 위에 적혀 있는 W 617을 바라봤다. 무슨 의미일까. W, White, Woman, West, With, Wednesday…. 짧은 영어 실력을 쥐어짜 한참이나 또 W의 의미를 찾아 헤맸다. Wolf, Wife, Wales, Water, Way, Writer…. Writer. 그 단어를 떠올렸을 땐, 다시 조금 어지러웠다. '그냥 니들 작가 안 하면 안 돼?' G의 질문에 똑바로 대답하지 못했던 나. '니들 작가잖아. 모든 걸 다 흔적으로 남기는 사람들.' 흔적이 싫다면서 또 흔적을 남기겠다며 쉬이 잠들지 못하고 책상 앞에 앉아 있는 나.

어떤 책은 말했다. '인간은 살아 있기 때문에 집을 짓는다. 그러나 죽을 것을 알고 있기에 글을 쓴다.' 하지만 나는 잘 모르겠다. 나는 나의 죽음을 적어도 며칠 전에는 알았으면 좋겠다. 여기저기 흘려 놓은 나의 흔적들을 지울 시간이 필요하다. 어떤 노소설가는 이렇게 말했다. '나도 사는 일엔 어지간히 진력이 난 것 같다. 그러나 이 짓이라도 안 하면 이 지루한 일상을 어찌 견디랴. 웃을 일이 없어서 내가 나를 웃기려고 쓴 것들이 대부분이다.' 이 또한 나는 잘 모르겠다. 나는 남의 글을 읽을 때가 훨씬 즐겁다. 어떤 소설은 또 이렇게 말했다. '세상에서 제일 뻔뻔한 직업이 바로 작가라는 직업이오. 작가가 이야기하고자 하는 건 오로지 작가 자신이니까.' 그 또한 나는 잘 모르겠다. 나의 진짜 이야기는 언제나 좀 창피하다. 그래서 난 블로그나 SNS도 잘 하지 않는다.

하지만 직업이 작가인 나는, 지금도 글을 쓰고 있다. 직업이 작가일 필요까지도 없다. 2015년 6월 17일 수요일 밤 11시 32분, 작가가 아닌 많은 사람들이 지금 이 시간에도 무언가를 쓰고 있을 것이다. 자신의 일기장에, 자신의 블로그와 SNS에, 휴대폰을 열어 누군가에게 문자메시지를. 누군가는 어두운 골목길 담벼락에 몰래 그림을 그리고 있을지도 모른다. 누군가는 어떤 빌딩 안에 있는 변소문의 손잡이 조금 밑에 약 이 센티미터가량의 손톱자국을 내고 있을지도 모른다. 이제 막 사랑을 나눈 어떤 연인은 싸구려 여인숙 창틀 위쪽에 W의 기록을 새기고 있을지도 모른다. 인간은, 자신이 지나쳐 온 모든 길에 흔적을 남긴다. 그리고,

철컥, 띠, 띠, 띠, 띠, 띠리링, 삐삐삐삐- 철컥.

현관문 밖에서 이상한 소리가 들려왔다. 이게 무슨 소리지, 생각을 마치기도 전에 다시 그 소리가 들려왔다. 철컥, 띠, 띠, 띠, 띠, 띠리링, 삐삐삐삐- 철컥. 이것이 누군가 우리집 현관문의 비밀번호를 누르고 있는 소리라는 것을 깨달았을 때는, 이미 그 소리가 몇 번이나 되풀이되고 난 후였다. 휴대폰을 열어 시간을 확인했다. 2015년 6월 17일 수요일 밤 11시 54분. 다시 한 번 소리가 들려왔다.

철컥, 띠, 띠, 띠, 띠, 띠리링, 삐삐삐삐- 철컥.

우리집 비밀번호를 알고 있는 사람은 나밖에 없다. 그런데 이 늦은 시간, 누군가 우리집 현관문 밖에서 끊임없이 틀린 비밀번호를 입력하

고 있었다. 도어뷰어 쪽으로 다가가 모니터를 보았다. 어떤, 여자였다.

'오늘 밤에 진짜 누가 찾아오는 거 아냐?'

친구의 말이 떠올라, 나는 한참이나 멍하니 모니터를 바라보고 있었다. 어쩌면 윗집이나 아랫집에 사는 여자가 엘리베이터에서 잘못 내렸는지도 모른다. 어쩌면 여자는 내가 이사 오기 전 이 집에 살았던 여자인지도 모른다. 술에 취해 택시 아저씨에게 주소를 잘못 말했는지도 모른다. 하지만 어쩌면 여자는, 정말 그녀일지도 모른다. 남자가 남기고 간 'W 617'의 흔적을 찾아온 그녀.

인간은, 자신이 지나온 모든 길에 흔적을 남긴다. 그 이유는 나도 잘 모르겠다. 하지만 흔적을 남기기에, 누군가는 그 흔적을 찾아온다. 누군가는 그 흔적을 바라보며 궁금해하고, 누군가는 그 흔적을 통해 자신만의 상상을 펼치며 또 다른 흔적을 남긴다. 이미 남겨진 흔적은, 외로울 수 없다. 누군가는 반드시 그것을 보게 되니까.

오늘은 그녀가, 우리집 현관문에 자신의 지문을 남기고 있다. 이제 이곳엔 그는 없다. 하지만 내가 있다. 나는, 바라본다.

철컥, 띠, 띠, 띠, 띠, 띠리링, 삐삐삐삐- 철컥.

그녀는 계속 누르고, 나는 계속 바라본다.

여전히 참, 너답다

——————————— ▫

점심 먹은 상을 치우지도 않고 그대로 드러누워 한나절 책만 봤는데, 벌써 해가 질 기세다. 아, 저녁 먹으려면 설거지해야 하는데⋯. 벌써 며칠째 맘처럼 글이 써지지 않아 내 몸에까지 찌뿌듯함이 달라붙었다. S에게 전화가 걸려 온 것은, 간신히 자리를 털고 일어나 겨우겨우 며칠 묵은 설거지를 마쳤을 때였다.

"뭐하냐?"
"설거지했어."

근 1년 만에 하는 통화인 것 같은데도, 우리는 다짜고짜 이 모양이었다. 하지만 다음 S의 말 또한 마찬가지였다.

"설거지 다 했으면 나와라, 지금."

마치 어제도 만난 사람인 양 S가 말했다.

"H 만나기로 했어."

그런데 나는 나갔다. 마치 어제도 만나고 오늘도 별일 없으면 당연히 만나는 사이인 양, 앞치마를 벗곤 바로 집을 나섰다. 30분 넘게 지하철을 타고 '5번 출구로 나와'라는 문자지령에 따라 지하철역을 빠져나왔을 땐, 비가 왔다. '난 도착. 그런데 비 온다. 젠장.'

우리가 마지막으로 만난 것이 벌써 5년도 전인가 보다. '나 곧, 책이 나올 것 같아.' 그때 내가 몹시 멋쩍어하며 이런 말을 했던 것이 기억났다. 그날도 비가 오고 있었고 셋 다 조금 취해 헤어질 무렵, 어차피 알게 될 일 녀석들한테는 내 입으로 말해야겠다 싶어서였다. 그해 여름 내 첫 책이 나왔고, 그 즘 S가 회사에서 발령이 나 미국으로 떠났고, 그 이듬해 H 또한 연구원 신분으로 일본으로 떠났다. 그래도 S는 넉살 좋고 정도 많은 편이라 이따금 페이스북이나 문자메시지 등을 통해 안부를 먼저 전해 오기도 했지만, H와 나는 워낙에 둘 다 성격이 다정치 못하고 만사 내 귀찮음이 모든 걸 이겨버리는 한량 체질이라 그 5년 동안 우리는 단 한 번도 서로 연락한 적이 없었다. 그저 건너 건너로만 소식을 전해 들으며 잘 살고 있구나 했으며, 그렇게 전해 들은 소식으로 S에 이어 H도 한국에 돌아왔다는 것을 알게 된 지도 벌써 1년이 다 되어 가는 듯했지만… 그사이에도 우리는 참, 무심했다.

"아, 왜 비가 오냐."

"그러니까."

"여기서 좀 걸어가야 하는데, 어떡하지."

"편의점에서 우산이라도 살까?"

그런 우리가 5년 만에 만나서 처음 나눈 대화라는 게 고작 이런 거였다. 비 내리는 모양과 소리까지도 다 전해지는 슬레이트 지붕의 허름한 횟집에 앉아 우리 셋은 술을 마셨다. 오래된 친구들이 오랜만에 만나면 늘 하게 되는 얘기. 20년 묵은 추억 되씹기와 이 자리에 없는 20년 된 친구들 뒷담화. 누구와는 아직 연락하냐, 걔는 변했더라, 걔는 20년 전에도 그런 애였다. 누구는 정말 안 변할 줄 알았는데, 우리도 곧 마흔인데 그럴 수 있지. 그래도 참 다행이다, 너희들은 참 여전하구나. 모르겠다. 그게 다행인 건지 우리만 마냥 지질한 건지. 그렇게 별 특별할 것도 없는 얘기를 별 특별할 것도 없는 기분으로 나누는 새 우리는 어느덧 싸구려 호프집으로 자리를 옮겼고, 그때는 이미 S도 H도 조금 취해 있었다.

"오늘 갑자기 H가 전화를 했더라고. 술이나 한잔하자고. 고맙더라."

S가 말했다.

"그래서 번뜩 네 생각이 났지. 이럴 때 봐야 하거든. 아니면 또 5년 금방 지나가니까."

역시 우리 중 제일 다정한 성격이라 S가 좀 말이 많아졌다. 어쩌면 술도 좀 됐고 밤도 좀 돼서, 이제 곧 우리는 또 각자의 집으로 각자의 일상으로 돌아가야 한다는 것이 조금 아쉬워졌던 걸지도 모르겠다.

"우리가 또 다음에 만날 때면, 5년이 지나 있을지도 모르잖아."

계속되는 S의 얘기에, 어쩐지 심각해지는 건 딱 질색인 내가 농담처럼 말을 끊었다.

"모를 일이지. 내일 또 오다가다 만날 수도 있는 거고…."

하지만 나는 그럴 수 없으리라는 걸 알고 있었다. 물론 우리에게도, 어제도 만나고 오늘도 별일 없으니 또 만나던 시절이 있었다. 같은 학교에 다니며 같은 수업을 듣고 같이 밥을 먹으며 같은 일상을 살던 시절이 있었다. 하지만 시간이 흘렀다. 우리에게는 각자의 다른 일상이 생겨났고 S와 H는 누군가의 남편, 누군가의 아버지가 됐다. 우리는 그저 하루하루의 일상을 살아가고 있을 뿐인데, 이제는 1년 2년이 어제와 오늘만큼이나 빠르게 지나간다.

스무 살 무렵 우리가 가장 쉽게 하게 되는 착각 중 하나는 지금 만나고 있는 사람들과 영원히 함께일 거라 생각하는 것이다.

지난 책에서 나는 이에 대한 글을 쓴 적이 있다. 그때 나는 무슨 이야기가 하고 싶어 그 글을 썼더라….

싸구려 호프집을 나와서도 우리는 어쩐지 쉬이 헤어지지 못하고 잠시 걸었다. 편의점에서 산 각자의 싸구려 우산을 들고, 노래방 갈까, 나 노래방 싫어해, 3차 갈까, 너 내일 출근 안 하냐, 따위의 얘기를 나누며 빗속을 걸었다. 3차 어디 가지, 술집을 찾아 S가 몇 발짝을 앞서 걸으며 H와 나는 조금 뒤처졌다.

"나 갑자기 생각났는데, 너 기억나냐?"

H가 말했다.

"뭐?"

"아니야, 아니다. 말하면 지금도 울… 아니다."

"아, 뭔데! 빨리 말해 봐."

"아 왜, 나 의정부에서 잠깐 외출 나와서 너한테 전화했을 때."

기억났다. 바로 기억이 났다. H가 군대에 있었을 때의 일.

"그때 네가 내 전화 받자마자 뭐라고 했는지 기억나냐?"

기억났다. 그때 내가 뭐라고 했는지도 기억나고, 전화기 너머로 들려오던 빗소리도, 그때 왜 H가 말을 잘 잇지 못했는지도, 그때 왜 H가 그렇게 힘들었는지도, 다 기억났다. 서로의 일상도 서로의 고민과 생각도 누구보다 잘 알던, 우리가 같은 일상을 살아가던 시절의 이야기.

"아니다. 나 그만 얘기할래…."

하지만 한참 만에 다시 입을 연 건, 또 H였다.

"나 일본에 있을 때, 잠깐 한국 들어온 적이 있었어."

길어지는 외국 생활에 H는 지쳐 갔다. 아이와 함께하는 일본 생활이 힘겨워져 H의 아내는 1년 먼저 한국에 들어왔다. 홀로 남겨진 H는, 몸도 마음도 어찌할 바를 모를 만큼 더 힘겨워져만 갔다.

"그래서 무작정 비행기 표를 끊어 제주로 갔어."

아이와 아내가, 처가인 제주에 있어서였다. 그때 H는 서점에 갔다고 했다. 그리고 아무 생각 없이 어떤 책 하나를 집어 들었고, 아무 생각 없이 아무 페이지나 열었단다. 그런데 보게 된 거다. 나는 지난 책에서 H에 대한 글을 쓴 적이 있다. 그 글은 이렇게 시작한다. '결혼식에 갔다 딱 한 번 울컥했던 적이 있다.'

H가 말했다.

"아 왜 썼냐고, 그런 글을…."

워낙 다정치 못한 성격이라, 녀석은 자신의 마음을 그렇게 표현했다. 역시 다정치 못한 성격이라, 나 또한 이렇게 답할 수밖에 없었다.

"뭘 왜 써. 돈 벌라고 썼나 보지. 나도 먹고살아야 되니까…."

어이가 없다는 듯 H가 피식 웃었다. 나도 피식 웃음이 났다. 그러고도 연락 한번 안 한 H 너도, 참 너답다 싶어서였다. 그런 글을 쓰고도 나 또한 녀석에게 연락 한번 안 한 것 역시, 너무 나답다 싶어서였다. 저 앞에서 술에 취한 S가 소리쳤다.

"골뱅이! 골뱅이 어때, 3차! H 너, 제수씨한테 전화했냐? 내가 해줄까?"

우리는 어쩌면 이대로 헤어지는 것이 못내 아쉬웠나 보다.

"우리가 또 다음에 만날 때면, 5년이 지나 있을지도 모르잖아."

정말 그럴지도 모른다. 어쩌면 내일 또 오다가다 만날지도 모르지만, 어쩌면 5년은 정말 또 금세 지나가 있을지도 모른다.

결혼식에 갔다 딱 한 번 울컥했던 적이 있다.

나는 지난 책에서 이렇게 시작되는 H에 대한 글을 썼다. 그리고 이
런 글을 인용했다.

스무 살 무렵 우리가 가장 쉽게 하게 되는 착각 중 하나는
지금 만나고 있는 사람들과 영원히 함께일 거라 생각하는 것이다.

그리고 나는 이렇게 말했다.

지금 만나고 있는 사람들과 영원히 함께일 거라는 생각은
착각일 수도 있고 아닐 수도 있다.
지금 만나고 있는 사람들과 영원히 연락하며 지낼 거라는 생각은
이뤄질 수 있다. 하지만,

지금 만나고 있는 사람들과
영원히 지금과 같은 관계로 함께일 거라는 생각은
착각이 맞다.

어제도 만나고 오늘도 별일 없으니 또 만나던 시절, 같은 일상을 살
아가던 시절이, 우리에게도 있었다. 하지만 너무나 당연하게도 시간은
언제나 흐르고 있어, 우리는 달라졌다. 각자의 일상이 생겼고, 각자의
가족이 생겼고, 각자의 바쁨이 생겼고, 그렇게 각자의 삶을 살아가는

동안 5년이 흘렀다.

어쩌면 우리가 다시 만나게 되는 일은, 정말 또 5년이 지나서일지도 모른다. 하지만 그 5년이 지나서도, 우린 또 이렇게 첫 대화를 시작할 지도 모른다.

"뭐하냐?"
"설거지했어."
"설거지 다 했으면 나와라, 지금."

마치 어제도 만나고 오늘도 별일 없으니 또 만나는 사이인 양. 그러다 조금 취하면 다정치 못한 성격의 H는, 또 지금의 이 글에 대해 이렇게 말할지도 모른다.
"아 왜 썼냐고, 그런 글을….."
그럼 또 나는 웃으며 이렇게 말할지도 모른다.
"뭘 왜 써. 돈 벌라고 썼나 보지."
나 또한 조금이라도 낯간지러운 말은, 입 밖으로 못 내놓는 사람이니 말이다.

그럼 또 우린 웃고 말지 않을까.
여전히 참, 너답다 싶어서.

시간은 흐르고 있고, 우리는 분명 달라지고 있고, 그래서 또 무심한 우리들은 몇 년에 한 번이나 겨우 얼굴을 마주하게 될지도 모르지만, 여전히 참 너답다. 그것이 어쩐지 안심이 되어 우리는 또 그렇게 웃고 말지 않을까. 그럴 수 있었으면 좋겠다. 5년이 또 금세 흐른다 해도, 우리는 또 이런 생각으로 안심할 수 있었으면 좋겠다.

여전히 참, 너답다.

그
노래

음 악 을 읽 다

───────── 글 강세형 ┊ **내레이션 엄정화** ┊ **노래** 그 노래 〈김동률 '동행' 앨범 중에서〉 ┊ 2014

꽉 막힌 도로에 갇힌 친구와 나.
답답한 차 안 공기에
경쾌했던 우리의 수다마저 끊겼다.
자연스레 친구는 오디오 볼륨을 조금 높였다.

그리고. 그 노래.
그 노래가 흘러나오자 친구는 조금 더 볼륨을 높였다.

난 준비했다.
'아. 이제 시작되겠구나.'
자기가 아는 노래만 나오면
옆 사람이 괴로울 정도로 목청껏 따라 부르는 친구.

그런데 어쩐지, 친구가 조용했다.

나는 다시 그때 그 날로.
너로 설레고 온통 흔들리던 그 날로.

노래의 클라이맥스가 지나
후주의 마지막 한 음이 끝나던 순간까지도
친구는 내내 진지한 표정으로 침묵했다.

그리고 마침내 입을 연 친구.

"나도…."

"응?"

"나도 온통. 흔들리고 싶다."

웃음이 터졌다.

친구의 목소리에 담긴 애절함.

농담이 아닌 진심이라는 거 너무 알겠는데

그래서 더 웃음이 터졌다.

너로 설레고

온통 흔들리던 그 날.

있었다.

나에게도 있었다.

친구에게도 있었을 것이다.

너로 설레고 온통 흔들리던 그 날.

그래서 더 아프고 힘들었던 그 날.

하지만 그렇게 아프고 힘들어도
절대 놓고 싶지 않았던,
그 날.

그 날이 지났다.
아무리 떨쳐내려 해도 떨쳐낼 수 없던 1년.
잊은 듯싶다가도 문득 떠오르던 2년.
가슴 욱신하는 순간이
어느새 조금씩, 드문드문, 잦아져 가던 긴 시간을 지나 나는,
지금을 산다.

그런데 참 이상하다.
그렇게 아팠던 기억이라면, 힘들었던 날들이라면,
되새기지 않으면 그만일 텐데.

"우리, 이 노래 한 번 더 들을까?"

온통 흔들리고 싶다 울부짖던 친구가
그 노래를 다시 플레이한다.
그리고 나는 그게, 싫지 않다.

어떤 영화였더라.
사랑에 빠진, 그래서 상처받아야 했던 주인공이
이렇게 말했다.

우리는 누구나 나에게 상처 줄 사람을 고를 수 있어요.
그리고 저는, 제 선택이 마음에 들어요.

어쩌면 그래서였는지도 모르겠다.

참 아팠던 기억인데.
참 힘들었던 날들인데.
그 기억을, 그 날들을.
다시 지금으로 만드는 그 노래를 다시 한 번.
또 다시 한 번.
계속 들을 수밖에 없는 이유.

그게, 너였으니까.

나를 온통 흔들리게 했던 사람.
나를 아프게 했던 사람.
내게 상처 줬던 사람이 바로 너였기에.

나는 오늘도

그 노래를 핑계 삼아

그 날로, 돌아간다.

이사를 했다

─────────   □

　이사를 했다. 내 집 마련도 아닌 전세에, 그다지 비싼 동네도 큰 평수도 아니지만, 나는 독립 후 처음으로 '방'이 있는 아파트에 살게 됐다. 무엇보다 그것이 좋았다. 침실과 거실 겸 서재, 그리고 부엌이 분리된 공간! 지금까지 나는 작은 원룸에서만 살아왔다. 방송국을 그만두고 혼자 작업을 시작하면서부터는, 그 원룸에서 원룸으로 출근해 다시 원룸으로 퇴근하는 생활을 해 왔다. 한번은 급작스럽게 방문한 선배가 있음에도 그날까지 마감해야 하는 원고가 있어, "언니, 나 출근했다가 이따 저녁 먹으러 올게. 혼자 놀고 있어." 그러곤 식탁에서 일어나 두 걸음 옮겨 창가 책상으로 출근을 했다. 그런 내 모습을 보고 선배는 한참을 깔깔거렸다. "출근길 짧아서 너 참 좋겠다!"

그러니 이 작은 아파트로의 이사가 얼마나 좋았던지. 거실 겸 서재에 특히 공을 들였다. 책장도 사고, 긴 책상도 사고, 꿈에 그리던 큰 화분도 샀다. 그리고 어느 날 거실 책상에 앉아 책을 보는데, 살짝 열어둔 창문으로 바람이 불어 큰 화분의 나뭇잎들이 살랑살랑. 아, 아파트는 맞바람이 부는구나. 한쪽 벽에만 조그맣게 나 있던 원룸의 작은 창문과는 비교할 수가 없었다. 행복했다. 책에서 눈을 떼 살랑이는 나뭇잎만 바라보고 있는데도 시간은 잘만 흘러갔다. 언제나 행복한 순간의 시간은 몇 배나 빨리 잘만 흘러간다.

그런데 참, 이상했다. 나의 이사에 대한 주변인들의 반응이 말이다. 이제 차만 바꾸면 되겠네. (내 차는 15년 된 남들이 보기엔 똥차, 내가 보기엔 멀쩡하기만 한 차.) 이제 돈 더 모아서 내 집 사야지. (응? 꼭 집을 사야 돼?) 이제 신랑만 구하면 되겠네. (아니, 혼자 사는 여자는 아파트에 살면 안 돼?) 그 외에도 에어컨이 없네, 침대도 낡았으니 바꾸는 게 좋겠네. 그릇들이 이게 뭐니, 이젠 제대로 좀 갖춰야지. 심지어 방석 없니, 너희 집에? 사람들은 나에게 혹은 나의 집에 없는 것들만 어찌나 쏙쏙 잘들 찾아내는지, 이상하게 나는 지금 몹시 행복한데도 행복하면 안 될 것만 같은 기분이 들었다. 그러니, "야, 이제 너 출근할 맛 나겠다. 서재도 따로 생기고." 이렇게 말해 준 선배의 방문이 어찌나 반가웠던지. 나는 선배를 앉혀 두고 한참이나 내가 지금 얼마나 행복한가를 나 혼자, 떠들어 댔다.

조금, 분해서였던 것 같다. 나는 지금도 충분히 행복한데, '아니야 아니야, 너 아직 행복한 거 아니거든?' 나의 행복을 부정당하고 있는 것만 같아서. 나는 지금 잠시라도 이곳에 앉아 숨을 고르며 이 순간의 행복을 만끽하고 싶은데, '그러다 너 뒤처진다. 넋 놓고 있지 마. 더 분발하라고. 너한테 모자란 게 지금 얼마나 많은 줄 알아?' 자꾸만 더 더 앞으로 가라고 등을 떠밀리고 있는 것만 같아서.

그러다 문득 이런 생각이 들었다. 사람들은 정말, 그렇게 살고 있는 걸까. 하나를 얻으면, 그 하나의 기쁨을 만끽하기도 전에 둘을 생각하고, 그 둘을 위해서 쉼 없이 달리고, 그다음엔 또 셋, 넷, 다섯…. 정말 그렇게 살고 있는 걸까. 그래서 차를 사면 집을, 집을 사면 더 큰 집을, 결혼을 하면 그다음엔 아이, 아이를 낳으면 또 그 아이를 좋은 대학에 보내기 위해…. 아이고, 머리가 아파 온다. 그냥 서재 바닥에 벌렁 누워버렸다. 그리고 또 한참이나 바람에 살랑이는 나뭇잎만 바라봤다.

그러다 궁금해져버렸다. 그럼 사람들은 도대체 언제 느끼는 걸까. 그렇게 앞으로 앞으로 쉼 없이 계속 더 나가기만 해야 하는 사람들은 도대체 언제, 이렇게 누워 아무것도 하지 않고 살랑살랑 바람의 움직임만 바라보며… 아 행복하다, 느끼는 걸까.

정말, 정(正)말입니다

———————————— •

내가 L에게서 처음 메일을 받은 것은, 내 두 번째 책 '나는 다만, 조금 느릴 뿐이다'를 내고 반년 정도가 흐른 어느 날이었다. '강세형 작가님에게'로 시작하는 L의 첫 번째 메일은 다음과 같았다.

당신의 책에는 수많은 말들이 등장하더군요. 친구의 말, 선배의 말, 영화나 책에 나오는 말, 심지어 노랫말까지. 그래서 나는 이런 생각이 들었습니다. 당신이라면 이 문장을 이해할 수도 있지 않을까.

그리고 덧붙여진 짧은 글귀.

나는 그 말들을 머리맡 빈 커피 잔에 넣어 받침 접시로 눌러놓은 다음에야 잠을 잘 수 있었다.

그게 다였다. 어떠한 인사말이나 마무리 말도 없이 L의 메일은 그게 다였다. 그럼에도 나는 L의 메일을 흘려버릴 수 없었다. 그 문장을, 알고 있었기 때문이었다.

미술가가 꿈속에서 빛깔을 본다는 것은 잘 알려진 이야기이다. 작가는 꿈속에서 별처럼 반짝이는 많은 말들과 만난다. 그해에는 잠을 자는 동안에도 내가 써야 할 말들이 끝없이 이어져 나와 정말 때에 어울리는 나의 말들아 너희도 이제 잠을 좀 자고 내가 깨어나 일할 때 차례로 일어나 나와라 부탁할 정도였다. 나는 말할 수 없이 피곤했지만 깊이 잠들 수 없었다. 어떤 말들은 끝내 잠자지 않고 다가와 나를 잡아 흔들었다. **나는 빨리 써 달라고 보채는 그 말들을 머리맡 빈 커피 잔에 넣어 받침 접시로 눌러놓은 다음에야 잠을 잘 수 있었다.**

조세희의 '침묵의 뿌리'였다. 나는 그 책을 알고 있었고, 그 문장을 알고 있었다. 그 문장을 처음 만났던 날, 어쩐지 안심이 되고 반가운 마음이 들면서도 한없이 슬퍼지고 또 슬퍼져 쉽게 잠들지 못했던 오래전의 나를, 나는 기억하고 있었다. 나는 L에게 답장을 썼다.

RE: 그 문장을 알고 있습니다.
L에게서 다시 답장이 왔다.
RE:RE: 그 문장을 알고 있습니까, 이해하고 있습니까?

RE:RE:RE: 그 문장을 알고 있고, 이해하고 있는 것 같습니다.

그제야 L은 나에게 조금 더 긴 메일을 보내오기 시작했다.

RE:RE:RE:RE: 어쩌면 그럴 수도 있지 않을까 생각했습니다. 당신이라면 내 이야기를 믿어 줄지도 모른다, 당신이라면 나를 이해해 줄지도 모른다고요.

솔직히 말하면 나는, L의 이야기를 이해할 순 없었다. L의 메일은, 한 번 읽어서는 도무지 무슨 말인지 알 수 없는 글, 아니 글이라고도 할 수 없는 그냥 말들의 향연이었다. 두서없이 아무렇게나 흐트러져 있는 말들. 하지만 나는 L의 이야기를, 믿을 수는 있었다.

밤이 깊어도 찾아오는 말들에 잠을 이룰 수 없었다는 그는, 작가였지요. 불행하게도 나는 작가가 될 수 없습니다. 거짓을 꾸며낼 수 없기 때문입니다. 적당한 진실과 적당한 거짓이 적당히 뒤섞여야만 글이 되지요. 불행히도 나의 뇌는, 넘쳐나는 진실에 지배당해 거짓을 생산해낼 공간이 없습니다.

L의 말처럼 글은, 적당한 진실과 적당한 거짓의 배합이다. 거짓이 하나도 없는 글은 한 페이지는커녕 한 단락도 못 읽고 던져버리게 된다. 나 또한 L의 메일을 몹시 읽기 힘들었다. 하지만 그래서 더 L의 메일이 진실처럼 느껴졌다. 첫 번째부터 마지막까지 나는 L의 메일들을 읽고 또 읽었다. 그리고 마침내, 이 이야기를 써야겠다고 결심했다. 알 수 없는 말들의 향연이었던 L의 메일을, 사람들이 읽을 수 있도록 재배열해 보자. 어쩌면 그것이 나에게 그가 메일을 보내온 까닭일지도

모른다는 생각이 들었다. 위에 언급한 '읽을 수' 있었던 L의 메일은 모두 그 재배열의 결과이다. 앞으로의 이야기 또한 마찬가지다.

어린 시절 나는 만화 '은하철도 999'의 철이가 여자아이라고 생각했습니다.

L은 생각했다. 가발을 쓰고 모자를 푹 눌러써 남자아이인 척해 봤자 나를 속일 순 없다고. 옆집 영희가 L을 바보 멍청이라고 부르기 전까지 L은, 철이가 틀림없는 여자아이라고 생각했다.

"엄마, 철이가 남자예요? 아니죠? 여자죠? 영희가 바보 멍청이인 거죠?"

언제나 지나치다 싶을 정도로 거짓말을 못했던 L의 어머니는, L을 향해 다음과 같은 표정을 숨길 수 없었다. '내 아들이 바보 멍청이인 건가? 어떻게 철이를 여자라고 생각할 수 있는 거지?'

하지만 L에게 철이는 분명, 영심이었다. 1993년 '산은 산이요, 물은 물이로다'라는 말을 남기고 타계한 성철스님보다도 몇 해 전 '하나면 하나지 둘이겠느냐, 둘이면 둘이지 셋이겠느냐.' 만고불변의 진리를 담아 이 노래를 불러대던 안경태의 영원한 첫사랑 영심이. 분명 은하철도 999의 철이는 영심이었다. 그러니 철이는 당연히 여자인 거 아닌가? 영심이가 크면 달려라 하니의 나애리가 되는 거고. 그런데 왜 영심이는 갑자기 나애리로 개명을 한 걸까? 사람들은 영심이와 나애리의 얼굴이 다르다고 하던데, 성형수술한 과거를 숨기기 위해 개명을 한 걸까?

어린 L은 혼란스러웠다. 하지만 철이가 여자아이냐고 묻는 L의 질문에, L보다 더 혼란스러운 표정을 짓는 엄마를 향해 더 이상의 질문은 던질 수 없었다. 다만 TV 속 사람들의 변신을 나는 다 알고 있다고, 다른 사람들은 다 속여도 나는 속일 수 없다고, L은 생각했다. 니들, 목소리가 똑같잖아! 그래서 L은 이런 결론에 도달했다. 목소리는 성형수술이 안 되는 유일한 것인가 보다, 는 결론.

오렌지빛 머리색을 가진 이상한 나라의 폴이, 머리카락을 노랗게 염색하고 플란다스의 개 네로가 되고, 좀 크더니 이번엔 머리를 까맣게 염색하고 달려라 하니의 남자친구 창수가 됐다. 하지만 목소리는 바꾸지 못했다.

미래소년 코난은 탈 중독이다. 개구리 탈을 쓰면 개구리 왕눈이, 사자 탈을 쓰면 밀림의 왕자 레오, 원숭이 탈을 쓰면 날아라 슈퍼보드의 손오공, 공룡 탈을 쓰면 아기공룡 둘리, 로봇 탈을 쓰면 우주소년 아톰이 된다. 하지만 L은 다 알고 있었다. 왕눈이도, 레오도, 손오공도, 둘리와 아톰도 실은 다, 미래소년 코난이라는 것을.

염색으로도 탈로도 성형수술로도 어쩔 수 없는 것이 목소리였으니까.

실은 그들 모두가 같은 '성우'였을 뿐이란 걸 알게 된 건, 그로부터도 한참 후의 일이었습니다. 그들의 얼굴엔, 인중이 없다는 걸 알아채기 시작하면서부터였죠. 살아 있는 진짜 사람의 얼굴엔 눈, 코, 입, 그리고 인중이 있지요. 하지만 만화 속 캐릭터들에겐 인중이 없었습니다. 아, 저것들은 모두 살아 있는 '진짜'가 아니구나. 이 목소리는 모두, 화면 너머 인중을 가진

'진짜 살아 있는 사람'이 내는 거구나.

L은 그 시기를 아주 혼란스러웠던 시기로 회상했다. 자신의 정체성을 깨달아 가는 사춘기는 누구에게나 질풍노도의 시기지만, L에게 있어 사춘기는 다른 '사람'들에 비해 더 가혹하게 느껴질 수밖에 없었다. L은 자신과 같은 '사람'을 단 한 번도 마주하지 못했기 때문이었다. 나와 같은 '사람'이 없다는 건, 내가 '사람'이 아닐 수도 있다는 얘기 아닐까.

나에게는 이상한 능력이 있었던 겁니다. 나는 목소리를 잊지 못합니다. 며칠 전에 들은 살아 있는 사람의 목소리도, 몇십 년 전에 들은 이미 죽은 사람의 목소리도, 심지어 언젠가 딱 한 번 나를 스쳐 지나갔을 어느 이름 모를 행인의 목소리도, 나는 모두 기억합니다. 그것이 내가 사람들을 알아보는 방법입니다.

어린 시절 보았던 이상한 나라의 폴이 십여 년 후 다른 목소리로 나타났을 때, L은 몹시 당황했다. 드디어 목소리 성형도 가능해진 것일까? 하지만 그때는 이미 L도, 인중이 없는 만화 속 캐릭터들은 모두 가짜라는 걸 알고 있었기에 바로 알아챌 수 있었다. 아, 십여 년 전 KBS에서 방영했던 때랑은 다른 성우를 쓰는구나, SBS에선⋯. 그래도 L은 어쩐지 이상할 정도로 슬픈 기분이 들었다. 정말로 목소리 성형도 가능해진다면, 나는 이제 어떻게 사람들을 알아봐야 하는 걸까. 조물주는 '목소리를 잊지 못하'는 능력을 L에게 주신 대신, 누구에게나 주신 당연한 능력 하나는 L에게 허락하지 않으셨다.

나는 타인의 얼굴은 기억하지 못합니다.

하지만 그것이 L의 삶을 크게 불편하게 만든 건 아니었다. 전 세계 70억 인구가 모두 다른 얼굴과 다른 지문을 가지고 있듯, 목소리 또한 모두 제각각이라 L은 목소리를 통해 사람을 알아보면 됐다. 누군가 자신에게 다가오면 미소를 지었다. 그리고 상대가 먼저 입을 열기를 기다렸다. 물론 때때로는 이런 일도 있었다.
"너 이 새끼, 왜 인사 안 해. 건방진 놈의 새끼."
그리고 날아오는 주먹세례. 남중 남고의 시간은 무척 길었다. 하지만 그 정도의 불편함은 L에게 있어 어린 날의 시시한 일화에 불과했다.

내가 가진 다름이 그저, 타인의 얼굴은 기억하지 못하고 목소리만 기억하는 것, 그것뿐이었다면 얼마나 좋았을까요. 그렇다면 나는 많은 것을 잃지 않아도 됐을 텐데 말이죠.

"버섯, 두부, 애호박⋯ 그리고 또 뭐였더라."
엄마 손을 잡고 시장에 갈 때면, L은 엄마에게 꽤 도움이 됐다.
"버섯, 두부, 애호박, 그리고 너희 아빠 좋아하시는 바지락! 너희 아빠는 바지락 없는 된장찌개는 심심하다고 하시니 꼭 사야 한다."
이것은 L의 입에서 나온 말이었다.
"그래, 바지락! 어쩜 우리 L은 이렇게 엄마 말을 토씨 하나 안 틀리고 똑똑히 기억할까."

엄마의 말을 곧잘 기억하던 어린 L은, 그때마다 자신의 머리를 쓰다
듬던 엄마의 따뜻한 손이 좋았다. 하지만 그 손은, 결국 L에 의해 L에
게서 떠나갔다.

아빠는 L의 말을 잠자코 듣고만 계셨다. 몇 번이나 엄마는 L의 말을
멈추게 하려 했지만, 그때마다 아빠는 아무 감정 없는 목소리로 L이
아닌 엄마의 말을 멈추게 했다. L은 그저 말했을 뿐이었다. 자신이 들
은 목소리를 말했다. 기억할 수 없는 얼굴의 어떤 사람과 엄마의 목소
리, 그 두 사람의 목소리에 담겨 흘러나왔던 수많은 말들은 L 안에 고
스란히 고여 있었다. 괜찮다, 기억나는 대로 그냥 말하면 된다. 그 어
떤 때보다 차분한 말투로 L을 달래며 L 안의 말들을 꺼내 놓게 했던
아빠의 목소리와 엄마의 숨죽인 흐느낌. 그 소리 또한 지금까지도 L
안에 고여 있다. 엄마의 따뜻한 손은 더 이상 L의 머리를 쓰다듬어 주
지 않았다. 그 일이 있고 몇 개월 후, 끝내 L을 떠나간 엄마의 마지막
목소리 또한, 지금까지도 L 안에 고여 있다. 나는 네가, 무섭다.

내가 잊지 못하는 것은 다만 목소리만이 아니었습니다. 말, 누군가의 목소
리에 담겨 흘러나온 말, 그 수많은 말들은 하나도 사라지지 않고 지금까지
도 제 안에 고여 있습니다.

한 번쯤은 멀리서라도 엄마가 나를 보고 가시지 않을까, L은 몇 번이
나 혼자 공상했다. 하지만 L은 알 길이 없었다. 타인의 얼굴을 기억하

지 못하는 L은, 길을 걷다 마주쳐도 엄마를 알아보지 못할 것이다. 다만 엄마의 마지막 목소리만이 L의 주위를 맴돌았다. 나는 네가, 무섭다.

그것이 L이 기억하는 L의 첫 번째 상실이었다. 목소리, 아니 목소리에 담긴 말을 잊지 못하는 대신 L은 사랑하는 사람을 잃어야 했다. 사람들은 진실을 원하지 않아. 첫 번째 상실 이후 L은 진실을 삼키려 노력했다. 당신이 했던 모든 말들을 당신 앞에 쏟아 놓으면, 당신은 떠날 테니까.

말을 삼키는 일, 진실을 삼키는 일이 처음에는 그다지 어렵지 않았습니다. 하지만 역시나 모든 저장 장치에는 용량 제한이라는 게 있었던 걸까요? 아무리 꾹꾹 눌러 담아도 어느 순간부턴 쓰레기통 밖으로 흘러넘치는 오물들처럼, 나의 말들도 어느 순간부턴 내 의지와 상관없이 쓰레기통의 오물들처럼 내 입 밖으로 흘러넘치곤 했습니다.

"내 여자친구가 정말 너한테 그렇게 말했니?"

떠나보내고 싶지 않았던 친구에게, L은 거짓말이 하고 싶었다.

"맞다. 너 거짓말 못하는 애지⋯."

떠나보내고 싶지 않았던 친구였던 만큼, 친구는 L을 믿고 있었다.

"그랬구나. 한 번만 못 본 척해 달라고. 내 여자친구가 너한테, 그랬구나. 역시 그랬던 거구나⋯."

그 후 친구가 그 여자와 헤어졌는지 그렇지 않은지, L은 알지 못한다. 친구가 L을, 떠났기 때문이었다.

사람들은 진실을 마주하는 순간, 그 진실을 알고 있는 사람으로부터 떠나 갑니다. 사람들은 진실을 못 견뎌 합니다. 그중에서도 가장 진저리치게 못 견뎌 하는 진실은 바로, 나 자신에 대한 진실이죠.

언제나 자신을 A라고 말하는 사람은 없었다. 자신이 기억하든 기억 하지 못하든 어떤 날엔 자신을 A라고 말하고, 어떤 날엔 자신을 B라고 말하는 것이 사람이었다. 적어도 L에게 있어 사람은 그런 존재였다. 자신을 A라고 굳게 믿고 있는 사람조차도 어떤 날엔 자신을 B라고 말 했다. 그런 사람일수록 L의 곁에서 빠르게 떠나갈 뿐이었다. 당신은 전에, 당신을 B라고 말한 적이 있지요. 자신을 A라고 굳게 믿고 있는 사람일수록, 견딜 수 없어 했다. 당신은 사실 A도 B도 아니라는, 자신 에 대한 진실과 마주하는 순간을.

도리어 여자와의 연애, 그 시작은 저에게 어렵지 않았던 것 같습니다.

여자들은 자신들의 입에서 나온 사소한 말 한마디도 잊지 않고 기 억해 주는 남자를 좋아했고, L은 어떤 여자의 얼굴도 구분할 수 없었 기 때문이었다.
"내가 이 작가 좋아한다고 했던 말, 기억하고 있었던 거야?"
L의 선물은 실패할 수 없었고,
"오빠가 뭘 잘못했는지 모르겠어? 그때 내가 오빠한테 뭐라고 했는 지 기억 안 나?"
여자들의 시비는 시작될 수 없었다. L은 모두 기억하고 있었기 때문이었다. 여자들의 모든 말을 기억하고 있다는 것. 하지만 결국엔 그것이 곧 여자들로 하여금 L을 떠나가게 했다.

"내가 언제, 언제 그렇게 말했는데?" 어떤 여자는 화를 냈고, "오빠 나한테 이러면 안 돼, 이러면 진짜 안 되는 거야." 어떤 여자는 눈물을 글썽였고, "그냥 말실수한 거잖아. 그런 것까지 다 기억하고 마음에 담아 두는 사람…." 어떤 여자는 끝내 이 말을 뱉어내고 나서야, L에게서 떠나갔다. "나 진짜, 이제 네가 무서워."

수없이 많은 이별을 겪어야 했고, 그때마다 오물처럼 흘러넘치는 나의 말들을 삼켜내려 노력했지만, 그건 쉬운 일이 아니었습니다. 어떤 말들은 끝내 잠자지 않고 나를 잡아 흔들었다는 어떤 작가의 말처럼, 어떤 말들은 까만 밤이 모두 지나고 하얀 새벽이 올 때까지도 내 주위를 맴돌았습니다. 그러다 그 말의 주인을 만나면 이때다 하곤 내 입 밖으로 튀어나왔지요. 그 말을 들은, 그 말의 주인들은 모두, 내 곁을 떠났습니다. 내 안에는, 수없이 많은 목소리로 이 말이 쌓여 갔습니다. 나는 네가, 무섭다.

하지만 L은 누구도 원망할 수 없었다. 이것은 그들의 잘못이 아니었다. 오로지 내가, 남들과 다른 괴물이기 때문이었다. L은 점점 새로운 사람을 만난다는 것이 두려워졌다. 새로운 사람을 만난다는 것은 또 다른 목소리 하나가 L 안에 쌓인다는 것. 나는 네가, 무섭다.

중첩되어 가는 수많은 목소리의 무게를, 이제는 더 이상 감당할 수 없어 휘청이던 L. 어쩌면 그래서 더, 그녀가 L에게는 소중했는지도 모른다. 수많은 목소리와 함께 살고 있지만 철저히 혼자였던 L에게 있어 그녀는, 마지막 기회처럼 느껴졌다. L 안에 고여 있는 숨결이 사라져버린 죽은 목소리들과가 아닌, 진짜 살아 있는 사람의 숨결과 함께할 수 있는 마지막 기회. 그녀는, 되돌아온 자신의 말을 듣고도 L을 떠나지 않은 유일한 사람이었다. 그녀는 화를 내지도 않았고, 울지도 않았고, 떠나가지도 않았다. 다만 궁금해했다. 어째서 당신은, 그 모든 말들을 기억하고 있는 거죠? 그녀는 무척, 현명한 사람이었다.

아마도 그래서였던 것 같습니다. 나는 처음으로 타인에게 내 모습을 보여주었습니다. 언제나 나의 입 밖으로 튀어나오는 오물들에 입을 닫고 살려애써 왔던 저는, 그녀이기에 입을 열 수 있었습니다. 어쩌면 그녀가 유일한 사람인 건 아닐까, 그렇다면 좋겠다. 괴물인 나를 있는 그대로 사랑해줄 수 있는 유일한 사람이 그녀이기를. 그렇게 한번 입을 열자 이번엔, 내안에 쌓여 있던 수많은 나의 이야기들이 내 스스로는 어떻게 통제할 수도 없이 제멋대로 쏟아져 나오기 시작했습니다. 인간이 가진 모든 배설의 쾌락 중, 말이 주는 쾌락이 이토록 크다는 것을 저는 그때 처음 깨달았습니다. 그래서 두려웠습니다. 하지만 또 바랐습니다. 나의 이 모든 이야기에 그녀가 무서워하지 않기를, 떠나가지 않기를. 그리고…

그녀는 떠나지 않았다. 처음부터 끝까지 L이 들려준 모든 말들을 꼭꼭 씹어 그녀의 가슴 안에 담았다. 한 번도 L의 말을 멈추게 하지 않았고, 무서워하지도 않았으며, 다만 들었다. 그녀가 입을 연 건 L의 모든 이야기가 끝이 난 후였다.

"나에게는 시간이 필요합니다. 조금만 기다려 주겠어요? 내가 꼭 다시 찾아올게요."

그녀는 약속을 지켰다. 며칠 후 그녀가 다시 L을 찾아왔다. L은 그 순간을 이렇게 설명했다.

지금도 그 순간이, 마치 조금 전 일어난 일처럼 선명하게 기억납니다.

그녀는 작은 수첩과 연필을 들고 L을 찾아왔다. 그리고 그녀의 가방 안에서 작은 양철 컵과 성냥을 꺼냈다.

"나는 앞으로 당신이 기억하지 않았으면 하는 나의 말들은, 이 수첩에 적겠습니다."

작은 수첩에 그녀는 글을 적어 갔다. 그리고 그 글을 L에게 보여 주었다. 그다음, 글이 적힌 페이지를 수첩에서 찢어내 작은 양철 컵 안에 담았다. 그리고 성냥을 그어 종이에 불을 붙이려는 순간, L이 그녀의 손목을 잡았다.

"나는 지금 이 수첩에 적힌 말을, 그리고 이 순간을, 오랫동안 기억하고 싶습니다. 이 글을 당신의 목소리로 한 번 읽어 주시겠어요?"

그녀는 L이 시키는 대로 그 글을 소리 내 읽었다.

"어쩌면 나도 언젠가는 당신이 무섭게 느껴질지도 모릅니다. 당신을 떠나고 싶은 날이 찾아올지도 모르죠. 하지만 가능하다면 그 날을 멀리, 더 멀리로, 미루고 싶습니다."

그리고 그녀는 수첩에는 적혀 있지 않던 이 말 또한, 천천히, 또박또박, L의 귓가에 속삭여 주었다.

"나는, 당신 곁에, 아주아주 오랜 시간, 머물고 싶으니까요."

지금도 그녀의 그 말들은, 마치 조금 전 들은 말처럼 너무도 선명하게, 제 안에서 맴돌고 있습니다.

그녀와 L은, 이내 함께 살게 되었다. 두 사람은 같은 집에서 일어나, 같은 식탁에 앉아 밥을 먹고, 같은 자리에 누워 잠이 들었다. 서로가 오래오래 기억했으면 하는 말들은, 자신의 목소리에 담아 상대의 귀에 속삭였다. 서로가 곧 잊었으면 하는 말들은, 작은 수첩에 적어 상대에게 보여 주곤 양철 컵에 담아 불태웠다. 이것은 곧 두 사람만의 의식이 되었다. 그녀뿐 아니라 L 또한 수첩에 말을 적었다. 서로에게 조금이라도 상처가 될 것 같으면, 아주 사소한 말 한마디까지도 두 사람은 수첩에 적었다. '오늘 국이 너무 짜요.', '양말은 뒤집어서 벗어 놓지 말라고 어제도 내가 말, 아니 썼잖아요.', '책 볼 때는 뭘 좀 안 먹었으면 좋겠어요. 책 사이에서 나오는 음식물 흔적, 나는 싫다고요.'

우리는 해가 가장 잘 드는 거실 창가에 작은 테이블을 놓았습니다. 그 테이블엔 언제나 수첩과 연필이 각각 두 개씩 올려져 있었지요. 그 아래에는 작은 양철 컵과 성냥이 놓여 있었습니다.

그들의 수첩은, 어떤 날엔 몹시도 진지한 이야기들로 가득했다. 그녀는 그녀 안의 상처와 아픔을 수첩에 적어 L에게 보여 주었다. '나는 당신이 나의 아픔까지도 당신 안에 오래오래 쌓아 두고 슬퍼하는 건 싫어요.' 하지만 그들의 수첩은 이제, 두 사람만의 사랑을 확인하는 간지러운 장난이기도 했다. 태워버리기 아까울 정도로 간지러운 종이는, 두 사람 사이에 작은 실랑이를 가져오기도 했다. 쓴 사람은 창피해하며 태워버리고 싶어 했고, 읽은 사람은 영원히 간직하고 싶어 했다. 그렇게 종이 한 장을 두고 두 사람이 실랑이를 하다 보면, 테이블 아래의 양철 컵이 날카로운 소리를 내며 쓰러지기도 했다. 그럴 때면 그녀는 까르르 웃음을 터뜨렸고, 그 웃음소리 또한 지금까지도 L 안에 고여 있다.

물론 그녀와 함께 사는 동안에도 저는 종종 쉽게 잠들지 못했습니다.

그녀와 함께 나란히 누워도, L 안의 말들은 어김없이 L을 깨워댔다. 그 말들을 다시 삼켜 보려 아무리 애써 봐도, 어떤 날엔 L의 힘으로도 어찌할 수 없이 입 밖으로 그것들이 흘러넘쳤다. 한밤중에도 L은 자리를 박차고 일어나 밖으로 뛰쳐나갔다. 한참의 씨름 끝에 튀어나오는 말들은 대부분, 그녀에겐 들려주고 싶지 않은 말들이었다. 그날도 L은 쏟아져 나오는 말들에, 양손으로 제 입을 틀어막곤 자리에서 벌떡 일어났다. 뛰쳐나가려는 L의 옷깃을 잡은 건 그녀였다. 그녀는 L의 두 손을 잡아끌어 자신의 두 귀로 가져갔다.
"내가, 이렇게 하고 있으면 돼요."
그리고 L의 가슴 깊이 자신의 얼굴을 묻었다.
"당신의 목소리도 들리지 않고, 당신의 슬픈 얼굴도 나는 보이지 않아요. 하지만 이렇게 하고 있으면, 나는 당신이 내 곁에 살아 있다는

걸 느낄 수 있어요. 나는 우리 두 사람이 이렇게 오래오래 서로의 살아
있음을 느낄 수 있었으면 좋겠어요."

L의 가슴에도 그녀의 살아 있는 숨결이 느껴졌다. 그날 밤 L은 그렇
게, 자신의 입 밖으로 쏟아져 나오는 수많은 말들을… 그대로 쏟아냈
다. L의 삶이, 가장 높은 곳을 향해 치닫고 있었다. 낮에는 수첩에 적어
나의 말들을 쏟아내고, 밤에는 그녀의 귀를 막고 타인의 말들을 쏟아
냈다. L의 삶은 절정을 향해 치닫고 있었다. 배설의 쾌락이 주는, 그 절
정을 향해.

절정의 시간들은 빠르게 흘러갔습니다. 한 달, 두 달, 한 해, 두 해… 그 많
은 시간을 함께하는 동안 우리는 내내, 서로를 아끼고 배려하고 사랑하며
언제까지나 그렇게 행복한 시간을…… 보냈을까요?

결론부터 얘기하면, L과 그녀의 이야기는 해피엔딩이 아니다. 그렇
다면 두 사람 사이에 무슨 일이 일어난 걸까. 그녀 또한 다른 많은 사
람들과 같은 이유로, 괴물인 L을 떠난 것일까. 차라리 그랬다면 좋았
을 텐데, 아니다. 그렇다면 이번엔 그녀의 아픔과 상처가 헤어짐의 이
유가 됐을까. 그 또한 아니다. 그렇다면 두 사람 중 한 명이 몹쓸 병에
라도 걸렸던 걸까. 사고라도 당했던 걸까. 혹은 두 사람의 사랑만으로
는 도저히 어찌할 수 없는 재난과도 같은 어떤 걸림돌이 나타난 걸까.
모두, 아니다. 현실에는, 그렇게 소설 같은 헤어짐은 많지 않다. 그저,
절정이 끝났을 뿐이었다. 익숙함이 찾아왔다. 모든 것은 당연해졌다.
그리고 그 순간, 다른 모든 보통의 연인들과 마찬가지로, 그들에게도

내리막이 시작됐다. 너를 사랑하게 만든 바로 그 이유가, 너를 사랑하지 않게 되는 이유로 변해 가는 그 당연한 내리막이.

우리 두 사람만의 의식이자 장난이었던 수첩. 그런데 바로 그 수첩이 언젠가부터는 우리를, 다투게 만들었습니다.

사소한 일로 감정이 상해 수첩 의식을 시작했지만, 어느새 두 사람의 감정이 격해지면 쓰는 속도는 도저히 생각의 속도를 따라올 수 없기에 L은 답답해졌다.
"우리 그냥 말로 해요."
하지만 그녀는 입을 열지 않았다. 그녀는 쓰고, L은 말했다. 고집스럽게 입을 꾹 다문 채 쓰기만 하는 그녀가 L은 답답했고, 참지 못하고 말을 쏟아내는 L이 그녀는 두 사람만의 의식을 망쳐버린 것 같아 원망스러웠다.

그런 일이 몇 번이나 반복되던 어느 날 밤, 그녀가 울었다. 처음으로 그녀가 울었다. L은 자신의 목소리로 흘러나온 말 또한 자신의 귀로 흘러들어 자신 안에 고인다는 것을 그날 밤에야 깨달았다. 배설의 기쁨에 취해 그녀를 향해 쏟아냈던 L의 아픈 말들이 다시금 L을 찾아와 잠 못 들게 하던 그 밤. 그녀가 썼던 말들은 모두 사라지고, 자신이 뱉었던 말들만이 쏟아져 나와 L은 더욱 큰 자괴감에 사로잡혔다. L은 뛰쳐나가고 싶었지만, 그날 밤에도 그녀는 L의 옷깃을 잡았다. L의 두 손을 자신의 귀에 가져다대곤 L의 가슴 깊이 고개를 묻은 채, 그녀는 울었다. L의 입에서 흘러나오는 말이 아프면 아플수록 그녀는 더욱 손에 힘을 줘 자신의 귀를 틀어막으려 했고, 그제야 L은 알게 됐다. 내 두 손이 아무리 그녀의 귀를 틀어막아도, 내 입에서 오물처럼 흘러나오는 이 말들이 다 막히진 않는다는 걸. 귀를 틀어막고 자신의 가슴에 고개를 묻은 채 흐느끼던 그녀의 울음소리 또한, 지금까지도 L 안에 고여 있다.

그날 이후 L은 자신의 목소리까지도 두려워졌다. 나는 내가, 무섭다…. 하지만 그 말만은 차마 입 밖으로 내뱉을 수 없었다. 그 말 또한 영원히 사라지지 않고 자신 안에 고이게 되리라는 걸 알고 있었기 때문이었다. 두 사람은 서로가 곧 잊었으면 하는 말들은 수첩에 적어 왔지만, 서로가 오래오래 기억했으면 하는 말들은 자신의 목소리에 담아 상대의 귀에 속삭여 왔다. 그런데 이제 L은 그 속삭임마저 두려워졌다. 그녀의 귀에 사랑을 속삭이다가도 불현듯 아픈 말들이 튀어나올까 두려웠다. L의 말수는 점점 줄어 갔다. 그에 따라 그녀의 말수도 줄어 갔다. 수첩은 점점 더 빠르게 얇아져 갔다. 태워야 하는 종이의 양은 점점 늘어났다. 작은 양철 컵은 어느새 커다란 양철 통으로 바뀌었다. 두 사람이 함께 사는 집은 조금씩 조용해져 갔다. 어느 날부턴 환한 대낮의 그 집에선, 단 한마디의 사람 목소리도 들려오지 않았다. 밤이 돼야 비로소 시끄러워졌다. 남자의 목소리가 쉴 새 없이 들려오고, 여자의 흐느낌이 끊임없이 들려왔다.

우리의 침묵은 곧 일상이 되어버렸습니다. 왜 침묵해야 하는지 그 이유조

차 잃어버린 사람들처럼 우리는, 그 침묵을 당연한 일상으로 받아들인 채 수첩에만 매달리기 시작했습니다.

대화는 사라졌고 다툼은 많아졌다. 창가 테이블에 앉아 환한 햇살을 받으며, 두 사람은 쉴 새 없이 수첩에 무언가를 적었다. 적고, 찢어서 보여 주고, 상대의 글을 다 읽기도 전에 또 적고. 그 짓을 창밖이 깜깜해져 오도록 반복했다. 불현듯 정신을 차리고 바닥을 보면, 큰 눈이 온 것처럼 수북이 종이가 쌓여 있었다. 한 번에 태울 수도 없을 만큼 수북한 종이에 질려 두 사람은 그대로 종이 밭에 쓰러져 잠이 들었다. 다음 날 일어나면 또다시 두 사람은 적고, 찢어서 보여 주고, 상대의 글을 다 읽기도 전에 또 적는 일을 반복했다. 어느새 헤치고 걸어가기도 힘들 만큼 종이는 두 사람의 다리가 다 파묻힐 정도로 쌓여 갔다.

어쩌면 그토록 전쟁같이 서로를 할퀴며 싸워댔던 그 시간들이 우리 두 사람에게는 도리어, 행복했던 걸지도 모르겠습니다. 이후에 찾아올 더 큰, 더 긴⋯ 침묵의 시간들에 비하면요.

어느 날 아침, 잠에서 깨어난 L은 무척 놀랐다. 지난밤 자신의 가슴 높이까지 쌓여 있던 그 수많았던 종이들이 모두 사라졌기 때문이었다. 지난 몇 달간 마치 아무 일도 없었다는 듯 그녀가 환한 햇살을 받은 채 창가 테이블에 고요히 앉아 있었다. 고요히⋯. 그녀는 고요했다. 입을 열지도 않았고, 수첩에 무언가를 적지도 않았다. L은 지금 이 순간이 나쁘지 않다고 생각했다. L 또한 지쳐 있었기 때문이었다. 두 사람은 그날 단 한마디도 하지 않았다. 적지도 않았다. 그날 밤 잠자리에 들어서야, 그녀가 처음으로 입을 열었다.

"나는 아직도, 당신을 사랑해요."

그때 L은 무엇이라 답했을까. L은, 기억하지 못했다. L이 기억하지 못한다는 것은, 자신의 목소리로는 아무 말도 하지 않았다는 것. 그렇다면 L은 그때, 자리에서 일어나 거실 테이블로 가 수첩에 무언가를 적어 온 다음 그녀에게 보여 줬을까. 아니면 모처럼 고요한 하루를 보냈기에, 갑자기 몰려든 지난 몇 달간의 피로에 짓눌려 그대로 잠들어 버렸을까. 나는, 모르겠다. L은 그 순간 자신의 행동은, 기억해내지 못했다.

다음 날부터 그녀는, 수첩을 쓰지 않았다. L이 무언가를 수첩에 적어 보여 주어도, 그녀는 아무 글도 적지 않았다. 부러 못된 말로 그녀를 자극해 보아도, 그녀는 답하지 않았다. 그녀의 그런 고집스러운 모습은, L로 하여금 지난 어떤 날의 이와 똑같았던 그녀의 모습을 떠올리게 했다.

"우리 그냥 말로 해요."

그 어떤 날에도 그녀는 고집스러울 만큼 아무 말도 하지 않았다. 쉴 새 없이 모진 말들을 쏟아냈던 건, L 혼자뿐이었다. 그 목소리가, 자신의 목소리에 담긴 그 말들이, 어느 날 밤 또다시 L을 찾아왔다. L은 자신의 입을 틀어막고 밖으로 뛰쳐나갔다. 그녀는 L의 옷깃을, 잡지 않았다.

그날 이후 두 사람은 또 다른 침묵을 일상으로 받아들이게 됐다. 두 사람은 이제 아무 말도 하지 않았다. 아무것도 적지 않았다. 같은 집에 살며 같이 밥을 먹고 같이 잠을 자고 같은 잠자리에서 일어나 하루를 시작했지만, 두 사람은 더 이상 서로에게 살아 있는 말은 들려주지 않았다. 목소리로도, 글로도. 환한 햇살 아래의 테이블엔 먼지가 쌓여갔다. 조용한 낮이 지나고 나면, 깜깜한 밤이 찾아왔다. 깜깜한 밤 L은 종종 자신의 두 손으로 입을 틀어막곤 밖으로 뛰쳐나갔다. 밤새 거리를 방황하며 혼잣말을 쏟아내다 새벽녘에나 집으로 돌아왔다. 그럴때면 돌아누운 그녀의 등이 어슴푸레한 새벽빛 사이로 L의 눈에 들어왔다.

그런 새벽이 몇 번이나 반복됐다. 그 날도 L은 밤새 걷고 밤새 떠들어 지쳐버린 몸을 이끌고 집으로 돌아왔다. 어슴푸레한 새벽빛 사이로 보이는 침대에 누워, 그대로 잠이 들었다. 잠에서 깨어난 L은 여느 때와 마찬가지로 정적 속에서 몸을 일으켜 정적 속에서 세수를 하고 정적 속에서 밥을 먹었다. 어제와 똑같은 정적 속에서 미묘하게 달라진 공기의 흐름을 알아챈 건, 그날 밤 다시 그 정적 속에서 잠자리에 들었을 때였다. 그녀의 등이 보이지 않았다. 아무도, 없다. 정적으로 가득 찬 이 집 안에, 살아 있는 존재라곤 L뿐이었다. 정적에 짓눌린 듯, 수개월 아니 수년에 걸친 정적의 피로에 짓눌린 듯, L은 혼잣말을 중얼거리며 그대로 잠이 들었다. 어쩌면 이 집에는, 아무것도 없을지 몰라. 살아 있는 존재라곤 아무것도….

그렇게 저는 얼마나 오랜 시간 잠들어 있었던 걸까요. 낮과 밤이 바뀌는

줄도 모른 채, 계절이 흐르고 날씨가 변해 가는 줄도 모른 채, 아무리 자고 또 자도 피로함이 가시지 않아 눈을 뜨기가 무섭게 저는 또다시 잠으로 빠져들어 갔습니다. 그 긴 잠에서 저를 다시 일으켜 세운 건 역시, 다시금… 그 말이었습니다.

'나는 아직도, 당신을 사랑해요.'

그녀가 L의 귓가에 속삭였다. 두 눈이 번쩍 뜨여 L은 자리를 박차고 일어났다. 온 집 안을 샅샅이 뒤졌다. 먼지 쌓인 테이블이 보이는 거실, 매일 그녀와 함께 밥을 먹던 부엌, 이를 닦으면서도 노래하듯 종알거리듯 알 수 없는 그녀의 소리가 쉼 없이 새어 나오던 욕실과, 뒤돌아 흐느끼던 그녀의 울음소리로 가득 찬 다시 그 침대방까지. 온 집 안을 미친 사람처럼 샅샅이 돌아다녀도, 아무것도 없었다. 그 집에는 살아 있는 그 어떤 존재도, 존재하지 않았다. 다만, 목소리뿐이었다. 그녀의 목소리. 지금껏 살아오며 L이 만나 온 수많은 목소리. 아무 감정도 실리지 않은 오래전 아빠의 목소리. 그보다 더 오래전 자신의 머리를 쓰다듬던 엄마의 따뜻한 목소리. 수많은 목소리만이 온 집 안을 가득 채우고 있었다. 살아 있는 목소리는 없었다. 모두 죽어 있는 목소리. 그중 가장 견딜 수 없었던 죽어버린 목소리는 역시, 그녀의 것이었다.

아무리 헤집고 뒤져 보아도 그녀의 목소리는 없었다. 나는 네가, 무섭다. 중첩된 수많은 목소리가 메아리쳤지만 그녀의 것만은 없었다. 그녀는, 현명한 사람이었다. 단 한 번도 그녀는 L에게 그 말을 들려주지 않았다.

실오라기 같은 미움의 말이라도 찾고 싶었다. 그것에 의지해서라도 L은 그녀를 미워하고 싶었다. 자신을 떠나버린 그녀를 원망하고 싶었다. 하지만 돌아오는 그녀의 목소리는,

'나는 아직도, 당신을 사랑해요.'

그뿐이었다. 미움의 말은 자신의 목소리로만 들려왔다. 그녀의 목소리를 찾아 헤매면 헤맬수록, L 안에는 자신에 대한 원망만이 쌓여 갔다. 밤새 L을 잡아 흔들어 깨우던 수없이 많은 그녀의 달콤한 말들이, 언젠가부터는 환한 대낮에도 L을 찾아왔다. 창가 테이블에 앉아 수첩을 끼적이던 그녀의 장난스러운 웃음소리가 들려왔다. L의 두 손을 자신의 귓가로 끌어당겨 그의 품 안에서 그녀가 속삭였던 말. '나는 우리 두 사람이 이렇게 오래오래 서로의 살아 있음을 느낄 수 있었으면 좋겠어요.' L의 지난 이야기들에 그녀가 들려줬던 그 현명한 목소리. '나는 앞으로 당신이 기억하지 않았으면 하는 나의 말들은, 이 수첩에 적겠습니다.' 그리고 깊은 사랑을 담아 L의 귓가에 속삭여 줬던 바로 이 말까지도, '나는, 당신 곁에, 아주아주 오랜 시간, 머물고 싶으니까요.' 그 모든 그녀의 말들이, 하루 종일, L의 곁을 떠나지 않았다.

그제야 저는, 제가 잃어버린 것이 무엇인지를 깨달았습니다. 나는 네가, 무섭다. 많은 사람들이 제게 이 말을 남기고 떠났습니다. 그때마다 나는 그들을 원망하지 않는다. 생각했습니다. '괴물'은 나이기에 그들을 원망할 순 없다. 나는 그렇게 생각해 왔다 믿었습니다. 하지만 아니었습니다. 나는 그들을 원망하고 있었습니다. 나를 괴물로 보는 그들을 도리어 탓하고 있었습니다. 그래야 제가 살 수 있었으니까요. 내가 살기 위해 나는 다시,

내 곁을 맴도는 목소리들을 샅샅이 뒤져 나갔습니다. 그녀를 원망하기 위해, 내가 다시 살기 위해, 나는 뒤지고 또 뒤졌습니다. 하지만 나는, 아무것도 찾을 수 없었습니다. 그때마다 수없이 되돌아오는 나의 말들이, 흐느끼는 그녀의 목소리가, 내게 가르쳐 줍니다. 그녀는 나를 떠나가지 않았습니다. 내가 그녀를, 떠나보낸 것입니다. 그녀를 떠나보낸 것은, 나의 말들이었습니다.

수많은 말들이 찾아와 잠들 수 없는 L의 밤은 지금도 계속되고 있다. 한때는 몇 날 며칠을 길에서 보내기도 했다. 그녀를 찾고 싶었기 때문이었다. 하지만 L은 그녀를 찾을 수 없었다. 길을 지나는 수많은 타인들의 얼굴을, L은 하나도 구분할 수 없었기 때문이었다. 그들은 그저 눈, 코, 입, 그리고 인중을 가진 모두 똑같은 얼굴이었다. 지나가는 여인들을 붙잡고 당신이 혹시 그녀가 아니냐고 미친 사람처럼 묻기도 했다. 그 수많은 여인들 중 그녀가 있었는지는 알 수 없다. 그녀는, 현명한 사람이었다. 그녀는, 대답하지 않았다. 언젠가부터 L은 집 밖으로 나가지 않았다. 언제라도 불쑥 그녀가 찾아와 주지 않을까, L은 기다렸고 또 바랐다. 다시 한 번 그녀의 따뜻한 두 손이 나의 두 손을 잡아끌어 그녀의 두 귓가에 놓아 주기를. 그럴 수 없다면 이 말만이라도, 나를 위한 마지막 배려로 나를 찾아와 이 말만이라도, 나의 귓가에 속삭여 주기를. 나는 당신이, 무섭습니다.

하지만 그녀는, 현명한 사람이었다.
그녀는 L을, 찾아오지 않았다.

한 시인이 말했습니다.

내가 아직 태어나지 않았을 때,
천사가 엄마 배 속의 나를 방문하고는 말했다.
네가 거쳐 온 모든 전생에 들었던
뱃사람의 울음과 이방인의 탄식일랑 잊으렴.
너의 인생은 아주 보잘것없는 존재부터 시작해야 해.
말을 끝낸 천사는 쉿, 하고 내 입술을 지그시 눌렀고
그때 내 입술 위에 인중이 생겼다.

탈무드에 따르면, 천사들은 자궁 속의 아기를 방문해 지혜를 가르치고 아기가 태어나기 직전 그 모든 것을 잊게 하도록 쉿, 하고 손가락을 아기의 윗입술과 코 사이에 얹는데, 그로 인해 사람에게는 인중이 생겨난다고 합니다. 그리하여 시인은, '가끔 인중이 간지러운 것은 천사가 차가운 손가락을 입술로부터 거두기 때문'이라 말했지요.

나는 그 시를 보며, 사람들의 '인중'이라는 것이 너무도 부러웠습니다. 인중은 망각의 상징이었으니까요. 망각을 위해 존재하는 인중. 전생의 기억도, 엄마 자궁 속에서 들었던 천사의 목소리도, 그리고 한 사람이 평생을 살아오며 듣게 되는 수많은 말들도, 언젠가는 잊혀야만 합니다. 그래야 사람은 살아갈 수 있습니다.

그런데 나에게는 인중이 없습니다. 언제부터였는지도 모르겠습니다. 태어날 때부터였는지, 아니면 살아오며 점점 희미해진 것인지, 나에게는 인중이 없습니다. 인중이 없어 그 어떤 목소리도, 그 어떤 말도, 잊지 못합니다. 오늘도 나는 한참이나 거울을 들여다봅니다. 나는 타인의 얼굴을 기억하지 못합니다. 나의 얼굴 또한 기억하지 못합니다. 다만 내 얼굴을 알아보는 단 하나의 방법이 있으니, 그것은 인중입니다. 나에게는 인중이 없습니다. 그리하여 나는, 살아 있는 사람이 아닐지도 모르겠습니다.

오늘 나는 당신에게 마지막 메일을 보냅니다. 오늘 나는 평생 단 한 번도, 내 목소리에 담아 입 밖으로 내뱉지 않은, 아니 내뱉지 못한 이 말을 나에게 들려주려 합니다. 후회하진 않을 겁니다. 이것은 나에게 주는 벌입니다. 나는 평생 모두를 원망해 왔습니다. 이제는 나를 원망해야 할 시간입니다. 그러니 이제 나는, 거울 속 인중이 없는 나를 향해, 나의 목소리로 이 말을 들려줍니다. 남은 내 평생을 나는 이제, 이 목소리와도 함께 살아가게 되겠지요. 나는 네가, 무섭다.

그것이 L의 마지막 메일이었다. L은 자신이 말했던 대로, 그 후 다시는 내게 메일을 보내오지 않았다. 그럼에도 나는 L의 메일을 기다렸다. 잠을 자려고 누워도 L의 말들은 끝내 잠자지 않고 다가와 나를 잡아 흔들었기 때문이었다. 나는 그 말들을 어떤 소설가의 말처럼 '머리맡 빈 커피 잔에 넣어 받침 접시로 눌러놓은 다음에야 잠을 잘 수 있었다.' 나는 그의 메일들을 읽고 또 읽었다. 한 번 읽어서는 도무지 무슨 말인지 이해할 수 없었던, 진실로 넘쳐나던 그의 메일들을 그렇게 수차례에 걸쳐 읽고 또 읽고 난 후에야 나는, 더 이상 그의 메일을 기다리지 않게 되었다. 알 것 같았기 때문이었다. 그가 나에게 메일을 보내온 이유를….

나는 이 이야기를 써야겠다고 결심했다.
이 이야기가 누군가에게 가닿을 수 있기를.

이야기는 끝났다.
지금부터는 오직 단 한 사람을 위한 이야기다.

이것은 남들과 조금 다른, 한 남자의 이야기입니다. 남들과 아주 조금 달랐을 뿐인데, 남들과 아주 많이 다른 삶을 살아야 했던 한 '사람'에 대한 이야기입니다. 그 사람은 아직도 그 집에서 그녀와 함께 살고 있습니다. 그 사람은 이제 그 집에서 그녀와 함께 살고 있지 않습니다. 그의 집엔 지금 만삼천칠백사십팔 명의 사람들이 들어차 각자의 목소리로 쉴 새 없이 떠들어대고 있습니다. 그의 집엔 지금 아무도 없습니다. 그의 집은 하루 종일 시끄럽습니다. 그의 집은 하루 종일 고요합니다. 그에게는 혼자만의 시간이 절실합니다. 그는 지금, 철저히 혼자입니다.

그리고…

이 말 같기도 하고 말 같지 않기도 한 이 말들은 모두, 믿을 수 있을 것 같기도 하고 믿을 수 없을 것 같기도 한 이 말들은 모두, 정말 말 같

지도 않고 믿을 수 없을 것 같기도 한 이 말들은 모두, 정말, 정正말입
니다.

4

안녕, 똥차

최근 몇 년간, 우리 엄마와 가족들은 물론 친구들, 선배들, 후배들, 심지어 오다가다 몇 번 만난 아직 서로 잘 모르는 사람들까지도 하나같이 입을 모아 내게, 가장 많이 했던 말이 있다.

차 좀 바꾸시죠.

처음부터 중고였던 차를 10년 넘게 탔고, 관리라곤 전혀 모르는 주인 만나 외관 또한 너무 낡았으니, 이젠 제발 차 좀 바꿔라! 왜, 아직 탈 만한데…. 그래도 나는 버틴다고 버텨 보았지만, 이 아이는 결국 퍼져버렸다. 수리비가 찻값보다 더 나올 것 같은데요. 정비소 아저씨가 내린 사망 판정. 결국 나는 고민 끝에 새 차를 샀다. 운전은 15년 넘게 했지만, 새 차는 평생 처음 가져 보는 거라 너무 좋았다. 반짝반짝하는 새 차를 인도받았을 땐, '내 예쁜이!'라는 말이 절로 튀어나올 정도로 기뻐서, 새 차가 주는 기쁨이 이토록 클 줄 알았다면 진작 바꿀걸, 싶었던 것도 사실이다.

똥차는 이제 안녕! 나는 신이 나서 중고차매매센터를 찾았다. 그런데, "60 정도 드릴 수 있겠네요. 폐차하면 40만 원이고요." 그때부터 내 기분이 이상했다. 그렇게 똥차는 아닌데…. 값을 너무 적게 쳐주는 것부터 마치 내 아이가 괄시당한 양 못마땅해지기 시작했는데, 이제 다 됐나요? 저는 이제 가도 되나요? 센터를 떠날 시간이 왔을 때, 어쩐지 쉽사리 발길이 떨어지지 않았다. 똥차를 거기 두고, 버스를 타러 가는 길. 이어폰에서 흘러나오는 옛 노래들 때문이었을까. 아니면 뉘엿뉘엿 해가 지고 있었기 때문이었을까. 나는 가까운 몇 친구들에게 문자를 보냈다. '사람 마음 참 간사해. 똥차 팔고 나오는데 왜 섭섭하냐.' 솔직히 나는 이런 답들이 올 거라 예상했다. '섭섭하긴! 그깟 똥차! 진작 팔았어야지!' 제발 차 좀 바꿔라, 그렇게 잔소리를 해대던 친구들이었으니까. 그런데…

'그러고 보면 나도 그 차 엄청 얻어 탔는데. 나 결혼할 때도, 그 차 타고 공항 갔잖아. 나도 섭섭한데 너는 오죽할까. 사진은 찍어 놨어?'
'속 안 썩이고 기특한 녀석이었지. 우리 그 차 타고 부산도 가고, 경주도 가고, 여행 많이 다녔는데.'
'그 차 타면서 좋은 일도 많았으니 조강지처잖아. 그래, 우리의 조강

지처 얼마에 팔아넘김?'

나만큼이나,
아니 나보다 더 섭섭해하며 그 차와의 추억들을 쏟아내는 친구들.
이별이, 쉽지 않은 나이가 된 걸까. 우리들도.

엄마 생각이 났다. 엄마집 베란다에는 TV 장만 세 대가 있다. 언니네가 이사했을 때, 오빠네가 이사했을 때, 또 엄마네 TV 장이 너무 낡아서 내가 바꿔 드렸을 때도, 엄마는 낡은 TV 장들을 버리지 못하셨다. 좀 버려! 내가 늘 하던 말. 엄마집 옷장에는 우리 삼 남매가 독립하기 전에 입던 몇십 년 전 옷들까지도 가득하다. 좀 버려! 내 친구들도 각자의 엄마들과 비슷한 대화를 나눈다고 했다. 잘 버리지 못한다는 것, 우리는 그저 힘든 시절을 살아온 엄마 세대의 궁상이라고만 생각했다. 그런데 실은, 우리의 엄마들도 지금 우리의 마음과 같았던 건 아닐까.

나이를 먹는다, 시간이 흐른다, 추억이 쌓인다. 헤어짐이, 어려워진다. 어른이 되면 무엇이든 조금씩은 더, 능숙해질 줄 알았다. 그런데 딱 하나, 도리어 미숙해지는 것도 있었다. 헤어짐. 조금 더 어렸을 땐, 조금 더 헤어짐이 쉬웠던 것도 같다. 또 새것 사면 되는데 뭐. 또 새로운 사람 만나면 되는데 뭐. 그리고 나이를 먹었다. 시간이 흘렀다. 추억이 깊은 물건들이, 추억이 깊은 사람들이 쌓여 갔다. 시간의 누적은 그 어떤 새것으로도 이길 수가 없다. '이제는 결혼식은 안 가도, 문상은 꼭 가게 돼.' 언젠가 친구들과 나눴던 이야기.

우리는 점점 이별이 어려운 나이로 다가가고 있는지도 모르겠다. 그건 어쩌면 기쁜 일인지도 모른다. 지키고 싶은 추억이 많아졌다는 것. 하지만 그건 또 어쩌면, 조금 슬픈 일인지도 모른다. 우리는 모두, 헤어지게 되어 있으니까.

그래서 어쩐지 내 마음이 마냥 기쁘지만은 않았나 보다. 찻값보다 수리비가 더 나올 똥차, 그 낡디낡은 똥차를 버리고 돌아오는 길. 마냥 홀가분하기만 할 줄 알았던, 그 길이.

애증의 관계

"작업하고 있어?"

선배에게서 걸려 온 전화. 전화를 받자마자 들려온 선배의 그 말은, 그저 안부 인사나 지금 통화가 가능하냐는 배려 차원의 말이었을 거다. 하지만 나는 순간 뜨끔해서는, "아니요. 작업을 하긴 해야 하는데, 그 전에 잠깐 뭘 좀 하느라고…." 나도 모르게 변명부터 하고 있었다. 마치 공부해야 할 시간에 딴짓하다 선생님이나 엄마에게 딱 걸린 학생처럼. 그러자 선배가 깔깔깔 웃으며 말했다. "너 요즘 작업 많이 못 했구나?" 그래서였나 보다. 자책감. 요즘 통 일에 집중하지 못하고 있던 내가, 나 스스로도 불안해서. 내친김에 나는 선배에게 어린양을 좀 피워댔다. "선배, 난 요즘 글 쓰는 거 빼고 다 재밌어요. 어떡하죠?" 그랬더니 선배는 또 깔깔깔 웃으며 이렇게 말했다. "작가, 맞네."

일은 원래 그런 거란다. 그거 빼고 다 재밌게 느껴지면, 그게 일 맞 단다. 그래서 일이 많을 때면 평소엔 잘 보시도 않던 TV가 그렇게 재 밌고, 시험 기간 책상에 앉으면 평소엔 잘 하지도 않던 책상 정리가 그 렇게 하고 싶어지는 거란다. 그래서 혹자는 이런 말도 한다. 제일 좋아 하는 것을 직업으로 삼으면 안 된다고. 정말 그런 걸까. 직업이 되는 순간 '재밌는 것도 재미없어지는 것' 그게 일인 걸까. 하지만 이런 말 도 있다. 재능 있는 자는 노력하는 자를 이길 수 없고, 노력하는 자는 즐기는 자를 이길 수 없다. 그럼 혹시 이 말은, 일은 원래 재미없는 거 지만 계속 재미없어만 하면 너무 힘드니까 우리 재밌는 척이라도 하 자, 서로를 위무하기 위해 생겨난 말인 걸까. 그런데 정말 그런 사람도 있긴 할까. 정말 즐기면서만 일하는 사람.

물론 나 역시 즐거운 순간이 하나도 없는 건 아니다. 머릿속에서만 맴맴 돌던 이야기가, 어느새 완성된 글이 되어 마지막 마침표가 찍히 는 순간. 그리고 그런 내 글을 누군가 보고 마음에 남았다는 얘길 들려 주면, 나도 참 좋다. 가끔은 결과와 상관없이, 글을 쓰고 있는 그 시간 자체가 좋을 때 또한 분명 내게도 있다. 하지만 '즐기는 자'라 말하기 엔 괴로울 때 또한, 아니 어쩌면 괴로울 때가 '더' 많으니, 나는 즐기는 자도 아니요 그렇다고 즐기지 않는 자도 아니요, 글과 나는 꼭 애증의 관계인 것만 같다.

그러다 문득 이런 생각이 들었다. 혹 세상의 모든 관계가 결국 애증의 관계인 건 아닐까. (역시 나는 지금 글 쓰는 것 빼곤 다 재밌는 게 틀림없다. 딴생각이 뭉게뭉게 꼬리에 꼬리를 물고 피어나고 있는 걸 보니.) 관계란 '둘 이상의 사람, 사물, 현상 따위가 서로 관련을 맺거나 관련이 있음'을 뜻한다. 너무너무 좋기만 한 관계, 세상에 있을까. 서로에 대한 불만이나 서운함이 하나도 없어 싸워 본 적도, 싸울 이유도 없는 관계가 세상에 있을까. 동화 속 주인공들조차 해피엔딩을 맞기까지는 이런저런 엄청난 고난과 갈등을 거쳐야 하는데?

좋은 게 하나도 없고 밉기만 하면, 결국 헤어지게 된다. 관계는 끝난다. 사실 미워할 필요조차 없다. 나랑 무슨 상관이라고 미워해, 아무 관계도 아닌데. 하지만 아직도 너와 내가 관계를 맺고 있다면, 그건 단 하나의 좋은 점이라도 분명 존재한다는 것. 아직 널 좋아하니까, 너에 대한 기대가 남아 있으니까, 헤어지지 못하고 있는 것. 마음 저 깊은 곳 이제 실오라기로만 연결된 아슬아슬한 너와 나의 관계라 할지라도, 끝내 끊어내지 못하고 있다면, 그 이유는 결국 하나다. 아직 너를, 좋아하고 있는 것. 그러니 세상의 모든 관계는 결국 '애증의 관계'인 거 아닐까. 오롯이 좋은 것만도, 오롯이 싫은 것만도 아닌, 애증의 관계.

너와 나의 관계, 삶과 나의 관계, 글과 나의 관계 또한 모두 애증의 관계. 그래서 글 쓰는 거 빼고 다 재밌다는 내게 선배는 이렇게 말했는지도 모른다. '작가, 맞네.' 그래도 또 쓸 거잖아. 쉽게 헤어지긴 힘들 거다. 애증의 관계란 그런 거니까. 글과 나의 관계. 너와 나의 관계. 삶과 나의 관계. 미워도 쉽게 헤어질 수 없는, 불만투성이인 것 같지만 그래도 조금은 좋아하고 있는, 관계란 모두 그런 거니까.

언제나 이렇듯, 어느 날 갑자기

───────────   □

티켓파워를 가진 배우는 누가 있을까.

언젠가 곰곰이 생각해 본 적이 있다. 대학 시절 교양수업 숙제였다. 그런데 생각보다 어려웠다. 한 배우가 티켓파워를 지녔다는 것은, 그 배우가 나온다는 이유만으로 관객들이 그 영화를 본다는 것. 감독이 누구든, 어떤 장르이든, 무슨 내용이든, 평론가나 세간의 평이 어떠하든, 'ㅇㅇㅇ이 나온다고? 그럼 난 볼래.' 이렇게 돼야 한다는 것. 하지만 아무리 유명한 배우라 해도, 그의 필모그래피가 모두 흥행작인 경우는 드물었다. 그래서 나는 금세 포기했다. 공식적으로 누구나 인정할 수밖에 없는 티켓파워의 소유자를 찾는 일은 바로 포기하고, 대신 나만의 그를 찾기 위한 공상에 빠져들었다. 하지만 그 또한 쉽지 않았다.

꼭 배우만도 아니었다. 감독, 작가, 가수…. 그 사람의 작품이라면, 나만은 기꺼이. 적어도 나에게만은 티켓파워를 지닌 사람을 찾는 일 또한 생각보다 어려웠다.

빠심은 DNA에 붙어 있다던데…. 십 대 시절부터 지금까지도 쭉 운동선수, 가수, 배우에 이르기까지 다양한 부문에서 팬클럽 활동을 해 온 한 선배가 그랬다. 빠심은 DNA에 달려 있는 거라서, 팬클럽 활동도 하는 사람이 계속하는 거란다. 유전자에 빠심이 없는 사람은 태어날 때부터 그렇게 옷깃 한번 스쳐 본 적 없는 누군가에게 무한 애정을 주는 일은 불가능하단다. 그래서였을까. 나는 빠심을 타고나지 않아서, 나만은 기꺼이, 적어도 나에게만은 티켓파워를 가진 사람을 찾는 일 또한 그렇게 어려웠던 걸까.

하지만 나에게도, 유난히 마음 가는 배우가 전혀 없었던 건 아니었다. 그가 나오지 않았다면 결코 용서할 수 없었던 영화도 그로 인해 조금은 용서하게 되는 일도 있었고, 극장 매표소 앞에서 두 영화를 두고 고민할 때 마음 가는 배우 쪽의 영화를 선택하는 일도 종종 있었다. 하지만 그렇다고, 그가 나온다고? 그럼 무조건 봐야지. 언제 개봉해? 이렇게 무조건 기다리게 되는 일은 드물었다.

단돈 만 원도 늘 아쉬웠던 이십 대였기에 '내 주머니를 털어 기꺼이'가 힘들었던 건 아니었을까, 하는 생각도 해 보았지만, 삼십 대의 나 역시 쉽지 않았다. 아니 오히려 더 어려웠다. 이제는 시간이 아까워졌기 때문이었다. 돈은 없다가도 다시 생길 수 있지만, 시간은 되돌릴 수 있기는커녕 나이를 먹을수록 더욱 빠른 속도로 사려져 가기만 하니, 그 가치를 비교한다는 것 자체가 처음부터 불가능했다. 그래서 더 어려웠다. 재미없는 영화를 보고 있을 때면, 이 시간에 집에 가서 책이나 볼걸. 재미없는 책과 마주하고 있을 때면, 나 지금 뭐하니, 차라리 일이나 하자. 사람과의 만남도 마찬가지였다. 오늘은 이상하게 즐겁지가 않네. 괜히 만났나 봐. 차라리 집에서 쉴걸.

참 어려운 일이었다. 매번 최고의 시간까지는 아니어도, 언제나 평균 이상의 만족감을 주는 시간. 적어도 나를 실망시킬 일은 없을 사람. 그 사람과의 만남은 상상만 해도 벌써 마음이 흡족한, 적어도 나 한 사람에게만은 무조건적인 타임파워를 지닌 사람을 갖는다는 것은 참 쉽지 않은 일이었다. 그렇다고 상대에게 화를 낼 수도 없었다. 나 또한 누군가에게, 적어도 단 한 명에게라도 언제나 평균 이상의 만족감을 줄 수 있는 사람이었나 생각해 보면, 자신이 없었기 때문이었다. 그만큼 어려운 일인 거다. 언제나 그를 만나는 시간은 즐겁고, 그 또한 나를 만나는 시간은 즐거운, 서로가 서로에게 타임파워를 가진 사람이 될 수 있다는 건, 그런 인연을 만난다는 건, 어려운 일일 수밖에 없는 것.

어쩌면 그래서였는지도 모르겠다. 아침에 일어나 커피를 내리고, 졸린 눈을 비비며 아직 커피를 채 한 모금도 마시기 전에 도착한 문자메시지. '뉴스 봤어? 너 좋아하는 그 필립 어쩌고 이름 어려운 배우.' 그 문자를 받고부터, 나는 하루 종일 아무것도 할 수 없었다.

조지 클루니만큼 잘 생긴 배우도, 톰 행크스만큼 유명한 배우도 아니었다. 그러니 누구나 인정할 수밖에 없는 티켓파워의 소유자라곤 말할 수 없었다. 또한 나와는 옷깃 한번 스쳐 본 적 없을 저 먼 나라에 살고 있던 배우. 그런데 적어도 나에게만은, 서로는 아닐지라도 적어도 나에게 그는…. 언제부터였을까. 그가 선택한 영화라면 나는 믿을 수 있었고, 그의 이름이 보이면 아무 다른 정보 없이도 나는 기꺼이 내 시간을 내어 주고 있었다. 아직 쉰도 되지 않은 그의 나이를 생각하며, 앞으로 또한 더욱 깊어진 연기로 나의 시간을 마구 앗아가 주기를 나는 또한 바라고 있었다. 그런데 이제 더는…. 그의 필모그래피를 머릿속으로 되짚어 본다. 이제 더는, 추가될 목록은 없을 그의 필모그래피를.

참, 어려운 일이다. 내 시간이 하나도 아깝지 않은, 언제나 그와 함께하는 시간은 즐거운, 적어도 나에게만은 타임파워를 가진 누군가를 만난다는 것은 참 어려운 일이다.

그런데 또 갑자기 찾아와 버렸다.
그를 잃는 일은 또 언제나 이렇듯, 어느 날 갑자기.

아무래도 오늘은, 아무것도 할 수 없을 것 같다.

석류

———————— •

내가 태어나던 날, 할머니는 병원 복도에서 소주를 까셨다.

이건 나름 우리집에선 유명한 일화다. 엄마는 서른셋에 나를 낳으셨
는데, 그 시절치고는 노산이었다. 엄마는 사실 나를 낳고 싶지 않았다.
스물일곱에 언니를 낳고 이듬해 바로 또 임신이 돼 오빠까지 낳은 후,
엄마의 건강은 급격히 나빠졌다. 아빠는 정관수술을 했다.
"아들 딸 하나만 더 낳으면, 산후 조리도 부잣집 못지않게 시켜 주
고, 평생 호강시켜 주마."
할머니의 몇 년에 걸친 로비활동에 엄마가 넘어갔다. 아빠는 다시
수술대에 올랐다. 내가 아직 엄마 안에 있을 때, 엄마의 배는 유난히
크고 옆으로 푹 퍼져서 모두들 이렇게 말했다고 한다.

"쌍둥이네. 아들 쌍둥이!"

할머니는 신이 나셨고, 임신부에게 좋다는 (혹은 아들을 낳게 해 준다는) 온갖 산해진미와 보양식을 다 구해 오셨다. 그런데 나는, 딸이었다. 것도 2kg을 겨우 살짝 넘는 미숙아.

할머니는, 엄마에게 약속했던 산후 조리는커녕 병원 복도에서 바로 소주를 까셨고, 이튿날 날이 밝자마자 친구분들과 여행을 가버리셨다. 엄마는 그때 일이 두고두고 서러웠던 모양이다. 잊어버릴 만하면 그 얘기를 하고 또 하셨다.

어려서부터 나의 신체구조와 성격은 우리집 사람들과 무척 달랐다. 할머니를 비롯해 엄마, 아빠는 물론 언니, 오빠까지도 우리집 사람들은 모두 키가 크고 체격이 좋은 편이다. 나는 초등학교 2학년 때까지도 학교에서 영양실조 진단서를 받았다. 그때만 해도 아직 통통한 애들이 귀염받던 시절이었다.

"누굴 닮아서 이렇게 쪼그맣고 살이 안 쪄. 누가 보면 내가 너만 굶겨 키우는 줄 알겠다."

엄마는 삐쩍 마른 나를 빨간 대야에 집어넣고 씻길 때면, 종종 이런 말씀을 하셨다. 할머니 눈치 때문에 더 그러셨다. 딸인 것도 못마땅해 죽겠는데, 어디서 저런 미숙아를 낳아 가지고….

또한 우리집 사람들은 모두 음주 가무를 좋아하고 무척 외향적이며 호방한 성격이다. 일단 목소리부터 크다. 이제는 목소리 큰 조카들까지 넷이나 생겨, 가족 모임에 다녀온 날이면 고요한 내 집으로 돌아와

서까지도 한참이나 나는 귀가 먹먹하다. 언젠가 그 시끄러운 가족 모임에서 새언니가 나에게 이런 말을 한 적이 있다.

"아가씨만 다른 집 사람 같아요."

나만 유독 달랐다. 음주 가무는커녕 술도 잘 못하고, 어려서부터도 나는 말이 없었고 집에 누워 책이나 보는 걸 좋아했다. 밖에서 좀 놀다 오면 그 어린 나이에도 왜 그렇게 피곤한지 종일 잠만 잤다. 지금도 좀 말을 많이 한 날에는, 금세 입안이 헐고 정신이 멍해져 다음 날은 꼬박 잠만 잔다.

그러니 할머니는, 아들도 아닌 딸로 태어나 몸까지 허약한 데다 가족들과의 닮음 새도 별로 없는 내가 못마땅했을 법도 한데, 도리어 아들딸 차별은 엄마의 몫이었다. 언젠가부터 할머니는 오빠보다 나를 더 감싸고도셨다. 엄마가 맛있는 간식을 오빠 몫으로만 남겨 놓아도, 할머니가 나를 따로 불러내 맛있는 걸 챙겨 주셨다. 우리 삼 남매가 엄마에게 혼이 날 때도, 언니 오빠 때와는 달리 내 차례가 오면 할머니가 먼저 나를 감싸 주셨다. 확연히 나는 언니 오빠에 비해 덜 맞고 자랐다. 언젠가부터 나는 그게 혹시 할머니의 죄책감 때문은 아닐까 혼자 짐작해 보곤 했다. 내가 태어나던 날, 병원 복도에서 소주를 까셨던 할머니는 그게 내내 마음에 걸리셨던 게 아닐까. 이유가 어찌 됐든 나도 어느새, 할머니를 가장 좋아하게 되었다.

우리집 특유의 체격 좋은 품새에 호방한 성격, 그 꼭짓점에는 할머니가 있었다. 지금이라도 우리 엄마가 알게 되면 큰일 날 얘기지만,

내가 담배 맛을 처음 본 것은 아직 초등학교도 가기 전 할머니집에서였다.

"거기 한 대 뽑아서 불 좀 붙여 다오."

할머니가 나물을 다듬다 말씀하셨다.

"그렇게 해선 안 붙는다. 성냥을 갖다대고 입으로 쭉 빨아야지 붙어."

내가 술맛을 처음 본 것도 할머니집에서였다. 지난해 담근 포도주를 정제하기 위해, 포도만 다 건져 놓고 할머니는 술을 체로 거르고 계셨는데,

"할머니 나 이거 먹어도 돼?"

건져 놓은 포도를 가리키며 내가 물었을 때, 할머니가 말했다.

"그럼, 달짝지근한 게 아주 맛있을 거다."

나는 그날 취해서, 몇 시간이나 헛소리를 하며 울어대다 결국은 토하고 잠이 들었다. 그러고 보니 내가 야한 영화를 처음 본 것도 할머니 탓이었다.

자유로운 여장부였던 할머니는, 며느리 눈치 보며 살기 싫다며 내가 예닐곱 살쯤 됐을 때 독립을 하셨다. 할머니집은, 아직 꼬마였던 내가 걸어서 30분은 족히 되는 거리였다. 그래도 나는 그 길을 걷곤 했다. 해가 좋은 날이면, 할머니는 한 손엔 멋쟁이 양산을 들고, 다른 한 손으론 내 손을 꼭 쥔 채 계림극장으로 향하셨다. 호남시장 근처에 있던 동시개봉관. 할머니가 '언니'라 부르던 더 더 할머니가 그곳 주인이셨다. 극장 뒷방에 모인 할머니, 더 더 할머니, 덜 덜 할머니들이 화투판

을 시작하시면, 나는 그 옆에 앉아 고구마도 먹고 과자도 먹고, 그러다 지루해지면 극장에 가 영화를 봤다. 물론 시네마 천국 같은 일반 영화도 있었지만 더티 댄싱, 열정의 람바다, 그리고 제목은 기억나지 않는 제법 야한 한국 영화들도 나는 모두 그곳에서 봤다. 지금 생각해 보면, 남자가 여자를 풀숲으로 쓰러뜨리고 다음 장면은 풀을 움켜쥐는 여자의 손… 그다지 야하지도 않았다. 하지만 그때는 침이 꼴깍꼴깍, 내가 지금 보면 안 되는 걸 보고 있구나, 했던 것 같다. 돌아오는 길 할머니는 내게, 계림극장 갔던 일은 엄마에겐 비밀이라고 매번 입단속을 하셨다. 내가 그런 영화를 봤다는 걸 엄마가 알게 될까 봐 보다는 (그건 할머니도 몰랐을 수 있다), 할머니의 화투판에 손녀를 데려간 걸 엄마가 알게 될까 봐, 였던 것 같다. 할머니는 언제나 그게 제일 걱정이셨으니까. 할머니 탓이 생겨 혹여나 내가 할머니네 자주 못 오게 될까 봐 언제나 걱정.

내 어린 날, 나와 할머니에겐 이렇게나 많은 추억이 있었다. 그런데 지금까지도 나에게 할머니 하면 제일 먼저 떠오르는 것은 역시, 석류다.

할머니집에는 석류나무가 있었다. 아니 정확히 말하면 그건 할머니네 나무는 아니었고, 담장을 맞대고 붙어 있던 할머니네 옆집의 나무였다. 얼마나 오래된 나무인지, 그 석류나무는 무성하다 못해 담을 넘어 단층주택이었던 할머니네 옥상으로까지 드리워져 있었다.

"남의 집 걸 이렇게 막 따도 돼?"

가을이면 할머니네 옥상에도 울긋불긋한 석류열매가 주렁주렁 열렸다.

"돼. 할머니가 다 돈 줬어, 이미."

그 말이 사실이었는지 아니었는지는 모르겠지만, 그래도 재밌으니까 나는 할머니를 따라 석류를 땄다. 하지만 먹는 건 싫었다.

"너무 셔."

"뭐가 셔. 이렇게 옆이 툭 터진 입 벌린 애들은, 못생겼어도 잘 익은 거라 다디달아."

"석류는 귀찮아."

"뭐가 귀찮아."

"아무리 열심히 돌려 빨아도, 목구멍으로 넘어가는 건 쪼금이고 다 씨잖아."

그 어린 나이에도 나는 그게 그렇게 귀찮았다. 목구멍으로 넘어가는 그 쪼금의 석류즙을 위해 연신 빨아대고 씨를 뱉어내고, 이게 대체 뭐 하자는 건지 피곤하기만 했다.

"하여튼 지 할아버지를 쏙 빼닮아 가지고. 뭐가 귀찮아. 얼른 먹어."

할아버지…. 나에겐 너무 낯선 단어다. 나는 '할아버지'라고 불러 본 적이 없다. 외할머니와 외할아버지도 내가 태어나기 전 모두 돌아가셨고, 나에겐 할아버지도 없었다. 나는 한 번도 할아버지 얼굴을 본 적이 없다. 그건 우리 아빠도 마찬가지다. 할머니의 외아들인 우리 아빠 역시, 할아버지의 얼굴은 본 적이 없다. 우리 아빠는 유복자다. 할머니는 언제나 그게 불안하셨던 걸까. 하나뿐인 아들. 세상에 하나뿐인 내 핏줄. '아들 딱 하나만 더 낳으면, 평생 호강시켜 주마.' 그래서 할머니는 더 많은 손자를 원하셨던 걸까. 하지만 언젠가부터 할머니는, 오빠보다 나를 더 예뻐하셨다.

초등학교 고학년이 되고 중학생이 되면서, 나는 점점 할머니와 멀어졌다. 학교에 머물러야 하는 시간이 늘어나면서 몸도 약하고 잠도 많고 소란한 걸 못 견뎌 하던 나는, 학교에서 돌아오면 점점 더 잠만 자거나 책만 봤다. 이제는 제법 자라 다리도 길어져 할머니네까지는 걸어서 15분이면 충분했지만, 할머니네에 가는 일도 점점 귀찮아졌다.

내가 중학교 3학년 때, 할머니와 단둘이 살게 됐을 때는 이미, 내 마음은 할머니에게 어색함을 느끼고 있었다. 그때 우리집은 세 집 살림이 됐다. 아버지가 갑자기 전주로 발령을 받아 떠나셨고, 엄마는 서울에서 대학을 다니는 언니와 재수를 시작한 오빠와 합류, 나만 할머니와 함께 광주에 남았다. 명목은 중학교 졸업까지는 광주에서 했으면 좋겠다는 어른들의 결정이었지만, 실은 집안 살림이 어려워졌기 때문이었다. 세 집 살림이 됐고, 언니와 오빠의 학비는 늘었고, 서울 집값은 너무 비싸고, 그 좁은 서울 월세방에 나까지 합류하기란 빠듯했을 터였다. 그 후 엄마 쪽이 서울 노량진 좁은 골목길에 방 세 개짜리 전셋집을 구할 때까지 1년 반, 나는 광주에서 할머니와 단둘이 지냈다.

그 1년 반 동안 나는, 매일매일 하루라도 빨리 서울로 가고 싶다는 생각뿐이었다. 서울에 올라간 이후 멋쟁이가 된 언니가 너무 예뻐서. 방학 때 처음 가 본 서울 명동에서 언니가 사 준 KFC 치킨과 코울슬로가 너무 맛있어서. 온 가족이 국회의원 개표방송을 보는데 언니가 '역시, 서울 멋쟁이들!' 외쳐대는 걸 보며 나는 서울엔 멋쟁이들만 사는 줄 알았다. 나도 빨리 그 멋쟁이 대열에 합류하고 싶었다. 하지만 고등학교 또한 나는 광주에서 입학했다. 엄마, 나는 언제 올라가? 매일매일 전화를 해서 물었다. 곧 서울로 전학 갈 거라, 광주의 고등학교에선 교복도 맞추지 않았다. 나 홀로 사복을 입고 등교했던 3개월, 할머니와 단둘이 광주에 남겨진 1년 반, 내게는 무척 긴 시간이었다.

그러니 드디어 서울로 올라가던 날, 나는 설레고 있었다. 전주에서 아빠가 나를 데리러 오셨다. 아빠 차에 짐을 싣는 내내, 할머니는 대문 앞에 쪼그리고 앉아 담배를 태우셨다. 마침내 내가 차에 오르려던 순간, 할머니는 내 손에 꾸깃꾸깃한 만 원짜리 지폐 몇 장을 쥐어 주셨다. 그리고 다시 쪼그리고 앉아 담배를 태우시며, 우셨다. 차가 출발했다. 자동차 백미러로 할머니의 모습이 보였다. 할머니는, 이쪽은 쳐다보지도 않으셨다. 그 자리에 그대로 쪼그려 앉아 한 손엔 홀로 타들어가는 담배를 쥔 채, 다른 한 손으론 치맛자락을 걷어 올려 연신 눈물을 찍어내고 계셨다.

여장부란 말이 그렇게 잘 어울릴 수 없던 우리 할머니가 우는 모습을 본 건, 그날이 처음이자 마지막이었다. 그날 나는, 울지 않았다.

그 후 내가 다시 광주에 내려간 건, 그로부터 몇 개월 후 그해 가을이었다. 할머니의 장례식이었다. 그제야 나는 눈물이 터졌다. 삼일장을 지내는 내내, 나는 너무 많이 울어 몇 번이나 정신을 잃었다.

할머니의 장지는 할머니의 고향으로 정해졌다. 우리에게 할머니의 죽음은 너무나 갑작스러웠지만, 할머니는 이미 준비가 되어 있었다. 수의도, 영정사진도 이미 있었다. 장지도 이미 결정돼 있었다. 그게 너무 할머니다워 나는 또 눈물이 났다. 유복자인 아들을 홀로 키우면서도, 누구에게든 폐 끼치는 건 싫어 평생을 호방하고 억센 모습으로 살아온 할머니.

할머니의 고향집에 내가 마지막으로 갔던 건, 나는 잘 기억도 나지 않을 만큼 내가 아주 어렸을 때였다. 그래서 나는 그날, 마치 할머니의 고향집을 처음 보는 것 같은 기분이었다. 그날 내가 할머니의 고향집에 들어섰을 때, 내 눈에 가장 먼저 들어온 건 석류나무였다.

할머니의 고향집에는 석류나무가 있었다. 아니 정확히 말하면 할머니의 고향집 낮은 담벼락 건너에 석류나무가 있었다. 무성한 가지에 울긋불긋 뭉툭하고 못생긴 석류열매들이 주렁주렁 할머니네 마당으로까지 넘어와 있었다. 석류나무가 심어져 있는 그 낮은 담벼락 건너편은, 할아버지의 집이었다.

"할머니, 석류나무가 그렇게 좋으면 저 집으로 이사 가지, 왜 이 집으로 이사 왔어?"

할머니가 우리집에서 독립해 나간 후, 내가 할머니집에 처음 갔을
때 할머니가 그랬다.

"이 석류나무를 보자마자, 꼭 이 집으로 이사 와야지 했다."

"그럼 저 집으로 가지, 왜 이 집으로 왔어?"

"왜긴 왜냐. 저 집엔 이미 다른 사람들이 살고 있으니까 그랬지."

할머니에게도 열일곱 처녀 시절이 있었다. 할머니에게도 아홉 살 소
녀 시절이 있었다. 할머니에게도 아장아장 이제 막 걸음마를 뗀 두 살
배기 아가 시절이 있었다. 그때부터도 아가의 집 마당엔 석류가 열렸
다. 건넛집에서 넘어온 석류였다. 그 건넛집에는 오빠 아가가 있었다.
이 마당의 아가보다 고작 한 살 많은 아가였지만, 그래도 오빠 아가
였다.

아홉 살 꼬마 소녀는, 열 살 꼬마 오빠를 졸졸 쫓아다녔다. 열 살 오
빠는 어려서부터 몸이 약했다. 아홉 살 소녀는 그때부터도 이미 동네
골목대장이었다. 오늘도 오빠는 아픈가. 종일 오빠가 골목에서 안 보
이는 날이면 소녀는 오빠네 집 마당을 기웃거렸다. 그러다 대청마루에
누워 책을 보고 있던 오빠와 눈이 마주치면, 소녀는 쪼르르 달려가 자
신도 대청마루에 폴짝 올라앉았다. 소녀의 손에는 입을 활짝 벌린 석
류열매 두 알이 들려 있었다. 소녀는 열 손가락에 다 발간 석류물이 들
때까지 연신 석류알을 까서 오빠에게 내밀었다. 하지만 씨를 뱉어내는
건 소녀뿐이었다. 석류는 귀찮다…. 오물오물 계속 입을 놀려대야 하
는 것도 몸을 일으켜 씨를 뱉어내야 하는 것도 오빠에겐 귀찮은 일이

었다. 오빠는 누워 계속 책을 봤다. 그 옆에 앉아 소녀는 두 다리를 앞 뒤로 흔들거리며 마당을 향해 연신 후 후 석류씨를 뱉어냈다.

소녀는 어느덧 열일곱 처녀가 됐다. 소년도 어느새 열여덟 총각이 됐다. 두 사람은 그해 가을, 빨간 석류열매가 주렁주렁한 그 마당에서 혼례를 올렸다.

"할머니는 할아버지가 왜 그렇게 좋았어? 말도 별로 없고 맨날 책만 봤다며."

언젠가 내가 물었다.

"모르겠다. 내가 그때 미쳤지, 미쳤어."

어린 신랑은 혼례를 올리고 곧 도시로 대학을 갔다. 어린 신부는 이 제 담벼락을 건너와 석류나무가 심어져 있는 그 마당에서 신랑을 기 다렸다. 석류나무의 잎들이 어느새 다 떨어졌다. 겨울이 왔다. 방학을 맞아 집에 돌아온 신랑은, 겨우내 기침을 하며 누워 지냈다. 그리고 석 류나무에 파릇한 새잎이 다시 다 나기도 전에 신랑은, 어린 신부만 남 겨 둔 채 홀로 먼 길을 떠났다. 열아홉에 어린 신부는 과부가 됐다. 스 물에 어린 신부는 엄마가 됐다. 마흔일곱에는 할머니가 됐고, 쉰셋에 는 막내 손녀를 보았다.

'너는 대체 누굴 닮아 가지고.' 나를 향한 엄마의 잔소리가 시작되려 하면, 할머니가 말했다. '지 할아버지 닮아서 그런다.' 화가 난 엄마가 빗자루라도 들고 나타날 때면, 나는 냉큼 할머니의 치맛자락 속으로 숨어들었다. '그만해라. 몸도 약한 애를 때릴 데가 어디 있다고.' 나를 숨겨 주던 할머니의 달콤하면서도 시큼했던, 석류를 닮은 그 냄새가 지금도 가끔 내 코끝을 맴돈다.

할머니의 장례가 있기 일주일 전쯤, 할머니가 갑자기 서울에 오셨다. 강화도로 친구분들과 여행을 오셨다 잠깐 들른 거라 하셨다. 하지만 내일 또 일이 있어, 새벽 일찍 내려가야 한다 하셨다. 친구도 많고 놀기도 좋아했던 할머니는 여전히 바빴다. 그날 밤 할머니가, 나와 함께 주무시고 싶어 하시는 눈치였다. 그때의 내 방은, 체구가 작은 나조차도 책상 안으로 의자를 완전히 밀어 넣은 다음에야 간신히 두 발을 뻗고 누울 수 있는 무척 작은 방이었다. '그냥 어머님은 저랑 같이 안방에서 주무세요.' 엄마가 말했다. '전 숙제도 해야 하고 늦어요. 할머니 먼저 주무세요.' 나도 귀찮았다. 안방이라고 해 봤자 그리 넓지도 않은데, 거기서 엄마와 할머니 사이에 끼여 자는 것도 어쩐지 불편할 것 같았다. 할머니는 못내 서운한 눈빛이셨지만 더는 말씀이 없었다. 나도 할머니의 눈빛은 모른 체했다. 다음 날 아침 내가 눈을 떴을 때는 이미, 할머니가 광주로 내려가신 후였다. 그다음 주, 나도 광주에 내려갔다. 할머니의 장례를 치르러. 할머니는 할아버지 옆에 묻히셨다.

심장마비였다. 그날도 할머니는 친구분들과 약주 한잔을 걸치시고 기분 좋게 집으로 돌아오셨다. 마당에서 달빛을 받은 울긋불긋한 건넛집의 석류열매가 할머니를 맞아 준 가을밤이었다. 올해도 참 곱게도 입을 벌렸구나….

내가 아주 어렸을 때, 아직 온 가족이 추석 명절이면 할아버지 산소를 찾던 시절. 할아버지의 묘석 위에 할머니는 꼭 석류 두 알을 올리곤 하셨다. 어머님, 그래도 제상인데 무슨 석류예요. 하도 곱게 열려서 따왔다. 제상이면 뭐 어떠니….

할머니의 장례가 끝나자마자 나만 곧 서울로 올라왔다. 아직 고등학생이었던 나는 학교에 가야 했다. 서울로 올라와 내 작은 방의 방문을 열었을 때, 달콤하면서도 시큼한 냄새가 확 풍겨 왔다. 열흘 전 할머니가 내 책상 위에 놓고 간 못생긴 석류 두 알. 잘 익다 못해 이제는 조금씩 썩어 가느라 벌린 입 사이로 더 시큼한 냄새를 풍겨 오던 그 석류 두 알이, 나를 바라보고 있었다. 내 눈에선 또 왈칵, 눈물이 쏟아졌다.

동
행

음
악
을

읽
다

─────── 글 강세형 | **내레이션** 김동률 | **노래** 동행〈김동률 '동행' 앨범 중에서〉| 2014

꽤 오래전, 한 친구가 내게 말했다.
지금은 가만히… 내 옆에 있어 주기만 했으면 좋겠다고.

나는 그때 조금 섭섭했던 것 같다.
무척 힘든 상황에 빠져 있는 친구를 보면서
내 딴에는 무엇이든 도움이 되고 싶어 애타 하던 시절.
내 맘을 몰라주는 친구가 답답하기도 하고
내 친구가 이렇게 힘든데
내가 할 수 있는 일은 아무것도 없다는 게, 화가 나기도 했다.

꽤 오랜 시간이 걸렸던 것 같다.
내가, 친구의 말을 이해할 수 있게 될 때까지.

그 긴 시간 동안
나는 많은 사람들을 떠나보냈다.
혹은, 떠나오기도 했다.

너무 많이 걱정하고, 너무 많이 사랑하고,
너무 많이 아파하고, 너무 많이 미안해하고.

그래서 내가
무엇이든 되고 싶고, 하고 싶었던 시절.
그리고 할 수, 있을 것만 같던 시절.

그런데 그게 문제였다.
그토록 뜨겁게 사랑하고 뜨겁게 아파하느라
나는 번번이, 너무 쉽게, 지쳐버렸다.
상대 또한, 지치게 만들어버렸다.

사람과 사람의 관계에서 가장 중요한 건,
뜨거운 것이 아니라 지치지 않는 것.

지치지 않고
오랜 시간을 누군가와 함께한다는 것이
그토록 어려운 일인 줄, 나는 몰랐다.

그래서 참 고마웠다.
그때 내게
지금은 가만히…
곁에 있어 줬으면 좋겠다고 말해 준, 친구가.

날 떠나보내지도 떠나가지도 않고
오랜 시간, 서로가 서로의 곁을 지키게 해 준 친구가.

언젠가 글을 쓰는 후배의 블로그에
이런 글이 올라왔다.

한 젊은 소설가의 책을 보면서 이런 생각을 한 적이 있다.
이 시대의 아픔을 이토록 잘 쓰는 작가가 있는데,
왜 아무것도 달라지지 않는 걸까.

글의 힘이란 게, 과연 있긴 한 걸까.
글을 써서 밥을 먹고사는 한 사람으로서
한없이 무력해질 때가 있다.

지금 내가 쓰고 있는 글들 또한
아무 소용없는, 아무 의미 없는, 혼잣말은 아닐까.
그럼에도 왜 많은 사람들은 또, 글을 쓸까.

나 또한
음악으로 밥을 먹고사는 한 사람으로서
참 많이 했던 고민이다.

음악의 힘이라는 게 있긴 한 건지.
요즘처럼 모든 것이 빠르게 소비되고 잊히는 시대에
나처럼 음악을 한다는 것이 과연 또 무슨 의미가 있는지.

그때마다 나는
꽤 오래전, 내 친구가 했던 말을 다시 꺼내 보곤 한다.

가만히 내 곁에
오랫동안 있어 달라던 친구의 말.

나는, 그 누구에게든, 모든 것이 될 순 없다.
내가, 그 어떤 문제든, 해결할 수 또한 없다.

하지만 세상에는
내가 할 수 있는 일 또한, 분명 있다.

나는, 그 일을 하려고 한다.
뜨겁게는 아닐지라도, 지치지 않고 오랜 시간.

그렇게 오랜 시간,
나는 당신과 함께이고 싶다.

힘들다고 말할 수 있는

———————   □

언제나 웃고 오게 되는 모임이 있다. 언뜻 보기엔 서로 절대 안 맞을 것 같은, 각자의 개성이 너무나도 강한 멤버들. 그런데, 그래서 더 웃기는 모임이 됐다. 오랜 시간 만나 오며 우리에겐 각자의 캐릭터가 생겼고, 마치 예능 프로그램 멤버들처럼 어찌나 다들 자기다운 말과 행동만 하는지, 누가 무슨 말을 해도 무슨 행동을 해도 우리는 웃게 됐다. 심지어 서로서로 내가 더 힘들다며 우는소리 배틀을 하면서도, 누군가를 욕하며 짜증 내는 뒷담화 레이스를 하면서도, 우리는 웃었다. 나이를 먹을수록 이렇게 소리 내 크게 웃을 수 있는 자리도 점점 쉽지 않아져, 우리는 언제나 이 모임을 기쁘게 기다렸다. 그리고 어제도 우리는 분명, 참 많이 웃고 왔다. 그런데…

"어제는 이상하게 재미가 없더라. 웃고 있으면서도 어쩐지 흥이 안 나고." 멤버 중 한 친구에게서 걸려 온 전화. 너도? 나만 그런 줄 알았는데…. 그러고 보니 다른 친구들 표정도 평소 같지 않았어. 왜 그랬을까. 그리고 우리는 잠깐 멈칫했던 것 같다. 어쩌면 우리 둘 다, 그 이유를 알고 있었기 때문에. "하긴 뭐, 요즘 다들 그렇지 뭐." 잠깐의 정적이 지나고 친구가 말했다. "그렇지 뭐." 내가 답했다. 그리고 우리는 어쩐지 조금 침울해져 누가 먼저랄 것도 없이 서둘러 전화를 끊었다. 그리고 한참 후, 친구에게서 문자가 왔다. '다 나쁜데, 이게 제일 나빠. 웃지도 못하게 하고, 아무도 힘들다는 소리조차 못하게 만든 거. 웃다가 욕하다가 힘들다고 진상 부리다 또 웃고, 그런 게 사는 건데….' 두서 없는 친구의 문자를 한참이나 보고 있었다. 무슨 말인지, 너무 알 것 같았다.

누군가 말했다. 인간은 서로의 불행을 털어놓으며 정을 쌓아 가는 동물이라고. 자신의 삶에 눈곱만큼의 불만도 없는, 정말 완벽하게 행복한 사람, 나는 지금껏 만나 본 적이 없다. 우리는 모두 힘들다. 각자 다른 이유, 다른 크기의 불행을 우리는 모두 갖고 있다. 그리고 털어놓는다. 가장 가까운 사람들에게, 나의 불행을. 그리고 또 듣는다. 가장 가까운 사람들에게, 그들의 불행을. 나만 힘든 건 아니구나, 너도 힘들구나, 우리 같이 힘내자. 서로를 위로하며, 걱정하며, 독려하며, 함께 울다가 웃다가, 그렇게 우리는 친구가 된다.

그래서 나는 바라게 됐던 것 같다. 다음 만남에선, 우리 모두 조금 더 작은 불행으로 투덜거릴 수 있기를. 나뿐 아니라 너의 불행 또한 작아져야, 나의 작아진 불행도 투정의 기회를 잡을 수 있을 테니까. 그리고 그다음 만남에선, 우리 모두 더 더 작아진 불행으로 투덜거릴 수 있기를. 그러다 어느 날은, 정말 시시콜콜한 얘기들로만 투정부릴 수 있기를. 그보다 완벽한 내일은 상상할 수 없었다. 커다랗던 불행들이 하나둘씩 사라져, 어느새 우리 모두가 아주 작은 일로도, 나 요즘 이런 것 때문에 힘들잖아, 투정부리듯 볼멘소리를 하고 그러다 또 웃을 수 있는 내일. 나는 그런 내일을 꿈꾸곤 했다.

그런데 그런 내일이 더 멀어졌다. 그래서 우리는 조금씩 더 힘들어졌다. 그 누구도 선뜻 '나 힘들어'란 말을 입 밖으로 낼 수 없게 돼버렸다. 너무도 큰 불행과 슬픔 앞에서. TV를 보다가도 왈칵 눈물이 나고, 아침에 일어나 이를 닦다가도 왈칵 눈물이 났다. 그날 이후 우리는, 그런 세상에 갇혀버렸다. 시시콜콜한 투정은커녕 제법 큰 걱정, 제법 큰 슬픔, 제법 큰 불행조차도 삼켜야 하는 세상에. 너의 너무나도 큰 불행과 슬픔이 존재하는 세상에선, 나의 작은 불행과 슬픔은 투정의 대상은커녕 도리어 미안한 일. 나의 불행과 슬픔을 삼키며 그 자리를 이 말로 대신한다. 미안합니다, 미안합니다. 그렇게 우리는 조금 더 어두운 세상에 갇혀버렸다.

웃다가 욕하다가 힘들다고 진상 부리다 또 웃고, 그런 게 사는 건데⋯. 친구의 문자가 하루 종일 머릿속을 맴돈다. '다 나쁜데, 이게 제일 나빠. 아무도, 힘들다는 소리조차 못하게 만든 거.'

누군가는, 그 손을 잡아야 한다

—————————————————   •

　후배 A를 떠올릴 때면 '여자, 정혜'라는 영화가 동시에 떠오르곤 한다. A를 못 본 지 몇 년이 지났을 때는 A의 얼굴마저 내 기억에선 흐릿해져, 나는 영화 속 정혜 역을 맡았던 배우 김지수의 얼굴과 A의 얼굴이 혼동되기도 했다. 두 사람의 얼굴이 닮아서가 아니었다. 영화 속 정혜의 느낌, 세상으로부터 스스로를 격리해 혼자의 삶을 살아가는, 그렇다고 스스로를 불행하다고도 행복하다고도 생각하지 않는, 그저 혼자의 삶이 내겐 당연할 뿐이라는, 그 초연한 정혜의 느낌이, 어쩐지 A와 지나치게 닮아 있었기 때문이었다. 또한 내가 A를 처음 만났을 때 A는 엄마와 단둘이 살고 있었다. 몇 년 후 A는 혼자가 됐다. 마치, 영화 속 정혜처럼.

아직 엄마와 함께 살던 시절의 A, 그러니까 내가 A를 처음 만났을 때도, A는 A였던 것 같다. 여럿과 함께 있어도 A는 혼자인 듯 보였다. 앞머리 없이 하나로 질끈 동여맨 머리에 두꺼운 안경. 그 두꺼운 안경 너머로 A는 언제나 책을 보고 있었다. 사람들의 세상이 아닌 책의 세상에서 살고 있는 것처럼. 깡마른 몸에 파란 정맥까지 다 들여다보이던 창백한 손. 그 손엔 언제나 책 한 권이 들려 있었다. 마치 그 책 또한 A의 신체 일부인 것처럼. 그런 A를 볼 때마다 내겐 이런 생각이 들었다. 천구백이삼십 년대 폐병을 앓고 있는 여류작가라면 저런 모습이 아니었을까.

"너 그거 알고 있었어? A 엄마가 시인이라던데?"
국문과 학생들이었던 우리 사이에서 그 소문은 빠르게 퍼져 나갔다. 시인 출신인 O교수님과 A의 엄마가 친구라는 둥, 오래전 잡지에 실린 O교수님이 다른 시인들과 함께인 사진에 A 엄마도 있는 길 누가 봤다는 둥, A 엄마의 젊었을 적 모습이 지금의 A와 너무 똑같아서 모녀지간이 아닐 수 없다는 둥, 그래서 어쩌면 A도 시인이 될 거라는 둥, 그러니 애가 저렇게 특이하고 묘한 것이라는 둥 소문은 빠르게 퍼져 나갔고, 그래서 나 또한 A에게서 폐병을 앓고 있는 여류작가의 느낌을 받았는지는 모르겠지만, 어쨌든 이러한 소문에 대해 내가 A를 통해 직접 들은 적은 없다.

내가 A와 비교적 가깝게 (물론 남들에 비해서일 뿐이었지만) 지낼 수 있었던 것은, 나의 친한 남자 동기 B가 너무도 열렬히 A를 사모했기 때문이었다. A는 이삼십 년대 여류작가가 쓴 소설 속 창백한 여자주인 공들처럼 인기도 제법 많았다. 물론 여자들이 아닌 남자들에게.

"안경만 벗어도 되게 예쁠 것 같은데…."

짓궂은 남자 선배들은, 언제나 두꺼운 안경 너머로 책을 보고 있던 A의 안경을 잡아채는 장난도 치곤 했다.

"안경 벗으면 바로 앞에 있는 사람 얼굴도 못 알아보던데?"

그때마다 A는 얼음이 되곤 했다. 정말 아무것도 보이지 않는다는 듯 A는 한 발짝도 움직이지 않았다. 하지만 그럴 때도 안경을 돌려 달라고 떼를 쓴다거나, 남자 선배들의 장난이 싫지 않다는 듯 눈을 흘겨댄다거나 하는, 여느 여자 후배들 같은 몸짓은 없었다. 어쩌면 그런 A이기에 여자들과는 좀처럼 친해질 수 없었는지도 모르겠다. 하지만 그렇다고 부러 남자들과 친해질 마음도 A에겐 없어 보였다. 그래서 A는 더 섬처럼 지냈다.

그때 내게, A가 얼마나 외롭겠냐며, 너까지 다른 여자애들처럼 A가 좀 예쁘다고 시샘하는 거냐며, A랑 밥도 좀 먹고 친하게 지내라며 부추겨대던 녀석이 B였다. 물론 내가 A와 친해지면 자기도 덩달아 우리 사이에 자연스럽게 스며들어 A와 가까워질 수 있으리란 흑심 때문이었겠지만, 솔직히 나도 A에게 늘 호기심이 갔던 건 사실이었다.

"밥은 먹었니? 같이 점심이나 먹으러 갈까?"

수업 하나를 마치고 나왔을 때, 벤치에 앉아 책을 보고 있던 A를 만났다. A는 두꺼운 안경 너머로 책이 아닌 날 올려다보며 이렇게 말했다.

"밥보단… 언니, 혹시 딸기 먹을래요?"

좀 엉뚱하다 싶었지만 어쩐지 A의 입에서 '딸기'라는 단어가 흘러나오자 내 입안에도 침이 고였다. A의 말에는 그런 힘이 있었다. 말수는 많지 않은데 그 적은 말수에 담긴 별 대단치 않은 단어도, 어쩐지 A의 입에서 흘러나오면 묘하게 상상이 됐다. 시어詩語, 별 대단치 않은 단어도 시인의 손을 거치면 시어가 되고 공상을 불러일으키는 것처럼 A의 말이 꼭 그랬다.

우리는 학교 화장실에서 딸기를 씻어 잔디밭에 앉아 나눠 먹었다. 그 뒤로도 우리는 종종 잔디밭에 앉아 딸기나 다른 간식들을 나눠 먹곤 했지만, 그때마다 우리가 대단히 특별한 대화를 나누며 우정을 쌓아 갔다고는 말할 수 없다. 나도 말이 없는 편이지만 A는 나보다 더했고, 사람과 사람 사이의 침묵을 우리는 둘 다 못 견뎌 하는 편이 아니었다. 우리는 그저 햇빛 아래 앉아 각자의 책을 보았다. 우리 사이가 소란스러워지는 건 지나가다 우리를 발견한 B나 다른 친구들이 끼어들 때뿐이었다. 가끔 나와 A와 B, 이렇게 셋이 있게 될 때면 나는 다음 수업이나 다른 볼일을 핑계 대며 (실은 B의 눈치 때문이었지만) 먼저 자리를 뜨곤 했다. 어느 날부터는 A와 B, 두 사람만의 모습이 종종 눈에 띄었다. 그때마다 나는 부러 못 본 척 길을 돌아갔다. 그때 역시 멀리서 보기에도 떠드는 건 B뿐이고, 그 옆의 A는 여느 때와 다를 바 없이 두꺼운 안경 너머로 책을 보고 있었던 것 같다. 얼마 지나지 않아 두 사람이 사귀고 있다는 소문이 들려왔다.

딱 한 번 A의 집에 가 본 적이 있다. A 엄마의 장례식이 있고 반년 정도가 흘렀을 때였다. 물론 A가 아닌 B의 초대였다. "A가 너무 집에서 안 나와. 원래도 그런 애였지만, 지난달에 회사까지 그만두고부터는 너무 집에만 있어." 이미 A와 연애 7년 차였던 B가, A를 걱정하는 마음이었다. "그래도 A가 너랑 제일 친했고 너를 좋아했잖아. 네가 오면 A도 좋아하지 않을까." B의 말이 어쩐지 나는 의아하게 느껴졌지만 (그만큼이나 대학을 졸업하고 각자 회사에 다니는 그 긴 시간 동안 A와 나 사이엔 둘만의 개인적인 왕래가 전혀 없었지만) A가 가진 그 특유의 느낌을 떠올려 보면, 그래도 B를 통해 간혹 소식도 전해 듣고 일이 년에 한 번쯤은 B와 함께 얼굴도 보는 내가, A에겐 가장 친한 사람일 수도 있겠다 싶었다.

차 없이는 힘들 것 같은 교외의 한적한 마을에 위치한 A의 집은, 사람이 사는 집이 아니라 책이 사는 집 같았다. 모든 벽을 다 먹어 치우고도 모자랐는지, 부엌 싱크대 위에도 바닥 여기저기에도 책은 아무렇게나 쌓여 있었다. 그 책들은 창문들까지도 반 이상을 잡아먹어, 낮인데도 A의 집은 어두웠다. 내가 A의 집에 들어섰을 때도, A는 그 수많은 책들을 비집고 좁은 공간으로 내려오는 독서등 아래에 앉아 책을 보고 있었다. 여전한 그 두꺼운 안경 너머로.

"내가 오늘 세형이 데려온다고 했잖아. 집 좀 치우고 있지."

B가 말했다. 하지만 나는 이 집을 사람이 치운다는 게 가능할까, 고개가 갸웃해졌다. 이곳은 이미 사람의 것이 아닌 책들의 것인 듯했다. 그리고 묘하게도 이 집은 너무도 당연한 A의 집 같았다. A 엄마의 장

례식 이후 반년 만에 보는 A는, 여전히 A였다. '어쩐지 요즘 더 마르고 우울해 보여서….' B의 말은 무색하게 느껴졌다. 예전에도 A는 지금처럼 이보다 더 마를 수 있겠나 싶을 정도로 말라 보였고, 예전에도 A는 지금과 똑같은 표정이었다. 혼자의 표정. 그 특유의 초연한 표정으로 책의 집에서 살고 있는 A를 보고 있으니, 어쩐지 나는 A가 곧 책인 것만 같았다.

"회사도 그만뒀다며, 요즘은 뭐하면서 지내?"

"그냥 뭐… 논술 첨삭?"

역시나 길지 않은 A의 말이었지만, 나는 상상이 됐다. 일주일에 한 번 첨삭한 논술을 학원에 가져다주고 새로 가져오고, 외출은 그뿐이었을 것이다. 큰돈은 벌 수 없지만, A에겐 책을 사 볼 돈과 식비 외에는 별로 필요치도 않았을 것이다. 책을 보고, 논술 첨삭을 하고, 다시 책을 보다 잠이 들고. A의 삶은 그뿐이었을 테니까.

A의 집을 나서며 B는 말했다.

"원래도 책을 좋아하는 애였지만, 요즘은 정말 너무 책만 봐."

"예전에도 A는 그랬잖아. 책 좋아하고, 원래 말수 없고 혼자 있는 거 좋아하고. 너무 걱정하지 마."

내가 말했다.

"그랬나. 예전에도 그랬나…."

혼잣말인 듯 아닌 듯 중얼거리는 B의 모습은 어쩐지, 엄마를 떠나보내고 집에 홀로 남은 A보다도 더 외로워 보였다.

내가 A를 마지막으로 본 것도 그때, 벌써 10년도 전인가 보다. 방송
일을 하면서 나는 점점 더 바빠졌고, 오후에 출근해서 새벽에 퇴근하
는 삶을 몇 년이나 사는 동안 대학 친구들과의 만남도 소홀해졌다. 간
혹 누군가의 결혼식이나 누군가의 부모님 혹은 누군가의 장례식에서
마주할 뿐이었다. 그사이 나는 B의 결혼식에도 다녀왔다. 신부는 A가
아니었다. 그래서 더 A의 소식은 들을 길이 없어졌다. 가끔 궁금했다.
A는 요즘 어떻게 지내고 있을까. 여전히 책과 같은 그 집에서 책과 함
께 책처럼 살고 있을까. 아니면 다시 세상으로 나와 회사도 다니고 결
혼도 하고 아이도 낳고 살고 있을까. 하지만 궁금해하는 것, 그뿐이었
다. 나는 바빴고, B는 결혼을 했고, B가 아닌 내가 아는 누구와도 A가
연락하며 지낼 것 같진 않았다.

아침 9시. 페이스북 알림창에 B의 메시지가 뜬 건 오늘 아침 9시가
조금 넘은 시간이었다.
 - A랑 연락돼?
그때 내 머릿속에 제일 먼저 든 생각은, 그럴 리가 없잖아, 였다. B
에게서 연락이 온 것도 몇 년 만의 일이었다. 페이스북을 통해 나는
그동안 B에게 아들이 둘이나 생겼다는 것을 알게 됐고, B는 내가 두
권의 책을 냈다는 것을 알게 됐다. 또 가끔 서로의 게시물에 좋아요를
누르며 우리는 서로의 생존을 확인해 왔다. 하지만 B에게서 이렇게
개인 메시지가 온 건 몇 년 만의 일이었고, B를 통해 A의 이름을 듣는
것은 그보다 더 오래전 일, 내가 A를 만난 것은 그보다 더 더 오래전
일이었다.

어제 오후 B에게 걸려 온 전화.

- 아무래도 A 같아.

B가 말했다.

- 8년을 만나는 동안 A가 나한테 먼저 전화한 적은 한 번도 없었는데….

걸려 온 일반전화번호로 B가 다시 전화를 걸었을 땐, 연결이 되지 않았다.

- 공중전화가 아니었을까 싶어.

A에게 메일을 보내 볼까, B는 생각했다.

- 내가 아는 메일주소도 너무 오래된 거라, 아직 A가 그 메일을 확인하는지도 모르겠지만….

그럼에도 B는, 메일을 보낼 수 없었다. 세 사람의 얼굴이 떠올라서였다. 아내와 두 아들.

- 네가 한번 연락해 볼래?

그렇게 나는 B에게서 A를 넘겨받았다, 라고 말하고 있지만, 나 역시 A가 궁금했다. 그동안 A에게 무슨 일이 있었던 걸까. 무엇이 A로 하여금 오래전 헤어진 연인에게 전화를 하게 만든 것일까. 책이 아닌 모든 것에 무심하고 초연해 보였던 A를 떠올려 보면, 분명 이상한 일이긴 했다. 나는 A에게 메일을 보냈다.

- A에게 메일 보냈어. '읽음' 표시가 뜨거나 답이 오면 알려 줄게. 그런데 그 A의 전화라는 게 이렇게 걱정할 일인 거니?

B에게도 메시지를 보냈다. 회사에 있을 B의 답은 더뎠다.

 - 글쎄, 나도 잘 모르겠는데…. 어쨌든 그 전화에는, 누구라도 응답해야만 할 것 같았어.

오전 10시 23분에 도착한 B의 메시지. B는 나에게 A의 이야기를 조각조각 흘려주었다. 역시나 B를 만나는 8년 넘는 시간 동안에도 A는, 말이 많은 연인은 아니었던 것 같다. 하지만 B를 통해 흘러나오는 A의 조각 말들에도 어쩐지 힘이 있었다. 많은 것을 공상하고 짐작하게 하는 힘.

"아, TV….”

어느 날 TV를 들고 찾아온 B에게 A가 말했다. 엄마를 떠나보낸 후 A의 집이 너무 적적하지 않을까 싶었던 B의 배려였다. 하지만 이어진 A의 말에 B는 곧 머쓱해지고 말았다.

"나, TV 안 보는데…. 엄마가 싫어했어요.”

책의 집, 그곳에서 엄마와 A가 함께 살던 때부터 TV는 없었다. TV는 A에게 있어, 다른 많은 단어들과 마찬가지로 그저 책 속에 존재하는 단어였다. 학교에 다니기 시작하면서부터는 A도 아이들의 대화에 등장하는 그 TV라는 것이 궁금해졌다. 하지만,

"눈이 먼다. TV는 눈을 멀게 한다.”

엄마의 말은 그뿐이었다. 식탁 건너편에 앉아 있던 엄마는 다시 책을 보셨다. A도 다시 책으로 눈을 돌리며 빵을 한입 베어 물었다. 그때부터도 A의 콧잔등엔 안경이 걸려 있었다.

- 나는 사실 A의 엄마가 싫었어.

오전 11시 48분, B에게서 다시 메시지가 왔다. 세상 밖으로 나오지 못하고 혼자의 세계, 책의 세계에 갇혀 있는 듯 보였던 A. 그런 A는, 연인이었던 B에게도 예외가 아니었다.

- 나는 그게 다 A의 엄마 탓인 것 같았거든.

아직 A가 A의 엄마와 함께 살던 시절, B는 딱 한 번 A의 집에서 하룻밤을 묵었다. A를 집에 데려다주고 막차가 끊겼는데, 한적한 교외 마을이라 여관이나 찜질방도 찾기 힘들었다.

- 내 딸의 남자친구라는 놈이 왔는데, 엄마라면 당연히 이것저것 궁금해해야 하는 거 아닌가.

하지만 하룻밤을 묵고 다음 날 아침을 먹고 그 집을 나올 때까지 B가 A 엄마에게서 들은 말은, 총 열 마디도 되지 않았다. 어색한 분위기를 극복해 보려 아침 식탁에서 B가 이런저런 얘기들을 물어보고 늘어놓았을 때, A의 엄마는 이렇게 말했다. "밥, 먹게." 그러곤 다시 책을 보셨다. A 역시 그 상황을 당황해 하지 않았다. A 또한 특유의 그 조연한 표정으로 책을 보며 밥을 먹었다.

오후 12시 46분.

- 내가 가장 이해할 수 없었던 건, 아마도 그 날이었던 것 같아.

A와 3일째 연락이 되지 않아 걱정하던 B는, A의 집을 찾아갔다. 현관문은 열려 있었고, 현관에는 낯선 남자 신발이 몇 개 놓여 있었다.

- 정말 이해가 안 되더라. 그런 상황에서 3일이나 혼자 있었다는 게….

A의 엄마가 돌아가셨다. 3일 동안 A는 어떻게 해야 할지를 몰랐다. 결국 경찰에 신고를 했다.

– 나한테 먼저 연락했어야 했던 게 아닐까. 6년 넘게 만나 온 남자 친구가 있는데 어떻게….

A 엄마의 장례식 내내 B는 상주 노릇을 했다. 다녀간 사람들 또한 B의 연락을 받은 우리 과 사람들이 대부분이었다. A가 아는 친척은 없다고 했다. 엄마의 친구도 A는 모른다 했다. 그 자리에 있던 가장 나이 많은 사람은 우리 과 O교수님이었다.

"아빠를 많이 닮았구나…."

O교수님의 말에 A는, 의아하다는 듯 고개를 갸웃했을 뿐이었다. 그런 A의 표정에 당황해 한 건, 도리어 O교수님이었다. 교수님의 자리를 찾아가 A 아빠에 대해 물은 것도 A가 아닌 B였다.

"A의 아버님을 아세요?"

그때 근처 테이블에 앉아 있었던 나도 그 장면이 얼핏 기억났다. 하지만 O교수님은 거의 말씀이 없으셨던 것 같다.

"A도, A 엄마도 말하지 않았던 얘기라면, 내가 할 수 있는 얘기가 뭐가 있겠나."

그 후로도 B는, A는 물론 그 누구에게서도 A 아빠에 대한 이야기는 듣지 못했다.

– 다만 그때부터였던 것 같아.

오후 3시 12분에 도착한 B의 메시지는, 그때부터 자신이 더 외로워

졌노라 말하고 있었다. 책밖에 없는 그런 집에서 엄마까지 돌아가셨으니, 이제는 A가 좀 더 나에게 의지하지 않을까, A에게 힘이 되어 주고 싶다, B는 생각했다.

- 하지만 그 후 점점 더 깊숙이 어딘가로 숨어들어 가는 거 같았어, A는….

며칠씩 전화도 받지 않아 B가 찾아가 보면, A는 내가 마지막으로 A를 봤을 때와 마찬가지로 책의 집에서 책 속에 묻혀 책을 보고 있었다. 그렇게 몇 달이 흐르는 사이, B는 조금씩 지쳐 갔다. 나에게도 도움을 청했다. "그래도 A가 너랑 제일 친했고 너를 좋아했잖아. 네가 오면 A도 좋아하지 않을까." 내가 다녀간 후에도 A는 달라지지 않았다. B는 점점 더 외로워졌다. 그런 B에게 다가온 새로운 사람이, 지금 B의 아내였다. 물론 B가 처음부터 새로운 사람에게 마음을 열었던 건 아니었다.

"나를, 좋아해 주는 사람이 있어."

어느 날, B가 A에게 말했다. 천천히 책에서 고개를 들어, A가 두꺼운 안경 너머로 B를 바라봤다. 지금도 B는 그 날, 그 때, 그 순간 A의 표정을 잊을 수 없다고 했다. 아무 말도 하지 않고 B를 바라보던 A의 표정. 그 표정에 짓눌려 B가 다시 입을 열었다.

"나도… 그 사람이 싫지 않아."

그리고 또 한참이나 B는 기다렸다. A가 무슨 말이든 해 주길 바랐다. 화라도 내 주길, 조금이라도 섭섭한 기색을 보여 주길, 아주 미세하게라도 달라진 표정을 보여 주길. 하지만 여전히 A는 A였다. 특유의 그 초연한 표정. 그 누구와 함께 있어도 혼자라는 표정. 그리고 내게는 그것이 너무 당연하다는 표정. 참지 못하고 다시 입을 연 건 B였다.

"나한테, 무슨 할 말 없어?"

고개를 갸웃하며 한참을 생각하던 A는, 이렇게 말했다.

"그건… 잘된 일인가요?"

그렇게 A의 집을 나선 B는, 그 후 다시는 A의 집을 찾지 않았다. 처음 1년은, 혹시라도 A에게 연락이 올까 B는 한시도 휴대폰을 손에서 놓지 못했다. 그다음 1년은, 조금씩 새로운 사람에게 미안한 마음이 들었다. 그리고 그다음 1년은, A를 잊어야 한다 매일 결심했다. 그리고 그다음 해, B는 결혼을 했다.

오후 5시 47분. 겨울 해는 짧다. 어느새 창밖이 어두워지고 있었다. 하루 종일 내가 한 일이라곤 B의 메시지가 왔나 페이스북에 들어갔다, 혹시 A가 내 메일을 읽었나 수신확인을 또 확인하는 일, 그게 다였다. 그런데도 하루가 금세 지나가 버렸다. 저녁을 준비하는 동안에도 나는 A의 생각을 멈출 수 없었다. 그사이에도 휴대폰을 열어 몇 번이나 나는 B의 메시지와 A의 수신확인 여부를 체크했다.

오후 6시 59분. 어느덧 창밖이 깜깜해졌다. 설거지를 마치자마자 나는, 하루 만에 버릇이라도 돼버린 양 조급한 마음으로 휴대폰을 열어 메일사이트를 체크했다. 그 순간, 딩동. 새로운 메일이 도착했습니다.

– 세형 언니?

그게 다였다. 제목도 없는 A의 메일은 그게 다였다. 나는 서둘러 답
장 버튼을 눌렀다.

– 그래, 나야! 너 도대체 어디서 어떻게 지내고 있는 거니?

A의 메일을 다시 기다리는 시간이 너무도 길게만 느껴졌다. 하지만
근 10년 만에 만나는 A의 말이 나는 그렇게 반가울 수 없었다. '세형
언니?' 고작 이 짧은 말 한마디에, 긴 겨울잠을 자고 있던 나의 뇌가
부슬거리는 봄비에 젖어 조금씩 깨어나고 있는 듯한 기분이 들었다.

"세형 언니?"

그게 언제였더라.

내가 A를 마지막으로 만난 것은, 십여 년 전 A의 집에서가 아니었
다. 왜 나는 그날을 까맣게 잊고 있었던 걸까. 그날은 하루 종일 부산했
던 할머니 제사였다. 아침 일찍부터 노량진에 있는 엄마집에 가서 제
사음식을 준비했다. 음식 장만이 어느 정도 마무리됐을 땐, 오후 3시가
조금 넘은 시간. 잠깐 산책 좀 다녀올게요. 바깥공기가 너무도 절실해
져 나는 엄마집을 나섰다. 그렇게 노량진 고시촌, 시대에 눌려 젊음의
빛을 상실한 이십 대 초중반의 아이들 사이를 걷다 어쩐지 한없이 마
음이 답답해져 길가에 잠깐 서서 넋을 놓고 있었던 것 같다.

"세형 언니?"

A였다. 놀랍기도 하고 반갑기도 했지만, 어쩐지 이런 대낮에 이렇게

북적이는 길에서 우연히 A를 만난다는 것이 너무도 비현실적으로 느껴졌다. 근처 재수학원에 첨삭한 논술을 가져다주고 A는 집으로 돌아가는 길인 것 같았다.

"너는 여전히 책만 보면서 사는 거니?"

그때 내가 A와 정확히 어떤 대화를 나눴는지는 잘 기억나지 않지만, 지금 떠올려 봐도 그날의 A는 '이 사람이 정말 A가 맞을까' 싶을 정도로 꽤 말이 많았던 것 같다. 그래 봤자 지난 A에 비해서였지만.

"그냥 궁금했어요."

A가 말했다.

"도대체 엄마는, 뭐가 그렇게 두려웠던 걸까…."

엄마가 떠나간 후, A는 더욱더 엄마의 세계이기도 했던 책 속에 묻혀 지냈다.

"그래서 알게 됐니?"

내가 말했다. A는 조금 고개를 저어 보였다.

"아니요, 모르겠더라고요."

그리고 정말 모르겠다는 표정으로 한참이나 아무 말 없이 생각만 하고 있던 A가 다시 입을 열었다.

"언니라면 이해할 수 있을까요. 엄마에게서 내가, 그렇게 남겨져야 했던 이유를요."

A를 홀로 남겨지게 만든 것은, A 엄마 스스로의 결정이었다. 언젠가부터 책을 보던 A의 엄마가, 자꾸만 눈을 가늘게 뜨며 연신 눈을 깜박거리다 이내 피곤해하셨다. 그러다 책에서 눈을 뗄 때 A에겐 보이지 않는

무언가를 한참이나 눈으로 좇고 계신 것 같았다. 그러다 힘을 줘 눈을 크게 감았다 뜨곤 다시 책을 보셨다. 그렇게 몇 달이 흐른 어느 날 아침, 엄마의 비명소리에 놀라 A는 잠에서 깼다.

"눈이… 눈이 보이지 않는다."

서둘러 병원으로 엄마를 모시고 가는 길, 엄마의 눈은 조금씩 다시 보이기 시작했다. 그러니 집으로 돌아가자. 하지만 태어나 단 한 번도 엄마의 큰 소리를 들어 보지 못했던 A는, 그날 아침 엄마의 비명소리를 잊을 수 없었다. 처음으로 A는 엄마의 뜻을 거역했다. 엄마를 모시고 찾아간 병원에선 수술을 해야 한다고 했다. 하지만 그다지 어려운 수술은 아니라고 했다. 완전한 회복 여부는 수술이 끝나고 경과가 지나 봐야 알겠지만 실명 확률은 아주 낮다고 했다.

"아주 낮지만, 일어날 수도 있다는 얘기 아닙니까?"

A의 엄마가 물었다. 그렇다고 의사가 답했다. 다음 날로 바로 수술 날짜를 잡고 집으로 돌아왔다. 그날 밤, A의 엄마는 스스로 떠나갔다. A는, 남겨졌다.

A의 세계는, 엄마와 책, 그뿐이었다. 엄마의 세계 역시, 책과 A, 였을 거라 A는 믿었다. 그래서 외롭지 않았다.

"하지만 엄마는 나를 떠났어요."

아주 조금이라도 실명의 가능성이 있다면, 더 이상 볼 수 없게 된다면…. A의 엄마는, 눈먼 삶을 선택하지 않았다. 자신의 옆에 A가 있다 해도, 눈먼 삶은 선택하지 않았다. A의 세계에는 엄마와 책이 있었지만, 엄마의 세계에는 A는 없고 책만 있었던 걸까. 엄마의 선택을 마주하고 A는 3일을 꼬박 생각했다. 엄마의 선택을 이해하기 위한 시간이 필요했다. 하지만 A는 답을 찾을 수 없었다.

   사육신공원 벤치에 그러고도 한참을 A와 나는 앉아 있었던 것 같다. 서로의 침묵을 낯설어하지 않고 그렇게 한참을 가을 햇볕 아래 앉아 있자니, 오래전 학교 잔디밭에서의 우리가 떠올랐다. 그리고 B⋯. A도, 그랬던 걸까.
   "B 선배는 잘 지내나요?"
   한참 만에 A가 입을 열었다. 아마도 내가 A에게서 B에 대한 질문을 받은 것은, 그때가 처음이자 마지막이었던 것 같다.
   "응. 그런 것 같아. 나도 못 본 지 한참 됐지만⋯."
   B의 결혼식에 다녀온 후 나도 B를 만나지 못했다.
   "어쩌면 그때였던 것 같아요. 엄마도 어쩌면⋯ 그런 생각을 해 보게 됐던 건."

   "나를, 좋아해 주는 사람이 있어."
   어느 날, B가 A에게 말했다.
   "나도⋯ 그 사람이 싫지 않아."
   그 날, 그 때, 그 순간 B는 A에게서 듣고 싶었던 말이 있었다. 하지만 A는 그 말을 해 줄 수 없었다. 그 날, 그 때, 그 순간 A의 삶에는 여백이 없었다. A의 삶은 온통 단 하나의 생각으로 가득 차 있었다. 엄마. 엄마가 날 떠나간 이유. 내가 엄마에게서 남겨진 이유.
   B를 떠나보낸 아니 B를 남겨지게 만든 A는, 그제야 어렴풋이 '엄마

도 어쩌면…'이란 생각을 하게 됐다. 엄마도 어쩌면… 나를 헤아릴 여백 따위 없었던 게 아닐까. 엄마의 삶은 온통 단 하나의 생각으로 가득 차 있었던 게 아닐까. 아빠. 아빠가 엄마를 떠나간 이유. 엄마가 아빠에게서 남겨진 이유.

"내가 아주 어렸을 때부터 우리집엔 TV가 없었어요."

A가 말했다. '눈이 먼다. TV는 눈을 멀게 한다. TV는 온통 거짓말만 한다.' A의 엄마는 TV 대신 책을 보셨다. 아니 엄마는 하루 종일, 아니 일생을, 책만 보셨다.

"딱 한 번 아빠에 대해 물어본 적이 있어요."

누구에게나 있는 아빠가 왜 내게는 없을까. 머리가 굵어지면서 A에게도 자연스레 그런 의문이 생겨났다.

"너희 아빠는 떠났다."

A의 엄마가 말했다. A는 그다음에 이어져야 할, 당연한 질문을 던졌다.

"왜요?"

하지만 A의 엄마는 그다음에 이어져야 할, 당연한 답을 내놓지 못했다.

"나도, 잘 모르겠다."

"……"

"세상이 온통, 거짓말만 해대서 말이다."

B를 떠나보낸 후 아니 B를 남겨지게 만든 후에야 A는, 엄마와 아빠

의 이야기를 쫓기 시작했다. 다시 두꺼운 안경 너머로 책을 보기 시작했다. 엄마가 읽던 책들을 쫓아갔다. 엄마의 책들엔 어떠한 공통점이 존재했다. 엄마의 책들엔 언제나 죽음이 있었다. 그것도 이유를 알 수 없는 죽음에 대한 이야기들. 그제야 A는 아빠의 죽음을 생각하기 시작했다. 엄마가 남겨진 이유는, 아빠의 죽음 때문이었을까. 그렇다면 아빠는, 왜 죽었을까. 잠겨 있던 엄마의 책상 서랍엔 오래된 신문 스크랩북이 있었다. 모두 단신 기사들이고, 한 군인에 대한 이야기였다. 군대에서 스스로 죽음을 선택한 한 젊은 군인의 이야기.

"언니라면 이해할 수 있을까요."

하지만 여기까지 이야기를 들었을 때도 나는 잘 이해가 되지 않았다.

"엄마에게서 내가, 그렇게 남겨져야 했던 이유를요."

군대에 간 남편이 스스로 죽음을 선택했다. 아내는 어린 딸을 홀로 키우며 세상을 등진 채 책에 묻혀 살았다. 그러다 어느 날 아내는 눈이 멀 수도 있다는 아주 낮은 확률에 스스로 목숨을 끊었다. 딸을 남겨 둔 채…. 내가 뭘 놓친 걸까. 미간을 찌푸리며 나는 생각했다. 그런 내 마음을 읽기라도 한 듯 A가 다시 입을 열었다.

"저도 도무지 잘 모르겠더라고요. 그래서 O 교수님을 찾아갔던 것 같아요."

"아빠를 많이 닮았구나…."

A는 엄마의 장례식장에서 만났던 O교수를 찾아갔다. 하지만 만날 순 없었다. 안식년이었던 O교수는 미국에 머물고 있었다. 집으로 돌

아와 A는 O교수에게 메일을 썼다. 일주일이 지나 O교수에게 답이 왔다.

"하지만 저는 O교수님의 답을 듣고도 엄마를 온전히 이해할 순 없었어요. 그게 왜 내가 엄마에게서 남겨진 이유가 될 수 있는지…. 저는 아직도 잘 모르겠어요."

그게 A의 마지막 말이었던 것 같다. 그땐 이미 이제 막 시작된 석양빛에 사육신공원의 나무들이 조금씩 색을 달리하고 있었고, 내 휴대전화가 바쁘게 울려대기 시작했다. 친척들이 오시기 시작했고 저녁상도 준비해야 하니 어서 들어오라는 엄마의 전화였다. 나는 서둘러 A와 작별인사를 나누며 또 보자는 말과 함께 정신없이 헤어졌다. 하지만 그게 또 벌써 몇 년 전의 일이다. 그 후 우리는 또 보지 못했다. 우리가 서로 연락할 방법이 없다는 걸, 나는 A와 헤어진 이후에야 깨달았다. 그리고 그 후 나는 또 정신없이 바쁜 하루하루를 살았다. 그렇게 나는 A를 잊고 지냈다.

오후 6시 59분.
- 세형 언니?
오후 7시 01분.
- 그래, 나야! 너 도대체 어디서 어떻게 지내고 있는 거니?

A에게서 온 메일과 내가 A에게 보낸 메일 사이를 왔다 갔다 하며,

나는 한참이나 A를 생각했다. 하지만 좀처럼 A의 얼굴은 떠오르지 않고, 영화 '여자, 정혜'에서 정혜 역을 맡았던 배우 김지수의 얼굴만이 떠올랐다. 정혜는 세상을 향한 문을 스스로 닫았다. 닫힌 문 안에서 홀로 살아갔다. 그렇다고 불행해 보이지도 행복해 보이지도 않았다. 늘 무심하고 초연한 표정일 따름이었다. 그런 정혜가 딱 한 번 화를 낸다. 정혜의 속눈썹 하나가 빠져 볼에 붙어 있는 것을 직장동료가 떼어 불어버리던 장면이었다. "그냥 그렇게 버려버리면 어떡하니? 불어서 버리기 전에 소원을 빌었어야지!" 그때도 나는 생각했던 것 같다. 저 무심하고 초연한 표정의 정혜에게도 소원이라는 게 있었던 걸까. 그렇다면 그 소원이란 건 무엇이었을까.

오후 7시 47분, 딩동. 새로운 메일이 도착했습니다. 드디어 A에게서 또 한 번의 답 메일이 왔다.
– 언니. 어디서부터 어떻게 이야기를 시작해야 할지 모르겠어요.

– A에게. 어디서부터 어떻게 이야기를 시작해야 할지 모르겠구나.
A에게 보내온 O교수의 답 메일도 그렇게 시작했던 것 같다. O교수의 메일엔 A의 엄마와 아빠가 어떻게 만났고, 어떻게 사랑을 키워 갔는지에 대한 이야기가 적혀 있었다. O교수의 고등학교 후배였던 A의 아빠는 법대생이었고, A의 엄마는 그때 이미 등단한 시인으로 O교수와는 젊은 문인들과의 모임에서 알게 된 사이였다. 어두운 시절이었다. A의 아빠에겐 곧 수배가 떨어졌다. 수배 생활은 길지 않았다. 검거된 A의 아빠는 곧 군대에 끌려갔다. 군대 생활은 6개월을 채 넘기지

못했다. 곧 화장이 이루어졌고 장례가 끝났다. A의 엄마는 '그럴 리가 없어요.'라는 말만 되풀이하는 사람이 됐다. 지인들을 통해 방송국에도 신문사에도 찾아갔다. 하지만 TV에선, 신문에선, 모두 자살이 틀림없다고 말했다. '그럴 리가 없어요. 세상이 온통 거짓말만 해대고 있다고요.' 하지만 A의 엄마가 할 수 있는 일은 아무것도 없었다. A의 엄마는 아내도 아니었다. '하지만 그 사람도 알고 있었어요. 곧 아기가 태어날 것을 그 사람도 알고 있었어요. 그럴 리가 없어요.' A 엄마의 이야기를 들어주던 사람들은 점점 줄어 갔다. 자신도 그중 하나였다고 O교수는 고백했다. 그 후 A의 엄마가 어떻게 살아왔는지는 O교수도 잘 모른다고 했다. 다만 몇 년 후, 고속버스터미널에서 구입한 어떤 싸구려 잡지에 실린 시 한 편을 보고, 이것이 혹 A 엄마의 시가 아닐까 생각했을 뿐이었다. 정확한 내용은 기억나지 않지만 그 시의 제목은 '홀로 눈뜬 자의 밤'이었다고 했다. 세상이 모두 눈을 감아도/ 내 두 눈을 감길 순 없으리// 깜깜한 밤에도 부릅뜬 내 눈이/ 부릅뜬 상태로 멀어버린 날에는/ 내 스스로 내 두 눈에/ 밤을/ 선물하리//

그래서 A 엄마는 자신에게 밤을 선물했던 것일까. 눈이 먼 세상을 향해 스스로 문을 닫아버린 그녀에게 있어 가장 큰 두려움은 그것이었을까. 그녀 자신 또한 눈이 머는 것. 그래서 그녀는 끝내 자신에게 밤을 선물한 것일까.

나는 잘 모르겠다. 그녀의 선물, 그녀의 선택에 대한 판단은 내가 할 수 있는 일이 아니었다.

"하지만 저는 O교수님의 답을 듣고도 엄마를 온전히 이해할 순 없었어요."

다만 슬펐던 것 같다. 깜깜한 밤에 깜깜한 눈으로 살아가는 사람들을 향해 스스로 문을 닫아버리고 철저히 혼자가 돼 홀로 눈뜬 자의 삶을 살아갔던 그녀의 삶이, 슬펐다. 그리고 또 슬펐다. 그녀의 슬픔으로 인해 남겨진 또 다른 누군가.

"그게 왜 내가 엄마에게서 남겨진 이유가 될 수 있는지…. 저는 아직도 잘 모르겠어요."

A. 홀로 남겨진 슬픔에 스스로 세상을 향한 문을 닫고 책 속에 묻혀버린 A의 삶 역시, 나는 슬펐다. 처음엔 그저 엄마를 따라 책을 봤다. 세상이 엄마와 책뿐이었다. 다음엔 엄마를 이해하기 위해 책을 봤다. 오랜 시간 A의 곁을 맴돌던 B에게마저 문을 닫아버린 채, A는 책의 세상에 남겨졌다. 엄마도 B도 없는, 오직 책뿐인 세상에 남겨진 A. 그러다 결국 스스로 책이 되어버린 A의 삶 또한, 나는 한없이 슬펐다.

오후 7시 47분.

– 언니. 어디서부터 어떻게 이야기를 시작해야 할지 모르겠어요.

A에게서 온 메일을 보며 이른 아침 B와 내가 주고받았던 메시지들이 떠올랐다.

– A에게 메일 보냈어. '읽음' 표시가 뜨거나 답이 오면 알려 줄게. 그런데 그 A의 전화라는 게 이렇게 걱정할 일인 거니?

– 글쎄, 나도 잘 모르겠는데…. 어쨌든 그 전화에는, 누구라도 응답해야만 할 것 같았어.

나는 이제야 B의 말을 온전히 이해할 수 있을 것 같았다.

- 그 전화에는, 누구라도 응답해야만 할 것 같았어.

어제 오후 B의 회사로 한 통의 전화가 걸려 왔다. 모르는 번호였다. 안 그래도 바쁘고 정신없는 가운데 모르는 일반전화번호라는 게 스팸일 것 같아 B는 그 전화를 받지 않았다. 하지만 전화는 연거푸 세 번이나 다시 걸려 왔다. 짜증이라도 낼 마음으로 B는 전화를 받았다.

"여보세요."

"……."

"여보세요!?"

"…… 저기…….'

"네?"

"저기… 아, 안경이 깨졌어요."

"네?"

"안경이 깨져서 아무것도 보이지 않아요. 집에 가야 하는데….'

"네? 지금 무슨 말씀하시는 겁니까?"

"그러니까 아, 안경이… 아니… 죄, 죄송합니다."

전화는 끊겼다.

언제나 두꺼운 안경 너머로 책을 보고 있던 A였다.

"안경 벗으면 바로 앞에 있는 사람 얼굴도 못 알아보던데?"

일주일에 한 번 있는 외출이었다. 지나가는 행인과 어깨가 부딪혔다. 안경이 떨어졌다. 서둘러 주우려는 순간 누군가 안경을 밟았다. 거리엔 수많은 사람들이 있었지만, A는 그 누구의 얼굴도 읽을 수 없었다. 지나가는 버스의 번호도 읽을 수 없었다. 거리의 수많은 간판도 읽을 수 없었다. 대낮인데도 나만 홀로 아무것도 보이지 않는 깜깜한 밤에 서 있는 것 같았다. 환한 밤에, 깜깜한 낮에 갇혀버린 A는 그렇게 얼마나 오랜 시간 홀로 서 있었던 걸까. 아무도, 아무것도 읽을 수 없다는 절망 속에 얼마나 오랜 시간 그렇게 홀로 서 있었던 걸까.

처음으로 A는 두려움이란 것을 알게 됐는지도 모른다.
안경이 깨졌다. 아무것도 읽을 수가 없다.
처음으로 A는 엄마의 마음을 이해할 수 있게 됐는지도 모른다.
눈이 멀면, 아무것도 읽을 수 없다. 아무것도 볼 수 없다.

눈이 멀면,
모두가 거짓말을 하고 나를 속여도,
나는 아무것도… 볼 수 없다.

깜깜한 세상에 깜깜한 눈으로 버려진다는 두려움. 그 두려움에 A의 엄마는 스스로에게 밤을 선물했다. 그 두려움에 A는 조심스레 세상 밖으로, 아니 어쩌면 세상 안으로 손을 뻗었다.

누군가는, 그 손을 잡아야 한다.

오후 7시 47분.

- 언니. 어디서부터 어떻게 이야기를 시작해야 할지 모르겠어요.

A의 메일에 나는 서둘러 답장을 썼다.

- 이야기는 천천히 하자. 지금 어디니? 집에 있니? 주소만 남겨 줘. 내가 지금 갈게.

나는 서둘러 옷을 입었다. 그러면서 다시 A의 얼굴을 떠올려 보려 애썼다. 역시나 A의 얼굴은 떠오르지 않고 정혜의 얼굴만 떠올랐다. 정혜의 볼에 붙은 속눈썹을 떼어 불어버리는 직장동료에게 정혜는 말했다. "그냥 그렇게 버려버리면 어떡하니? 불어서 버리기 전에 소원을 빌었어야지!" 영화 내내 무심하고 초연하게, 혼자의 표정으로 혼자의 삶을 살아가던 정혜가 처음으로 화를 내던 장면. 영화가 끝나고 엔딩 크레딧이 올라갈 때야 비로소 나는, 정혜의 소원을 짐작해 볼 수 있었다. 스스로 혼자를 선택한 그 이유가 무엇이든, 정혜는 어쩌면 바라고 있었는지도 모른다.

누군가를, 만나고 싶다고.

혼자인 자신의 삶에 누구라도 문을 두드려 주기를.

아무도 문을 두드려 주지 않는다면

조심스레 뻗은 내 손을, 누구라도 잡아 주기를.

누군가는, 그 손을 잡아야 한다.

그렇게 정혜는 배우 황정민이 역을 맡았던 '작가'를 만난다.

서둘러 차 키를 챙기며 메일함을 다시 확인했다. A의 주소를 옮겨
적고 집을 나섰다.

나는 지금, A를 만나러 간다.

다음에, 다시 올게요

누가 아침마다 내 책상만 치워 줘도 꽤 괜찮은 작가가 될 텐데.

어떤 소설의 작가의 말을 보다, 피식 웃음이 났다. 부모에게 얹혀살며 변변한 벌이도 없이 습작을 하던 시절, 그는 투덜대곤 했단다. 누가 아침마다 내 책상만 치워 줘도 꽤 괜찮은 작가가 될 텐데.

나는 오늘 빨래만 세 번 돌렸다. 수건들을 비롯한 하얀색 계열의 빨래들을 먼저 돌리고, 그다음엔 색깔 있는 빨래들을 돌렸다. 그러고도 뭔가 아쉬웠는지, 침대보까지 벗겨내 이불 빨래까지 돌렸다. 이쯤 되면 이런 생각이 들 수밖에 없다. 나는 빨래를 좋아하는 걸까. 아니면 그냥 지금 글을 쓰기 싫은 걸까.

방송작가부터 시작해 글을 쓰고 산 지 15년이 됐다. 나도 처음에는 그런 생각을 많이 했다. 누가 빨래만 해 줘도, 누가 밥만 해 줘도, 누가 청소만 해 줘도…. 글이 잘 안 써질 때 댈 수 있는 핑계는 끝도 없이 떠올랐다. 물론 그건 지금도 마찬가지다. 점심 먹고 설거지하고 어제 새벽까지 어질러 놓은 집 좀 치우고 책상에 앉으면, 이번엔 책상이 엉망이다. 책상 정리까지 마치고 뒤를 돌아보면, 책장에 앉은 먼지들이 눈에 들어온다. 책장의 먼지들을 다 닦아낼 새도 없이 배가 고파 온다. 저녁 먹고 설거지하고 또 그러면…. 나 대체 글은 언제 쓰니. 하지만 지금의 내가 15년 전의 나와 조금은 달라진 것이 있다면, 이제는 나도 알고 있다는 거다. 그 모든 것이 정말 '핑계'일 뿐이라는 걸.

　두 번째 책을 내면서 내가 제일 좋았던 것은, 적어도 당분간은 이런 소리 안 들어도 되겠구나 였다. '너 앞으로 뭐하고 살래? 다음 책은 쓰고 있니? 언제 낼 거야?' 첫 책을 내고 방송국까지 그만둔 나는, 두 번째 책을 낼 때까지 2년 반 동안 거의 매일 그런 얘길 듣고 살았다. 그때 나는 다음 책을 내기 위해 방송국을 그만둔 게 아니었기 때문에, 오히려 이젠 글을 그만 쓰고 싶어서 작가 일을 그만둔 것이었기에, 한동안은 잔소리 심한 지인들은 만나고 싶지 않은 기분까지 들었다. 그런데 배운 게 도둑질이라고 나는 어느새 다시 글을 쓰고 있었고, 두 번째 책을 내게 됐다. 그리고 기대했다. 적어도 당분간은 그런 소리 안 들어도 되겠지. 하지만 책을 내고 일주일도 지나지 않아 나는 또 그 소리를 들어야 했다. '다음 책은요? 작가님 다음 책 준비하고 계신 거 있나요?'

그리고 그때마다 내 머릿속엔 수많은 핑계들이 떠올랐다. 저기, 저 일주일 전에 새 책 냈는데…. 한 달이 지나도, 반년이 지나도, 일 년이 지나도, 핑계들은 끝도 없이 떠올랐다. 누가 아침마다 내 책상만 치워 줘도, 보일러가 고장 나서 너무 추워요, 봄이 왔잖아요, 광합성 좀 하고 오겠습니다, 뉴스를 보고 있으니 너무 슬퍼서 글을 못 쓰겠어요. 심지어 컴퓨터가 고장 났을 때는 한없이 심란하면서도, 내 마음 깊숙한 곳에서 누군가 웃고 있는 게 느껴졌다. 이번엔 정말 어쩔 수 없는 거야. 나는 너무 글이 쓰고 싶지만 컴퓨터가 고장 났잖아?

하지만 언제나 그랬듯 그 핑계에도 끝은 찾아왔다. 컴퓨터를 고쳐 보려 애쓰다 결국은 포기하고 새 컴퓨터를 샀다. 새 컴퓨터를 산 김에 밀린 사진 정리와 원고 정리까지 마치고 나니, 나는 더 이상 할 일이 없어졌다. 설거지도 다 했고, 빨래도 다 했고, 청소도 다 했고…. 나는 이제 뭘 해야 하지. 그때 한 선배가 말했다. "이제 정말 써야겠네. 더 이상 댈 핑계도 없잖아?"

마감 때문에 숙제처럼 썼던 글 외에는, 도무지 맘이 잡히지 않아 수많은 핑계들로 한없이 미뤄만 왔던 내 글들을, 그제야 나는 조금씩 쓰기 시작했던 것 같다. 지금까지 내가 써 왔던 글들과는 조금 또 다른 느낌의 글들이었다. 나는 10년이나 방송작가를 했고, 두 권의 에세이 책을 냈다. 그래서 늘 두려웠다. 내가, 이런 글을 써도 되는 걸까. 그 글들이 어느새 꽤 모였을 때, 나는 한 선배에게 그 글들을 보여 줬다.
"이제야 조금씩 네 욕망이 나오기 시작했구나. 원래 그런 거야. 모든 핑계가 사라지고 나면, 사람들은 알게 되거든. 자신의 진짜 욕망을."

모든 핑계가 사라지고 나면…. 선배의 말이 머릿속에서 떠나지 않았다. 그러다 어떤 영화가 떠올랐다.

좋은 소설을 쓰고 싶은, 좋은 예술가가 되고 싶은 한 남자가 있었다. 그는 1920년대의 파리를 동경한다. 'Let's do it'의 작곡가 콜 포터, '위대한 개츠비'의 작가 스콧 피츠제럴드, 그의 연인이자 소설가인 젤다 피츠제럴드, 작가이자 예술비평가로 유명한 거트루드 스타인, 그외에도 너무나 유명한 헤밍웨이, 피카소, 살바도르 달리 등이 함께 살고 있던 골든 에이지Golden Age, 1920년대의 파리를 동경하며 남자는 생각했다. 나도, 그 시절에 살았더라면….

영화 속에서 남자의 소원은 이뤄진다. 자정을 알리는 시계탑 종소리와 함께 멀리서 나타난 구형자동차. 그 자동차는 그를 1920년대의 파리로 데려간다. 남자는 그곳에서 한 여자를 만난다. 그들에겐 과거를 동경한다는 공통점이 있다. 남자가 그토록 동경해 마지않던 1920년대의 파리. 그런데 정작 그 시절을 살고 있는 여자는 도리어 이렇게 말한다. '과거는 늘 나에게 큰 매력이었죠. 나는 늘 내가 너무 늦게 태어났다고 생각해요. 아름다운 시대에 태어났더라면….'

물랑 루즈와 레스토랑 맥심으로 고갱, 드가, 로트렉 등의 예술가들이 모이던 19세기 말 20세기 초의 파리. 아름다운 시대, 벨 에포크La Belle Époque를 동경하는 여자. 영화는 여자의 소원 역시 이뤄 준다. 자정을 알리는 시계탑 종소리와 함께 나타난 마차. 그 마차를 타고 두 사람은 벨 에포크로 넘어간다. 그런데 그곳에서 만난 고갱은 또 이렇게

말한다. '이 시대는 텅 비고 상상력이 없어요. 살았다면 차라리 르네상스 시대가 낫죠.'

현재를 살고 있는 남자는 1920년대를 동경하고, 1920년대를 살고 있는 여자는 19세기 말을 그리워하고, 19세기 말을 살고 있는 예술가는 또 르네상스 시대를 부러워한다. 나도, 그 시절에 태어났더라면….

어느 시대에나, 누구에게나, 핑계는 있었다. 모든 핑계가 사라지고 나면…. 그것을 위해 영화는 남자를 과거로 데려간다. 그곳에서도 핑계가 생긴다면 더 과거로, 더 과거로…. 그리고 영화는 끝내 이렇게 마침표를 찍는다. '내가 정말 가치 있는 소설을 쓰고 싶다면 내 환상을 없애야죠. 내가 과거에 태어났다면 행복했겠다는 환상이요.' 어쩌면 모든 핑계는 환상일지도 모른다. 진짜 나, 진짜 나의 욕망과 마주하는 것이 두려워 내 머리가 나에게 꾸며대는 환상, 거짓말.

누가 아침마다 내 책상만 치워 줘도 꽤 괜찮은 작가가 될 텐데.

습작생 시절 이렇게 투덜대곤 했다는 소설가. 어느 날 그의 아버지가 그 얘기를 들으셨다. 그리고 그날부터 이 층 그의 방에 올라와 책상을 말끔히 치운 후, 꽁초가 수북이 쌓인 재떨이를 비우고 물로 말끔히 씻어 다시 갖다 놓으셨다. 그의 핑계는 사라졌고, 그는 소설가가 되었다. 그런데 나는 그 구절을 읽으며, 이런 생각을 했다. 아마도 당신은, 아버지가 당신의 책상을 치워 주지 않으셨다 해도 소설가가 되지 않았을까요. 그것이 당신의 진짜, 욕망이었으니까요.

나는 앞으로 커서 대체 뭐가 될까. 이제 곧 마흔인데도 나는 종종 이런 생각을 한다. 그리고 언제나 그게 제일 힘들다. 나는 앞으로 커서 뭐가 될까, 뭐가 되고 싶은 걸까, 내가 정말 원하는 건 대체 뭘까. 눈을 감고 하나씩 하나씩 핑계를 거두어 본다. 내가 이것을 할 수 없는 핑계, 내가 저것을 할 수 없는 핑계. 모든 핑계를 거두고 나면, 그리고 운이 좋다면, 나는 만날 수 있을지도 모른다. 진짜 나, 진짜 나의 욕망을.

세 번째 책을 마무리하고 있는 요즘, 나는 여전히 철이 덜 들어서인지 역시나 이 점이 가장 기대가 된다. 적어도 당분간은 이런 소리 안 들어도 되겠지. '앞으론 어떻게 살 건데? 다음 책은? 다음 책은 준비하고 있어?' 물론 일주일도 지나지 않아 그 질문을 해 올 사람들 또한 분명 있으리라는 걸 이제는 나도 안다. 그런데 나는 이제 '저기, 저 일주일 전에 새 책 냈는데….' 잔뜩 볼이 부은 표정으로 억울해하지만은 않을 것 같다. 내 안에, 답이 준비돼 있기 때문이다.

다음 책은, 저도 전혀 짐작이 안 됩니다.
이제 겨우 제 욕망과 만나는 법을 익혔거든요.
조금만 기다려 보세요.
제 진짜 욕망이 도대체 뭔지 제가 먼저 잘 살펴보고,

다음에,
다시 올게요.

도 움 을 받 다

책

나를, 의심한다

속죄 Atonement _ 이언 매큐언 Ian McEwan _ 2003, 문학동네, 한정아 옮김

젠장, 큰일이다

아서 코난 도일 Arthur Conan Doyle _ 셜록 홈즈 전집 2 '배스커빌의 개' 중에서 _ 2002, 시간과
공간사, 정태원 옮김

내 생애 최고의 여행

2006년 10월 13일 저녁 9시 47분 _ '나는 아직, 어른이 되려면 멀었다' 중에서 _ 2010
뜻하지 않은 길을 가다 뜻하지 않은 즐거움을 만나다 _ '나는 아직, 어른이 되려면 멀었다' 중
에서 _ 2010
우리가 끊임없이 타인을 찾아 헤메는 이유 _ '나는 다만, 조금 느릴 뿐이다' 중에서 _ 2013

음악을 읽다 I 내 마음은

약국 _ '올리브 키터리지 Olive Kitteridge' 중에서 _ 엘리자베스 스트라우트 Elizabeth Strout _
2010, 문학동네, 권상미 옮김

W 617

서울 1964년 겨울 _ '김승옥 소설전집 1' 중에서 _ 김승옥 _ 1995, 문학동네

소설처럼 Comme un Roman _ 다니엘 페나크 Daniel Pennac _ 2004, 문학과지성사

친절한 복희씨 _ 박완서 _ 2007, 문학과지성사

살인자의 건강법 Hygiene de L'assassin _ 아멜리 노통 Amelie Nothomb _ 2004, 문학세계사

여전히 참, 너답다

친구의 연애 _ '나는 다만, 조금 느릴 뿐이다' 중에서 _ 2013

정말, 정(正)말입니다

침묵의 뿌리 _ 조세희 _ 1995, 열화당

인중을 긁적거리며 _ '눈앞에 없는 사람' 중에서 _ 심보선 _ 2011, 문학과지성사

다음에, 다시 올게요

살인자의 기억법 _ 김영하 _ 2013, 문학동네

<u>영화</u>

젠장, 큰일이다

이웃집 토토로 となりのトトロ _ 1988, 미야자키 하야오 宮崎駿

복숭아

천장지구 天若有情 _ 1990, 진목승 陳木勝

내 생애 최고의 여행

아비정전 阿飛正傳 _ 1990, 왕가위 王家衛

14구역 _ '사랑해, 파리 Paris, Je T'Aime' 중에서 _ 2006, 알렉산더 페인 Alexander Payne

외톨이

월터의 상상은 현실이 된다 The Secret Life of Walter Mitty _ 2013, 벤 스틸러 Ben Stiller

어른의 영화

베테랑 Veteran _ 2015, 류승완

음악을 읽다 | 그 노래

안녕, 헤이즐 The Fault in Our Stars _ 2014, 조쉬 분 Josh Boone

누군가는, 그 손을 잡아야 한다

여자, 정혜 _ 2005, 이윤기

다음에, 다시 올게요

미드나잇 인 파리 Midnight in Paris _ 2011, 우디 앨런 Woody Allen

노래

에스컬레이터

왕자와 병사들 _ 모자이크 3집 '밤이 찾아오면' 앨범 중에서 _ 1995

배우

언제나 이렇듯, 어느 날 갑자기

필립 세이모어 호프만 Philip Seymour Hoffman _ 1967년 7월 23일 - 2014년 2월 2일